深愛

熾陽門 著／繪畫師：Edward

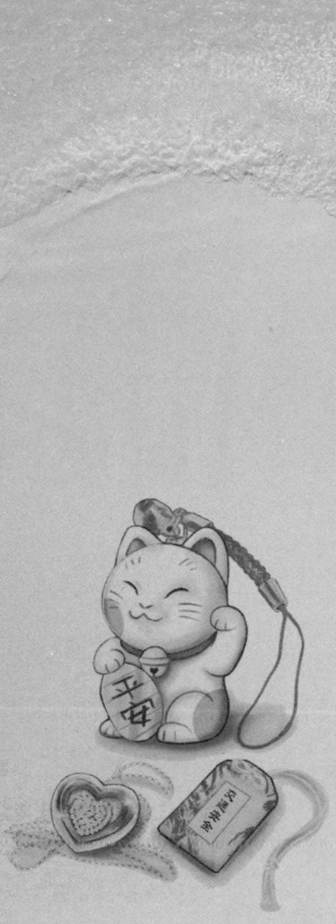

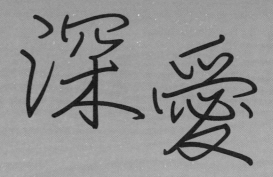

目錄

『請問你到底在想什麼？？？我已經在你面前站了快一分鐘了你知道嗎？？整個人魂都不知道飛到哪去了，你這什麼工作態度啊？不想好好上班就滾回家當你的少爺！』

『怎麼不說話了？想起了依旻對不對？』石風說。

『對啊，她唯一的弱點就是考駕照，想到就好笑，不知道靜流會不會跟她媽一樣……』思婕說。

『妹妹啊，也才失敗九次，還好啦，再繼續加油。』思婕安慰地說。

『可是媽，你看哥一次就搞定了，還躺在那邊睡覺。』靜流手指著躺在草皮上，享受著春天溫暖氣息的阿嚴說。

『這就是服務業最重要的精神，不管自己私下發生什麼事，永遠都保持著一百分的服務態度來面對每一位客人，雖然一定會遇到少數極端且不講理的客人，但別忘了還有絕大部分的客人渴望著你專業且舒適的服務。』

思婕再看看包裹裡底下有個箱子，吃力地將它抱出來放在地上，打開箱子後一看，居然是一個小腿按摩機，附贈一張卡片『媽，生日快樂，這按摩機是我跟哥用淨灘點數兌換來的，沒有亂花錢。』

『怎麼了？』靜流說。

『靜流……欣樺出事了。』筱萱說。

『又跟男朋友吵架分手了嗎？』靜流不耐煩地說。

『學陽！你也太早了吧！』靜流揮著手大喊後快步往前走。

『我也才剛到沒多久，想到上課做的那些地獄般的報告終於告一段落現在可以跟大夥出來旅遊就興奮地睡不著。』學陽笑笑地說。

『你只需要任命她，把企畫書交給她，再放手讓他們去做就好。』阿嚴說完後向社長欣怡彎腰說『拜託妳了，欣怡學姐。』

靜流她，是我的深愛，我，非她不娶。』

靜流在此刻已經哭的一把鼻涕一把淚，接著突然站起來大吼

『我，陳靜流，非林學陽不嫁！』

石風洗完澡，用毛巾擦著頭走進客廳，看見思婕後說『找到房間了嗎？』

『還沒……』思婕不悅地說。

『找不到就直接去汽車旅館住吧。』石風說。

『吼……人家想看海……』思婕嘟著嘴巴說。

阿嚴心想『嗯……好像也有點道理，也能省下一件麻煩事，她也沒說要做多久才能離職，而且我畢業後在等當兵啊！』

『成交！敢問那位美女尊姓大名。』阿嚴訊息。

思婕朝著聲音向停車場俯瞰，看見靜流對著自己揮手，阿嚴及學陽提著兩大袋食物站在身後。

思婕開心地大喊『妹妹！』後往大廳跑去，靜流與思婕相擁在大廳。

外頭下著傾盆大雨——

一位病病殃殃的中年男子坐在我的對面，

他，

是我的父親。

母親紅著眼眶，眼睛腫脹的似乎天天以淚洗面，正在廚房裡泡著茶。

而我，手放在筆電上，準備記下父親牢記在心的每一段往事及經驗。

還沒開口，父親臉上的表情，時而憂愁，時而微笑，手裡拿著一本厚重的資料夾，眼眶開始泛出淚水。

看著眼前的這一幕，我開始有點後悔向父親詢問他們的往事，彷彿又再次逼迫父親回憶起那段心如刀割的過程。

沉默很長一段時間後。

父親嘆了一口氣，微笑地看著我說：

『這一切一切的命中注定，都是有意義的。』

Chapter 1

第1章　相識的緣分

先是一段，他們與她們相遇的故事。

炙熱的夏天，刺眼的陽光，柏油路被太陽照耀的起了波浪，彷彿身處烤箱之中。

台南火車站的門口站著兩個背著大黑色背包、身材瘦長的年輕人。

他們身穿白色T恤，卡其色短褲，戴著老式墨鏡，不停地用手背擦去臉上的汗。

阿隼表情扭曲地看著天空說「哇……這天氣也太熱了吧。」

「這樣妹子們才會穿的比較短啊！」石風說完後，抬抬頭向阿隼示意十點鐘方向約五十公尺處的兩名年輕女子「你看那邊兩個妹子，你喜歡哪個？」

「你性飢渴了嗎兄弟？」阿隼說完後露出認眞的表情「我喜歡穿洋裝長相清秀的那個。」

石風則是露出猥瑣的表情說「我喜歡穿熱褲的辣妹，一人一個剛好。」

「走了啦！天底下哪有這麼好的事。」阿隼說。

石風嘟著嘴說「喔！」

石風二人從摩托車出租店共乘一台機車騎了出來，往台南旅遊景點的方向騎去，阿隼在後座拿著手機開著導航，給騎車的石風報路，開始了台南第一天的旅遊行程：**吃爆美食**。

二人在騎往旅遊景點的路上，沒有太多交談，面無表情⋯⋯

沒有半朵雲的天空，不用十分鐘，安全帽的扣帶已經開始滴汗了⋯⋯

石風突然把機車靠邊停後說「幹⋯⋯眞的太熱了。」說完後把衣服當毛巾開始擦去臉上的汗。

「根本吃不下東西啊老實說⋯⋯」阿隼也一邊說一邊擦著汗。

石風看著被太陽照射而扭曲的柏油路說「欸，你不覺得我們很像鐵板燒上的柴魚片嗎？」

「白癡喔！都快熱死了你還有辦法開玩笑！」阿隼哭笑不得地說。

「不要吃美食了！改去吃冰吧！妹子們應該也會在冰店聚集的。」石風說。

「好，走！」阿隼說。

離他們最近的一家小7便利商店，石風二人誇張地衝進來，各買了兩支冰，跑到窗邊的座位坐下開始吃著。

「幹……冰店全都大排長龍是怎樣……。」石風哀怨地說。

「沒辦法，天氣太熱了，大家的想法都一樣……都你啦白癡！說什麼這家滿了就換下一家，結果又騎了半小時的路。」阿隼無奈地說。

「沒辦法，冰店裡確實有妹子啊。」石風傻傻地笑著說。

就在這時……石風二人正後方的座位……

「欸欸，妳看，有帥哥耶！」思婕仔細打量石風二人後說「那個瘦瘦高高壞壞的我喜歡。」

依旻露出厭惡的表情說「可是滿身汗的好討厭喔……」。

「欸！這天氣誰不流汗啊！」思婕說。

「是嗎？那妳仔細觀察他們的動作。」依旻說。

思婕睜大眼睛仔細地觀察……

石風拉起衣服擦著臉、挖著耳朵、挖著鼻孔……

阿隼吃著冰，但汗卻不小心滴到冰淇淋上，阿隼看到後不在乎的繼續吃著……

石風腋下的衣服有一圈汗，再用手使命的抓著腋下……

阿隼用手背擦去臉上的汗後再用擦汗的手拿甜筒冰淇淋……

思婕看著看著，不自覺地發出反胃的聲音說「……噁……依旻……我們走吧……」

依旻拍拍思婕的背說「就跟妳說吧，別太早定論。」

走出門時，依旻不自覺地再往石風二人看一眼，卻看到阿隼憂愁的側臉，這令依旻在意的神情，使種子已埋下……

下午，天氣稍微涼爽些，暑假時期使旅遊景點人山人海，石風二人來到安平古堡寮望台。

「奇怪？怎麼都沒有人來搭訕我們兩個小鮮肉啊？」石風不解地說。

阿隼一邊拍照一邊敷衍的回答「看看我們身上的汗，也只能吸引喜歡汗臭味的女性來搭訕吧。」

石風理直氣壯，雙手抱胸地說「也是可以啊，要臭一起臭嘛！」

周圍的人傻眼地聽見石風的話後，緩慢地遠離石風，就連阿隼也是。

「欸，你要去哪裡啊？」石風快步地追上阿隼「我的好兄弟加上閨蜜陳隼人別走啊！接下來我們要去哪個景點？」

阿隼拿出旅遊行程看了看後說「漁光島沙灘看夕陽。」

「沙灘啊……是時候換上戰袍了……」石風說。

阿隼不解地問「什麼戰袍？」

不久後，石風二人從公廁走了出來，身穿黃色帶有花朵圖案的海灘襯衫、海灘褲與海灘鞋，帶著老式墨鏡，沒有了汗及汗臭味，取而代之的是一股薰衣草的香水味。

阿隼大喊著「太丟臉了，我要換回來！」

石風拉著阿隼的手說「欸，幹嘛這樣，這樣走在沙灘上才會顯眼啊！」

凹不過石風，於是二人就這樣騎著機車前往漁光島沙灘。

不久後——

石風將機車停在路旁，回看對著阿隼說「是這個方向沒錯嗎？」

「導航是這個方向沒錯啊？奇怪？」阿隼拿著手機左看右看，看不懂箭頭的指向，再看了看路標，完全是不一樣的方向，讓阿隼傷透腦筋。

不遠處，巷子口——

兩名共乘一台摩托車，在等紅路燈的女大生將這一切看在眼裡……

「欸，依旻，你看那邊兩個傻子，應該是迷路了。」思婕說。

「哈哈，幹嘛說他們是傻子啊，不過穿著倒是很特別。」依旻說。

思婕露出鄙視的微笑「哼……就只有傻子才會在旅遊景點穿海灘服裝不是嗎？」

「欸？他是不是發現我們了？」

「啊……傻子要過來問路了。」

「他們不是剛剛在便利商店看到的那兩個男生嗎？」

「眞的耶！」思婕翻著白眼、厭惡地說「兩個臭體汗傻子男！有夠噁！」

「哈哈，好了啦，別當他們的面這樣叫他們啊！」依旻說。

「欸，阿隼，找個當地人問一下路好了，再拖下去天都黑了。」石風說。

「也只能這樣了，哪裡有當地人啊……？」阿隼說完後二人開始巡視周圍的人，不約而同地將目光放在思婕二人身上。

「幹，就是她們了，別讓她們跑了，衝啊？」石風激動地說。

「你是變態嗎？等等我來問路你別講話！」

石風二人騎著機車緩緩靠近思婕二人……

「不好意思……」阿隼問道。

思婕憤怒地搶著回答說「我看起來像當地人嗎？」

「…………」

「……………」

四雙眼睛，你看我、我看你，沉默著……

「那……那妳們知道……」

思婕又搶著回答說「不知道！」

「……」

「…………」

石風終於按耐不住，生氣地說「欸，妳兇屁兇喔！妳以爲妳長的漂亮就可以這麼沒禮貌嗎？」

思婕瞪大眼睛撐大鼻孔準備回嗆「你……」

依旻搶在思婕前說「不好意思，我們不是當地人，我們現在準備要去漁光島沙灘，你們呢？」

「我們就是要去漁光島沙灘啦！幫忙帶個路拜託。」阿隼感激地說。

「好啊，那你們跟緊嘍！」依旻說完後看向前方。

兩台機車依然停在原地，只見石風與思婕二人眼神正在交戰中冒出火花。

「欸，思婕，走了啦！」思婕聽到依旻的提醒後對著石風用力的「哼！」了一聲，隨後騎車離去。

看著石風依然停在原地，阿隼拉拉石風的衣服說「快跟上啊！」

「欸，她們是不是白天在車站看到的那兩個妹子啊？」

阿隼仔細看了穿著後吃驚地說「欸，眞的耶！快，別讓她們跑了！」

石風吹著油門加速前去。

思婕透過後照鏡看到石風二人跟在後面。

「他們幹嘛跟著我們啊？」

依旻說「他們也是要去漁光島沙灘啊，我就叫他們跟著啊！」

「嘖！妳就是人太好了。」思婕隨後露出邪惡的笑容「看你祖母把你們甩掉！」

思婕突然大力吹油門加速前進。

「啊！」依旻被突然的加速嚇了一跳。

石風看著思婕突然離自己越來越遠。

「她們是不是想把我們甩掉啊？」

「好像是喔。」阿隼說。

石風隨卽露出憤怒的表情說「幹！老子跟妳拚了！」便把油門吹到底緊跟在後。

海岸的大馬路上，只見兩台機車一前一後飛速的奔馳。
依旻緊抱著思婕的小蠻腰大喊「思婕，妳不要騎這麼快啦，我會怕！」
阿隼緊抓著石風的衣服大喊「白癡喔，不要騎這麼快啦！」
目視前方的路牌上標示著「漁光島沙灘」，道路盡頭與沙灘的交接處，石風與思婕不約而同地意識到那就是終點。
最後的衝刺，一樣的機車，一樣的速度，最終，體重較輕的思捷二人以一個車身的距離贏了比賽，到達終點後再以一個側身滑壘的方式完美的將機車停住。
而體重較重的石風輸了這場比賽，最後還來不及煞車直接衝入沙灘上摔倒，二人直接噴飛到沙灘上，一動也不動。
看著誇張摔倒在沙灘的石風與阿隼，知道自己玩過頭的思婕說了一句「靠夭咧！」緊張的跑過去大喊「欸欸欸，你們沒事吧！」
只見石風二人狼狽地跪在地上，雙手臂貼著沙灘。
石風往沙灘用力垂了一拳大聲哭喊著「我——輸——啦——啊啊啊啊！」
看見這一幕的思婕忍不住「噗滋」笑了一聲，隨後開始大聲的笑著說「白癡喔！」
「你們還好嗎？有沒有受傷？」依旻擔心地說。
這時，石風突然站起來大喊「看招」，手裡抓著一把沙子用力地往思婕臉上潑去後往沙灘的方向奔跑。

思婕難以置信的看著自己的頭髮、臉上、衣服、包包上布滿了沙子……

憤怒的大喊「**幹！**你這個屁孩，給我站住！」便往沙灘一邊咒罵一邊跑著追逐石風。

「思婕等等我！」依旻說完後跟著往沙灘方向跑去，路過好不容易站起來的阿隼時，將手裡藏的一把沙直接往阿隼的臉上拍，「哈哈哈！」

阿隼痛苦的大喊「白癡喔！眼睛進沙了啦！」也往海灘跑去追逐依旻。

四人在漁光島沙灘開心地追逐著，撥著水，玩著沙，連彼此的姓名都還不知道，而這，就是**緣分**。

太陽西下，天色逐漸暗了下來，橘紅色的夕陽即將沒入海平面，四人一邊欣賞夕陽一邊在海岸線緩緩地走著。

石風在沙灘看到一個圓形白色物體，蹲下身子把它挖出來後愣了一下，原來只是個寶特瓶蓋。

思婕在一旁又「噗滋」的笑了一下說「你在淨灘嗎這位先生？」

石風不說話，壓低身子仔細眺望遠方這片沙灘，才發現，這片沙灘其實埋藏著不少垃圾。

石風嘆了一口氣說「垃圾還眞不少啊……」

「就是有些人沒水準。」思婕說。
「這是家庭教育的問題。」阿隼說。
依旻聽到阿隼說的這句話後吃驚地稍微睜大眼睛看向阿隼不說話，表情似乎明白些什麼。
「或許是，但既然我改變不了他人，至少做好自己與教育好我的後代。」石風說。
思婕點點頭後說「嗯！說的沒錯！」
石風回頭看向思婕一眼。
「不要用色色的眼神看我！」思婕笑著說完後快步走離石風。
石風睜大眼睛撐大鼻孔對著思婕說「妳死定了，給我過來！」
二人又開始在沙灘上追逐著。
依旻放慢腳步與阿隼並行走著問「爲什麼是家庭教育的問題？」
「嗯……這要解釋很久耶！不如我們交換聯絡電話，我們這趟旅程結束後我們再慢慢聊。」阿隼說完後自己卻笑先了出來。
依旻臉色泛紅微笑著說「呵呵！這要電話的方式挺新鮮的……你們哪裡人啊？幾歲了？」
「我們是桃園平鎮人，讀清雲科大二年級，要升三年級了，我叫陳隼人，叫我阿隼就好，我朋友叫王石風。」阿隼說。

「欸欸欸！」依旻大叫後吃驚地看著阿隼，讓阿隼心跳加速、呼吸急促，眼神不自覺地飄向別處。

「我們也讀清雲耶！你們什麼系的？」

「眞的假的，我們是電機系，妳們呢？」

「我們是企管系的，但我們小你們一屆，我叫做吳依旻，我朋友叫做陳思婕。」

「依旻啊……好名字，欸？你們該不會也是看了校門口的旅遊介紹宣傳單來的吧？」

「對啊對啊！難怪這麼巧，哈哈！」依旻說完後兩眼直視著阿隼微笑著。阿隼的眼睛不再飄浮不定，與依旻兩眼相望著，時間彷彿正在變慢……心理想著「好想抱住她，我現在應該抱住她嗎？」手卻已慢慢地伸出去。突然聽見思婕在遠方大喊「依旻！這兩個傢伙跟我們同鄉又同校耶！」石風雙手插著腰轉頭對著思婕笑著說「欸欸欸！講話客氣點好嗎？」阿隼伸出去的手又收了回來，而這細微的動作其實已被依旻看在眼裡。

「晚上了，我們一起去吃飯吧，我剛考到駕照，想練練載人的技術，我朋友太重了不好練，妳等等就給我載讓我練習一下可以嗎？」阿隼說完後心想「幹我到底在說什麼！」

依旻紅著臉微笑著說「嗯……好吧……就今天喔！」

石風與思婕低頭不語並肩走著，遠方看到阿隼載著依旻對著自己大喊「兄弟，走來去吃飯吧！」

石風看著阿隼已經騎走一台機車了，就代表自己要載思婕的意思。

思婕看著阿隼已經騎走一台機車了，就代表自己要給石風載的意思。

石風的手撥著頭髮，露出閃亮的牙齒對著思婕說「雖然妳騎車技術比我好，但妳還是給我載吧。」

思婕對著石風扮著鬼臉說「我不要！」隨後全力往機車方向跑去。

接下來兩天的行程，兩台機車，駕駛及乘客便不再更換，多了彼此的異性相伴，使這趟旅程超乎當初想像的快樂且幸福。

兩天後，旅程結束的四人，在桃園火車站廣場前。

「玩的開心嗎？」石風說。

「哼！還可以啦！」思婕眼睛往左飄微笑著說。

「啃！明明就玩得比誰都還瘋！」石風微笑著說。

「好啦！時候不早了！我們學校見嘍！」阿隼說。

「嗯……學校見。」依旻深情地著阿隼說。

他們與她們背對著走後不久，石風二人不約而同的停下腳步，回頭看著這趟旅程相遇的兩名女子。

「戀愛啦？」阿隼說。

「呵！你不也是！」石風說。

阿隼嘆了一口氣說「走吧，我們同鄉又同校，一定可以的。」

石風二人繼續往前走後的同時，思婕與依旻回頭看向這倘旅程相遇的石風與阿隼，然後甜蜜的微笑著。

陳隼人
身高：174公分
體重：68公斤
就讀學校：清雲科技大學
科系：電機系
外貌：文書青年型
興趣：看小說
外號：秀才
星座：雙魚座
血型：O型

Chapter 2

第2章　兄妹

八年後——

醫院的產房門外，石風坐在椅子上抖著腳，神情緊張的不時望著產房，等待途中時不時有人打電話詢問狀況，讓石風心情越發焦慮。

等著、等著、等著，兩小時過去了，產房內，終於傳出了嬰兒的哭聲，在門口等待的石風也終於鬆了一口氣。

不久後，產房門打開，母子相續被護士推出來。

石風走上前，幫剛出生的兒子拍了張照後，走到思婕身邊，用手帕擦起思婕頭上的汗水說「辛苦妳了，很痛嗎？」

一旁推著嬰兒的護士傻眼地看著石風。

思婕用最後的力氣暴怒地說「**你他媽講這什麼廢話！老娘痛到快往生了你知道嗎——**」

受到驚嚇的石風知道自己講錯話後丟了一句「對不起對不起……我去辦住院手續……」後逃離了現場，身後依然可以聽到思婕的咒罵聲……

石風辦完住院手續後，走到醫院的門口，點了根菸，嘴一邊抽著菸，雙手指一邊靈活的在手機上敲擊，準備分享兒子出生的訊息，正準備按「發布」時，電話突然響起。

「**嘖！**」了一聲的石風發現來電的人是「隼人兄」，露出開心的笑容接起電話說「兄弟！」

「兄弟，恭喜你母子平安啊。」阿隼說。

「你這麼快就知道啦？我都還沒發文呢。」石風開心地說。

「思婕現在正打給依旻，我就知道生完啦。」阿隼說。

「這樣子啊，看來我老婆生完還很有精神嘛！」

「好啦好啦，你們沒事就好，現在先不過去打擾你們，禮物我用寄的到你家，等滿月後再到你家看看吧。」

「沒關係啦你們要馬上過來也可以啊！」

「你們還有很多事情要忙，尤其是思婕，剛生完小孩，情緒一定不太穩定，你要多關心她、陪陪她啊！」

「吼！可不是嘛！剛剛我只是問她痛不痛而已，她就暴怒了，真的是吼！」

「…………你真的這樣問喔？」阿隼講完回頭轉向依旻那邊講電話的狀況，只見依旻挺著大肚子，一邊插著腰一邊講電話，表情有些無奈。

「對啊，怎麼了？」石風不解地問。

「你還是趕緊去跟思婕道個歉吧，對你而言只是關心，但你用詞不當，在思婕耳朵裡聽起來就是個會讓人暴怒的話語。」阿隼說。

「我知道她很痛啊，但也不需要發這麼大的脾氣吧！」

「你沒錯，是用詞錯了啦。」阿隼說後完看到依旻那邊的通話已經結束了

「好啦，你還是趕緊去安撫思婕吧，生孩子這麼辛苦對不對，我們男人根本無法體會這種痛楚，讓老婆發洩一下情緒又沒關係，重點是，她也只能對你發洩不是嗎？以她的個性你多安撫幾次就沒事了，好了快去快去！」

「喔！好啦！那先這樣。」石風掛上電話後嘆了口氣，往病房走去。

石風緩慢地走著，雙手抱胸的想著如何道歉，思婕才會氣消，走到病房的途中路過護士房時，剛好遇見剛剛協助接生的護士。

「護士小姐，我兒子狀況還可以吧。」石風說。

「王先生嗎？你兒子狀況很好喔！沒問題的話三天後就可以出院了。」護士說。

「這樣子啊，好，謝謝妳喔。」

石風走進病房後，看見坐在病床上的思婕面帶不悅，心想「眞難搞啊？」

「老婆抱歉啦，剛剛想關心妳但用詞用錯了，因爲我很緊張，剛剛有問了護士，兒子狀況很好，三天後就可以出院了，不要生氣了喔！」石風說。

「你也知道你講話很白目喔，我他媽都快被你氣死了！」思婕憤怒地說。

火氣驟升的石風正準備要回嗆時想起阿隼說的「她也只能對你發洩情緒不是嗎？」於是忍著憤怒說「好啦好啦，我這不是來道歉了嗎，老婆抱一個，辛苦啦。」

「走開啦不要碰我！」思婕雖然說著仍沒有抵抗的讓石風抱在懷裡。

石風心想「終於搞定了！」

「等等幾點可以看寶寶。」思婕不悅地說。

「晚上八點，還有很久時間，妳先休息一下吧，到時候再一起去看。」石風說。

「嗯。」思婕說。

半年後——

一家自動化機械的大工廠，工廠裡傳出巨大響耳的機械運作聲，一位年紀稍長的主管在多條生產線上巡邏著，其中一條生產線上，阿隼一邊查看生產出來的通信模具是否有瑕疵，一邊盯著輸送帶上的產品。

阿隼的手機直接放在工作檯上，也時不時的看著。

中午休息吃飯時間，阿隼拿著便當，正準備要打給依旻時，手機視窗跳出

「依旻寶貝」傳來的訊息，阿隼點開後「老公，我羊水破了，現在在往醫院的路上，該帶的東西都帶了，你直接過來就好，不用急。」

阿隼頭上流下一滴汗，心裡想「哼！終於輪到我了是嗎？」

隨後不慌不忙地收拾工作資料，向同事及主管打聲招呼後離開工廠。

一個鐘頭後，阿隼來到醫院門口，看見一個熟悉的身影。

思婕背著快六個月大的兒子**阿嚴**，也來到醫院爲自己的好姊妹依旻加油，在遠處看到阿隼後招手大喊「阿隼！快點啦還慢慢走咧！在逛夜市喔！」

阿隼打聲招呼後說「我知道啦，不用擔心，我們已經做好準備了，趕緊進去吧。」

思婕與阿隼一起走進待產房，看見依旻正在練習拉梅茲呼吸法。

阿隼正要開口時，思婕搶著與依旻說「依旻！不要緊張！千萬不要緊張！你就像大便一樣！一直用力用力就對了！護士還會幫妳壓肚子的，一進產房這狗屁呼吸法根本會痛到妳忘了怎麼用，不用看也沒關係！」

「…………」阿隼皺著眉頭傻眼地看著思婕。

依旻表情呆滯，臉色發白小聲地問「…………所以眞的很痛是嗎…………？」

知道自己講錯話的思婕慌慌張張地說「不痛不痛，呃……不對，就小痛而已，就想像一下姨媽來的時候爆痛那樣而已，沒錯就是那樣！」

在一旁看不下去的阿隼說「好了好了，我看妳比我們還緊張，妳先去沙發坐著吧，阿嚴好像肚子餓了。」

思婕大力的「喔！」了一聲後委屈的坐在沙發上準備幫阿嚴泡奶。

阿隼一臉擔憂地摸著依旻的臉說「還好嗎？」

「我們沒事。」依旻說。

阿隼摸摸依旻的肚子說「靜流，沒事快出來，別讓妳媽媽痛太久。」

「阿嚴，叫靜流妹妹趕快出來，別讓你的依旻阿姨痛太久。」思婕這才驚訝地說「哇靠！你們連名字都想好啦！」

依旻突然皺著眉頭表情扭曲了起來喊了一聲「呃！好痛！」

阿隼緊張的說「怎麼了？要生了嗎？」

「現在只是宮縮，沒這麼快啦！」思婕說完後心想「哼！你也有緊張的一天。」

依旻大力地喘氣著大喊「啊啊啊啊啊啊啊！好痛！好痛！」

「寶貝加油啊！」阿隼說。

思婕心想「靠！眞有這麼快？」對著阿隼大喊「加油個屁啊，快去找護士啊！」

「喔！對！」阿隼說完隨後衝出病房。

思婕抱起阿嚴走到依旻身旁說「依旻不要緊張，大便！大便啊！」

「**不要吵**————————」依旻大聲嘶吼著。

思婕嚇到往後退了兩步，姊妹十幾年第一次看到依旻大聲發火。

不久，護士快步走了進來，而阿隼緊跟在後面，護士查看了一下後大聲地說「她要生了，快點讓開，讓開！」

阿隼與思婕呆在原地目送依旻被推進產房，關上房門後，二人緊張的情緒才升至最高點，雙雙露出緊張的表情，等待著。

阿隼雙手抱胸，來回渡方步，緊張地根本坐不住。

思婕雙手食指交扣在額頭前，祈禱著能夠順利平安。

半小時後，產房傳出嬰兒哭聲，在門外等候的阿隼與思婕也才終於鬆了一口氣。

「欸！阿隼！」思婕難過地說。

「怎麼啦？幹嘛這個表情？」阿隼不解地問。

「你剛出去叫護士的時候，我跟依旻講了很白目的話好像惹她生氣了。」

「怎麼可能？」

「是眞的，剛剛依旻對我大吼耶。」

「嗯？妳跟他說了什麼？」

「我只是叫她不要緊張，大便大便而已啊……」

「那不是生氣，那是情緒判斷，爲了達到專心生產的這個目的，只好對妳大吼，不然妳還會一直講一些有的沒的。」阿隼說。

「是這樣嗎……？」思婕難過地說。

「不過妳還是向她認錯一下比較好，畢竟有點過頭了，人家在生孩子，妳一直在那邊大便大便的誰受得了。」阿隼說心想「果然夫妻倆都一個樣，哈哈。」

「喔……好喔……」思婕難過地說。

產房大門被推開，依旻母女相繼被推出來，阿隼看了看女兒，露出幸福的微笑，再走向依旻，低著頭說「寶貝，辛苦了，女兒長的好像妳，而且脖子上還有一個愛心形狀的胎記。」

依旻無力地露出微笑說「嗯。」

不久後，病房裡，依旻一邊休息一邊閱讀產後注意事項及餵母乳方式等資訊時，病房門被推開，思婕走了進來。

依旻看著思婕表情有點失落，似乎早已知道思婕在想什麼。

「欸！思婕！感覺眞的超像大便的耶！眞的超級痛的！還好靜流比較小隻，一下就出來了，哈哈。」依旻開心地說。

思婕噗滋地笑了出來說「看吧，過來人說的準沒錯，哈哈。」

「時候不早了，妳什麼時後要回去？」依旻問。
「石風已經在停車場等我了。」思婕說。
「那妳早點回去吧，明天我再打給妳，我有好多問題要問妳。」依旻說。
「好喔，妳隨時都可以打給我。」思婕說完後抱住依旻說「辛苦了好姊妹。」
依旻拍拍思婕的背說「沒事沒事，趕快回去吧。」
「好，我走啦，阿嚴，跟依旻阿姨拜拜。」思婕說完後抓起阿嚴的小手揮動著。
「拜拜！」依旻微笑著說。

吳依旻

身高：１６６公分
體重：４6公斤
就讀學校：清雲科技大學
科系：企管系第一美女
外貌：青春美少女型
興趣：看小說
外號：小旻
星座：雙魚座
血型：O型

Chapter 3

第3章　價值觀的差異

從父親身上聽來一些片段的記憶，兩個教育理念的差別，而父親，也慢慢的在改變。

「叮咚——」阿隼家門鈴響起。

「老公，他們來了。」依旻說。

「好。」阿隼說完起身走去開門，石風拿著一些食材走了進來，思婕背著阿嚴隨後跟上，一間只有二十一坪大的兩房公寓，因多了三人而感到壅擠許多，帶來的行李及禮物也只能在客廳找個空地擺。

「兄弟，狀況還好吧！」石風說。

「嗨，阿隼。」思婕說。

「沒什麼問題啦，要換室內拖鞋喔。」阿隼說。

「我的寶貝乾女兒呢！」思婕背著阿嚴走向依旻興奮地說。

「小聲點，靜流剛睡著。」依旻坐在嬰兒床旁邊輕聲地說。

「阿嚴，快看，這位是靜流妹妹。」思婕邊說邊讓懷裡的阿嚴盡可能的往嬰兒床靠。

阿嚴笑笑地看著靜流不發聲。

「嗯！還好像媽媽。」思婕說。

「欸欸欸！我聽到了。」阿隼無奈地說。

晚上，依旻與思婕在廚房準備晚餐，照顧小孩的工作落在兩位父親身上。

「好臭，是誰大便了。」石風說。

阿隼看了看還在睡覺的靜流的尿布說「是阿嚴。」

「嘖！居然這時候大便！」石風不悅地說。

石風從行李拿出一個尿布跟濕紙巾及嬰兒爽身粉，生疏地幫阿嚴換著尿布。

「唉唷！我還以爲你不換尿布的！」阿隼驚訝地說。

「幾乎都是思婕在換啦，偶爾會碰到像現在這樣老婆在忙的狀況，剛出生時我跟本不敢碰阿嚴，身體太軟了。」石風說。

「哈哈，我懂那感覺。」阿隼笑著說。

石風拿著換好的尿布在客廳巡視一圈後說「欸？你們家垃圾桶呢？」

「現在改放在陽台了。」阿隼說。

「陽台？」石風懷疑地說。

石風走到陽台打開門後，看見一整排的垃圾桶，上面貼著「一般、寶特瓶、紙類、鐵鋁、鋁箔包、其他」

「欸！兄弟！你什麼時候開始有這個習慣了？」石風傻眼地說。

「有了靜流之後，才決定要這樣做的。」阿隼說。

「有了女兒才決定要這樣做的？爲什麼？」石風不解地問。

「我只是在強迫自己改變一些習慣，只呈現好的習慣與環境給靜流去模仿，才能讓她長大後擁有自主分辨好與壞的能力。」阿隼說。

「做好垃圾分類就能培養小孩自主分辨好與壞的能力？怎麼可能？」石風懷疑地說。

「我換個方式講，我垃圾分類的家規與靜流學校同學的分類方式大部分一定有所不同，當靜流產生疑問時，我就能告訴她，爲了確保垃圾能百分之百被分類，就只能是自己製造的垃圾自己分類好再交給回收車。

但是如果是自己製造的垃圾沒分類全包在一起，再拿給清潔人員去分類，那清潔人員憑什麼一次又一次的幫妳做垃圾分類，即使有薪水拿，久了也會厭煩，厭煩了就會隨便分類，或是不分類。

這只是舉例，同樣道理，將來她自己的碗筷自己洗，自己的玩具自己收拾，自己的房間自己整理，到讀書是爲了自己的將來而不是父母逼迫，自己遇到的問題自己去面對自己處理等等，這些理念，都是父母給的，並且告訴她這麼做的原因是什麼，如果沒做到又會有什麼反效果。

父母是扮演引導的角色給孩子去模仿，就看你是給孩子模仿了什麼習慣？什麼價值觀？還是說這些問題連想都沒想過？

所以我跟依旻有共識，盡可能只給靜流模仿好的一面，這就是角色定位存在價值，爲此，我們必須強制改變過去一些不好的習慣跟價值觀。」

石風皺著眉頭，聽完後點點頭說「你說得很有道理啊，我確實沒怎麼想過，但這樣不累嗎？」

「累啊？超累！但你不想累，就是放縱阿嚴，阿嚴長大成人後你會更累，因爲他不會分辨什麼是好什麼是壞，什麼對自己是好的，什麼對自己是沒幫助的。但如果你累並且堅持住，就能讓阿嚴模仿好的習慣及好的價值觀，阿嚴長大成人後你就輕鬆了。」阿隼堅定地說。

「有沒有不累的方法？」石風好奇的問。

「有，每個月花十幾萬請專人來你家教育阿嚴就行了。」阿隼說。

石風露出無奈的笑容說「好，我願意累。」

二人一笑了出來，再看看懷裡的小孩，心想「當父母不容易啊……」

晚飯後，思婕與依旻在客廳一邊聊天一邊與彼此的小孩玩著。

石風與阿隼在後陽台喝著啤酒。

「等小孩會走路時，要不要來露營。」石風說。

「看那時候狀況吧，可能有點難。」阿隼說。

「爲什麼？」石風不解地問。

「養小孩開銷很大的，我跟依旻討論好，讓她顧小孩到上幼兒園，等狀況穩定了，依旻再回去原本的公司上班，所以我除了白天的工作，晚上還要找份兼職的工作，能不花的就不要花，況且難保不會有第二隻啊！」阿隼說。

「剩你一個人在賺錢也太辛苦了吧，而且這樣存不到錢吧？」石風說。

「爲什麼你會認爲存不到錢？」阿隼說。

「所以你一個人工作還有辦法存到錢？」石風懷疑地說。

「現在的話一個月一萬，把一個月存一萬設定在必要開銷裡面，你就知道你一個月必須賺多少錢，不想工作太累或是賺的錢有極限，那就只能控制慾望，比如說食慾、娛樂慾、消費慾等等。」阿隼說。

「嘖嘖嘖……兄弟啊，你這樣不悶嗎？偶爾也該好好放鬆一下吧。」石風說。

「有啊，依旻會讓我好好放鬆，哈哈。」阿隼笑著說。

「靠，你這個變態，我是認眞的。」石風說。

「沒事啦兄弟，倒是你，思婕留職停薪快結束了吧！」阿隼說。

「她巴不得趕快回去上班，你也知道她沒什麼耐心，思婕上班後阿嚴會送公托，問題就解決啦。」石風說。

「嗯……之後有問題記得打給我。」阿隼說。

就在某天晚上——

床邊的手機顯示半夜兩點鐘，依旻的手機響起。

依旻緩慢的拿起手機看，來電顯示「思婕」。

依旻推了推阿隼說「老公，你顧一下妹妹，思婕打給我，我去客廳接電話。」

阿隼打了個呵欠後說「喔……好……。」

依旻走到客廳沙發坐下後接起電話說「喂，怎麼這麼晚打給我。」

電話裡傳來微弱的哭聲「依旻……我快受不了了……我真的好累……。」

「白天上班晚上顧小孩做家事，再加上半夜小孩哭鬧嗎？」

「欸……妳怎麼知道？」

「大概猜的出來，你們兩個現在都在上班，半夜小孩哭鬧誰處理、家事誰做、假日或晚上小孩誰帶之類的問題，沒有共識好很容易出現爭吵的。」

「對啊，然後那個王八蛋認爲他賺的錢比較多又是十二小時，所以這些工作都應該是由我來做。我又要上班又要顧小孩，半夜還不能好好睡，就連假日也都是我在顧小孩，是我比較辛苦對吧！」思婕大聲哭著提高音量激動地說。

「妳有找他談談嗎？」

「有啊，他就只會回說他現在剛升管理階層壓力很大，工作很累什麼的，又把問題丟還給我了，重點是他還會覺得小孩學習速度慢、習慣不好，一直在那邊碎念怪我不會教小孩。」思婕氣憤地說。

「哇哇哇——」房間裡傳出靜流的哭聲。

依旻擔憂地轉頭看向房間，不久，阿隼抱著靜流走出房間說「妹妹要喝奶。」

「思婕，我先給靜流餵奶，我明天在跟妳聊聊，妳今天先撐著好嗎？」依旻說。

「喔……拜託救救我，我快受不了了。」思婕哽咽地說。

隔天晚上八點，石風下班後，走進停車場，坐上車後拿出手機，看到未接來電顯示「**依旻**」。

石風一邊回撥給依旻一邊皺著眉頭想「依旻很少主動聯絡我，發生什麼事了嗎？」

「喂，依旻啊，找我什麼事？」石風說。

「風哥啊！你下班了嗎？」依旻說。
「我剛下班啊，怎麼了？」
「你每天都會加班是嗎？」
「現在的話基本上是。」
「如果你想保住你的婚姻，就請你記好我接下來要說的話。」依旻冷冷地說。
這時候，石風突然睜大眼睛，美人尖流下一滴汗至鼻頭，吞了個口水。石風其實最拿依旻這種很溫柔，但只要兇起來比誰都可怕的類型沒轍。
「好的嫂子，妳說我仔細聽。」石風說。
依旻嘆了一口氣後說「我其實不是很喜歡干涉他人的家務事，所以我只講兩個重點。
第一，把顧小孩算成是一種工作的話，你看一下你整個月的行程表，再看一下思婕整個月的行程表。
第二，想想我跟你兄弟是用什麼模式在經營我們的婚姻，再看看你現在用什麼模式在經營你跟思婕的婚姻。就這樣，重複一遍給我聽。」
「嗯……第一，把顧小孩算成是一種工作的話，我看一下我整個月的行程表，再看看思婕的。第二，你們用什麼什麼模式在經營你們的婚姻，我用什麼模式在經營我跟思婕的。」石風說。

「很好，那就請你好好想想吧，你可以實際顧一整天孩子看看，拜拜。」依旻說完後掛上電話。

「什麼鬼啊？」石風有些氣憤地說。

「賴——」阿隼的手機傳來訊息提醒聲。

阿隼拿起手機看，上面顯示「石風兄」，順手打開看「兄弟，你用什麼模式在經營你們的婚姻。」

阿隼笑了笑回覆「互相體諒、互相包容、互相溝通、達成共識。」

石風座在車子裡面，雙手抱胸，看了看阿隼回的訊息，想想自己整個月禮拜一到禮拜五，早上六點半起床，七點半到公司，晚上八點下班，回到家洗澡、看看電視、滑手機，十一點上床睡覺。六日兩天也是過著自己最舒適的生活，偶而陪阿嚴玩一下。

再想想思婕，如果顧小孩變成工作，思婕早上六點起床，七點多左右送阿嚴去公托，八點去公司上班，下午五點下班去公托接阿嚴回來，然後在家顧孩子……不對……在工作……工作……到晚上十點多阿嚴睡覺……半夜阿嚴哭鬧……半夜階段性的工作……早上再六點起床。六日兩天也是……在工作……這工作時間好像沒有停過，但顧小孩有這麼累嗎？

車子終於離開停車場，往家的方向開去，一路上，石風想著依旻所說的話，再想想阿隼傳來了簡訊，互相體諒，我有體諒過思婕的辛勞了嗎？反而是思婕體諒我工作的辛苦，自己把顧小孩的工作全部攬下。

互相包容……自從小孩出生後，思婕就一直工作到現在一年多了還沒停過，我還一直跟她抱怨小孩不會帶。

互相溝通……思婕最近好像有跟我反應很累，我卻跟她爭誰比誰累。

石風打開家門，看見思婕正在幫阿嚴換尿布，家裡地板則是亂七八糟的狀態。

石風嘆了口氣，坐在沙發上對著思婕說「明天禮拜六，妳跟妳的好姊妹依旻出去放放風休息一天吧。」

思婕驚訝呆滯的看著石風說「你剛剛說什麼？」

石風無奈地重複一遍「**我說**——，明天禮拜六，妳跟妳的好姊妹依旻出去放放風休息一天吧。」

思婕捏了捏石風的臉說「你是不是披著我老公的皮的外星人啊？」

「靠夭喔！妳要不要啦！不要就算了！」石風激動地說。

「要要要！你先去洗澡，等等幫我顧一下阿嚴，我要跟依旻討論明天要去哪？」思婕又興奮又激動地說。

「喔……好……」石風說完心想「對不起了兄弟……」

不久後，依旻的手機響起，上面顯示「思婕」。
「喂，怎麼了思婕。」依旻說。
「欸！依旻！石風剛剛說明天要讓我放風一天耶！明天陪我去秀泰買衣服、看電影、吃燒烤好不好。」思婕說。
依旻露出微笑，似乎放下心中一個大石，開心地說「好啊好啊！偶爾也要讓孩子跟父親們培養一下感情對吧！我們這是在爲他們著想對不對！」
阿隼突然轉頭驚訝地看向依旻。
「哈哈哈！沒錯沒錯！那我們明天九點早餐店見！」思婕說。
「好喔！明天見！」依旻說完後回頭看著阿隼。
阿隼勉強擠出一個微笑說「去吧！好好陪陪你的好姊妹吧，你也順便開心一下，但是晚上八點要回來喔！」
「呵呵！好啦我知道。」依旻說完後給阿隼一個熱吻。
隔天，手機鬧鐘響起，思婕緩慢地按了鬧鐘後看一下手機，上面顯示「上午八點三十分」，而枕邊的石風與阿嚴已不見人影。
思婕心想「欸？八點半了，老公跟兒子呢？」
思婕立馬從床上跳起來，披頭散髮慌張地跑到客廳看，只發現桌上留了張紙條，上面寫「我一個人還沒辦法帶小孩一整天，所以帶兒子去阿隼家玩玩，你好好放鬆不用擔心我們，但晚上八點前要回到家，老公留」，紙條下壓著三千元鈔票。

這時，思婕的眼淚卻流了下來，但沒多久，她深呼了一口氣，擦了擦眼淚，快速地梳洗一下，化了妝，匆忙地出門。

巷子口的遠方，思婕跑向早餐店的門口，對著依旻大喊「抱歉我遲到了！」依旻笑著看看思婕慌張的樣子，輕柔地抱住了她，再仔細打量一翻後說「真看不出來妳已經生過小孩啊？身材還是那麼好！」

「唉唷！討厭啦！突然這樣講，再好也沒妳好啊！企管系第一美女。」思婕開心的說完後二人一起大聲的笑了出來，手勾著手，走進早餐店。

兩位母親

從小吃到大的早餐店，二話不說點了最愛吃的肉鬆三明治加大冰奶。

兩位父親

在阿隼的家裡

「欸，我兒子在哭什麼啊？」「我怎麼知道你兒子在哭什麼啊！」

最好逛的服飾店面群，最愛逛的鞋店，雙雙在鏡子前開心地展示著。

「我兒子現在可以吃冰淇淋了吧？」「不行！他現在才一歲多！」

還在交往時期常來的娛樂電玩中心，最好打發時間的電影院。

「快叫你女兒不要哭了！阿嚴聽了會一起哭！」「我有什麼辦法不要爲難我！」

月底時常吃的滷肉飯加蛋花湯，領錢時常吃的燒烤店及法式鬆餅點心屋。

「這大便也太臭了吧！」「不要靠近我們，幹靜流吐了啦，**白癡喔——**」

能留下實體紀念的照相機貼紙，無時無刻能儲存紀念的手機，不停地自拍著。

「快看！阿嚴抱著靜流睡著了耶！」「快拍下來傳給依旻她們！」

高級的化妝品櫃位及香水，能展現女人氣質的金飾項鍊。

「白癡喔！那是別人家的東西不要亂拿！」「妹妹那個不能放嘴巴啊！」

充滿庶民美食香味的中壢夜市，是中壢人從小到大共同的回憶。

「我看晚上就叫外賣吧！」「中午不也叫外賣……」

兩位母親在夜市停車場開心地道別，而思婕及依旻的購物袋裡，卻幾乎都是買給老公及小孩的衣物及用品。

「終於七點半了，我先回去了……」「她們終於快回來了，兄弟再撐一下……」

兩位父親狼狽地道別後，各自忙各自的。

思婕提著大包小包的打開家的大門說「我回來……老公你還好嗎……？」

只見石風憔悴地抱著阿嚴一起看電視，轉頭惆悵地說「回來啦，有好好放鬆嗎……？」

思婕噗滋笑了出來但是眼睛裡卻含著眼淚說「有啦！謝謝你啦老公。」說完後親了石風臉頰一下「看，這是買給你的宵夜，中壢夜市的麻油雞腿麵線加泡飯。」

「喔喔喔！這就對了嘛！」石風開心地一邊打開麻油雞一邊說。

「你再顧一下喔，我先去洗澡，晚上再給你甜點喔！」思婕說完後再次親了石風一下，站起身子走去房間。

石風笑著心想「偶而這樣也不錯，不如就一個月一次，剩下的六日就一人顧一天，等等再跟思婕討論，再好好地跟她道歉。」

不久，依旻手機傳來石風的簡訊「謝謝妳。」

依旻看了手機簡訊後，鬆了口氣，微笑著。

王石風

身高：１８２公分
體重：６５公斤
就讀學校：清雲科技大學
科系：電機系
外貌：壞壞搞怪型
興趣：逛夜市吃美食
外號：風哥
星座：天蠍座
血型：B型

Chapter 4 第4章 擔憂

這天，是我們兩家人第一次一起出遊。

一台七人座的白色廂型車，緩緩開到阿隼家樓下，「叭叭」石風在駕駛座按了兩下喇叭，思婕下車在門前等候著。

不久，公寓樓下門被打開，阿隼拿著行李走在前面，依旻牽著靜流走在後面。

「嗨！阿隼！」思婕與阿隼打完招呼後開心地跑到後面，蹲下抱住靜流說「我可愛的乾女兒會走路了耶！」

「時候不早了，趕緊出發吧！再晚會塞車的！」石風透過副駕駛座窗戶說。

兩家人上車後，開始三天兩夜的旅遊，目的地：**高雄**。

果不其然，出發沒多久，後座的思捷與依旻及各自的小孩就已沉沉睡去……

「欸欸！不是一上車就睡吧！」石風埋怨地說。

「算了啦！以前不也這樣！」阿隼笑著說。

阿隼回頭看看兩位母親與各自的孩子頭靠在一起睡著的模樣，微笑了一下，除了幸福，沒什麼好說的。

「你們之後相處上還好吧？」阿隼說。

「可以啦，經過上次的體會，夫妻就是互相嘛！彼此有什麼狀況不要隱瞞互相討論，有達成共識就沒事了。」石風說。

「你說的沒錯，每對夫妻都有屬於自己的相處模式，提前是要互相，而不是比較。」

「那妳跟依旻呢？」

「我們在準備副業，想說用空閒時間能多增加一些收入，具體要做什麼還沒定案。」

「我們沒你們聰明，現在孩子比較好帶一點了，思婕也只會追劇，如果有什麼賺頭記得找我，我也想多賺點錢。」

「唉唷！現在到哪啦？」思婕說。

「欸嘿！老婆大人妳醒啦！現在到台中了！」石風緊張地說。

思婕雙手抱胸帶著威脅的口氣說「怎樣？我是一天到晚追劇什麼事都沒幹嗎？」

「沒有啦……那個……」石風說。

依旻突然打斷石風的話說「要變天了嗎？外面看起來霧濛濛的。」

四人從國道三號往台中市區看，已經幾乎看不到城市樣貌了。

「妳醒啦，妹妹呢？」阿隼說。

「還在睡。」依旻說。

「另一邊天氣感覺還不錯啊？」思婕說。

「那是霧霾啦，空氣汙染排不出大氣造成的，一部分是風向，一部分是排太多污染氣體造成的，比如火力電廠。」阿隼說。

「還好今天不是去台中玩。」思婕說。

「因爲不能沒有電，而台灣的電力來源有八成都來自於各火力發電系統，要解決這個問題，只能製造大量了風力發電機，或是提出一個全新的綠能發電系統，其效率不能輸給風力。」阿隼說。

「我看是不太可能吧。」石風說。

「那只能盡可能節能減碳了吧，但又不是我們做好環保就能改善的。」思婕說。

「沒錯，所以最後承擔後果的就是靜流這一代的人。」阿隼說。

「那也是沒辦法的事，就看政府有什麼作爲了。」石風說。

「去清水休息站休息一下吧。」依旻說。

「對喔，等等換你開。」石風說。

「買點吃的吧，我餓了。」思婕說。

「就只知道吃！」石風說。

思婕用右手肘從後座往前勒住石風的脖子說「靠夭喔！」

沉重的氣氛被依旻轉移掉，阿隼回頭用感激的眼神看著依旻。

「夫妻倆是在放電嗎？還是在為今晚打暗號？」思婕笑著說。

車上歡樂的笑聲不斷，將霧霾的事情忘去。

高雄

日出，漸漸從海平面升起，溫暖的陽光照耀在西子灣沙灘上，舒服的海風，清澈的浪聲，是一種會讓人暫時忘記日常生活壓力的氛圍。

兩家人刻意選擇早晨人煙稀少、紫外線不強的時間來海灘上玩。

石風與阿隼身穿海灘襯衫，一左一右的站在沙灘上，將這一切的感受記在腦海裡。

而兩位母親及孩子們卻遲遲不到。

「他們是在大便嗎？也太久了吧。」石風不悅地說。

「可能還在處理小孩吧，但刻意叫我們先來沙灘這裡，不覺得有點怪嗎？」阿隼說。

「大便大到馬桶外吧。」

「………等等還是問問她們怎麼了吧。」

許久，母子女四人在遠處出現在視線內。

當四人越靠越近時，阿隼瞇著眼睛仔細觀察後，「喔——」地一聲，已經知道她們想幹嘛了，回頭看著石風，石風則是準備靠夭大便大太久的表情。

阿隼立馬抓住石風的肩膀小聲地說「她們穿的衣服跟八年前在台南初遇時的衣服是一樣的，她們想證明她們生完小孩身材還是很好，你要是沒發現沒誇獎，今晚只能自己尻槍了。」

石風瞇著眼睛仔細看了一下，驚訝一下，果然沒錯！

一陣強風，將石風海灘襯衫吹起，石風大步搖擺地向思婕走去，再用食拇指抵著思婕的下顎，將思婕的頭往上抬。

深情地看著思婕說「身材跟八年前一樣好的辣妹，請問漁光島沙灘怎麼走呢？」

思婕噗滋的笑了出來，臉馬上紅的不像話。

石風把思婕緊抱在懷裡說「辛苦了，老婆。」

思婕幸福地微笑著不說話，也將石風緊抱著。

再一陣強風吹著阿隼的海灘襯衫，阿隼從石風夫婦身旁走過，與石風偷偷來個擊掌後，用著英國紳士的步伐，冷酷的表情走向依旻，一把直接抱住依旻說

「妳永遠是我心中最美麗的天使。」

說完後不等依旻回話，直接一吻親上。

阿隼與石風的左手，偷偷比了個勝利手勢。

而阿嚴牽著靜流的手，已默默的在一旁玩沙。

大家都明白這次的旅遊，無法像八年前盡情的在沙灘上狂奔撥水，因爲多了兩個甜蜜的負擔。

「妹妹看，這是沙子喔……欸欸欸！不能放嘴巴啊！」阿隼說。

「阿嚴在哭什麼啊？」依旻問道。

「喔！他剛剛手碰了海水又揉了眼睛……」阿隼說。

「老婆，我來幫妳塗防曬油吧……」石風一臉不懷好意地說。

「謝啦……我在飯店已經塗過了。」思婕傲嬌地回應。

「阿嚴你看，叔叔抓了隻螃蟹給你喔！別哭啊！牠不會夾你的！」阿隼說。

「阿隼，你敢欺負我家阿嚴？活膩啦！」思婕說。

「老公，快過來幫我捏捏肩膀！」思婕躺在海灘椅上說。

「老公，幫我拿瓶果汁來。」依旻躺在海灘椅上說。

「老婆，阿嚴大便了……」石風說。

「自己換，老娘再曬日光浴沒空。」思婕慵懶地說。

「老婆妳看，妹妹一被海浪沖到就一直笑耶。」阿隼笑笑地說。

「白癡喔！阿嚴你不要一直踏海水啦，靜流身上都是沙子！」石風慌張地說。

「思婕，妳看這個畫面。」

「呵呵！希望我們可以好好地一起到老。」

兩位父親背對著思婕與依旻，肩膀上坐著各自的小孩，並肩站在沙灘上，陽光從二人中間的縫隙照過，與海洋襯托著。

手機裡的照片多添加了彼此愛的結晶，更加的珍貴幸福。

接近中午，人群漸多，陽光炙熱，小孩也玩的疲累在嬰兒車上沉沉睡去。

兩位母親也不願繼續給紫外線折磨自己的皮膚，於是推著嬰兒車先回飯店休息了。

石風與阿隼在附近的露天咖啡館乘涼，喝著冰涼的啤酒。

酒瓶之間的敲擊，一口氣喝下永遠的兄弟情。

石風打著嗝，看著阿隼正凝望著海景不語。

「兄弟，有心事。」石風說。

「前幾天有個報導，二〇五〇年時，這片沙灘就沒了，漁光島沙灘也是。」阿隼說。

「那時候我們已經嗝屁了吧，你在擔心什麼。」石風說。

「是這樣講沒錯，但靜流到我們這年紀時，在承受這個即將毀滅的世界帶來的混亂，我們這一輩的人，享受娛樂生活製造混亂，而他們長大後卻是承受這個混亂的世界。」阿隼說。

「你又來了，老是在想著這些，這不是我們能改變的。」石風說。

「我只是覺得，我看不慣這一切，但我改變不了，所以我決定顧好自己就好，我真的無法問心無愧。我只能是，我盡力去改變這一切，不管成不成功，我才能問心無愧。」阿隼說。

石風無奈地看著阿隼，不久後說「兄弟，如果你有辦法，你想做什麼你就儘管去做吧，我們一定挺你，有什麼狀況我們一起擔。」石風說。

阿隼微笑看著石風說「好，我知道該怎麼做了，謝啦兄弟。」說完後再與石風乾了一瓶啤酒。

「那你打算做什麼。」石風說。

「那就是……祕密！」阿隼說。

「祕密是不是！分手啦！」

「哈哈。」

二人不說話，沉寂了一段時間，海浪繼續衝擊著礁石，發出熟悉地浪聲。

「你老是在想這些，我想還是跟你出生的家庭有關吧。」石風說。

「畢竟他們做盡了壞榜樣，承受的是我，我才不要讓靜流承受跟我一樣的苦。」阿隼說。

「還有聯絡嗎？」石風說。

「有，要錢的時候。」阿隼說。

石風露出厭惡的表情說「嘖！眞的有夠爛！」

「現在，能擁有依旻跟靜流，我眞的很幸福，所以我才老是在想這些，等我們嗝屁了之後，靜流會是什麼狀況。」

「聽你這樣講，我也很擔心啊，而且我發現實際照顧過小孩後，帶小孩不是累，而是煩，想做任何事都被小孩綁住，然後我就在想，就算我能克制自己去教小孩，那些克制不住自己的父母，不就是屬於放任孩子長大的類型嗎，而這類型的家庭感覺會變成大環境，不就變成不是我顧好我自己的孩子就好了，因爲到學校還是容易被大環境影響。」石風說。

「…………」

阿隼用難以置信的表情看著石風說「知道是被什麼影響嗎？」

石風聳聳肩說「智慧手機嗎？」

「差不多，講明白點就是我們這一輩當父母的，大部分的人已經將注意力從孩子的教育轉移到娛樂慾望上，或是工作上，然後把教育孩子的責任全推到老師身上，年代越後面，科技越發達，這類型的父母就越多。」阿隼說。

「有道理，那跟海平面上升有什麼關係。」

「兄弟，記住一個重點，只要是人，就一定會把**團體利益**跟**個人慾望**擺在第一跟第二，你我也不例外，而第三之後，才有可能是**環保意識**。當慾望過剩時，就會把環保意識排在更後面，地球就再也沒有被改善的機會了。」阿隼說。

「沒錯……可是當自己都顧不好時，誰還會去顧及環境呢？」石風說。

「沒錯，這就是人的天性，所以才必須有一個辦法，讓貫徹環保意識的同時又能兼顧團體利益跟個人慾望，並且搭配教育改革，或許才有機會。」阿隼說。

「如果眞的有，即使犧牲一部分利益我也願意配合。」石風說。

「其實現在的大部分人也是這樣想的，但因爲沒有辦法打破團體利益跟個人慾望這個已經規律運轉的社會，只能埋藏擔憂的心情繼續走下去。」阿隼說。

「所以你……想到了？」石風說。

「哼！當然是……沒有。」阿隼說。

石風無言地深呼一口氣說「…………好的。」

二人不禁笑了出來又乾了一瓶啤酒，這時阿隼的手機響起，阿隼拿出手機打開訊息看「老公，差不多該回來了，思婕吵著要吃飯。」

阿隼喝完最後一口啤酒，長嘆一聲後說「走吧，你老婆在該餓了。」

石風笑了笑，與阿隼一同手插背後，並肩而行，朝飯店走去。

旅程結束後，六人座的白色廂型車行駛在熟悉的馬路上，思婕母子及依旻母女依舊在後座睡得香甜。

現在已經晚上八點多，看著快到家的阿隼，轉過身後正準備把依旻叫醒時，周遭的一切突然暗了下來，紅綠燈、招牌燈、社區燈只能用月光才能勉強看清楚。

下一秒，車子突然急煞「嘰——————嘣！」，全家人頓時驚醒，後一秒車子又被後方的車追撞往前移了一些。

「怎麼了怎麼了！」思婕驚慌的問。

「大家沒事吧？」阿隼說。

依旻安慰著被嚇哭的靜流說「我們沒事，現在什麼狀況。」

石風哀怨地說「剛剛整個市區全都停電了，前面的車突然急煞，我來不及反應就撞上去了，後面也撞上來了，我先下車看看。」

「討厭耶！就快到家的說！」思婕不悅地說。

「整理一下我們也下車吧。」阿隼說。

「依旻，我看妳們用走的先回去吧，這邊不知道要搞多久。」思婕說。

「嗯……：好吧，妳們看怎麼樣再傳個訊息給我。」依旻說完後想了一下，轉頭跟阿隼說「老公，你留在這幫你兄弟吧。」

阿隼看看石風後說「好，我知道，嬰兒車跟行李箱我等等拿回去，妳帶著妳跟妹妹的行李就好。」

這時，旁邊傳來石風與另外兩位車主大聲爭論的話語。

阿隼急忙地走到石風旁邊把石風拉到一旁問「報警沒。」

「報警了，幹前面的車主超兇的，不知道在兇幾點。」石風不悅地說。

第一台車主突然指著阿隼大聲地說「欸，你誰啊，我們話還沒講完咧，叫他給我過來！」

「先生，你在這發脾氣對現在的狀況有幫助嗎？」阿隼說。

「你是開車的嗎？關你屁事喔。」第一台車主憤怒地說。

「既然沒辦法溝通，那就等警察來再說吧，順帶一提，我們是可以把大部分責任推給紅綠燈突然熄滅視線不佳導致車禍來申請國賠的，只要我們說詞一致。」阿隼說。

「這可以申請國賠喔？」後方的車主說。

「可以賠一部分，只要我們說詞一致。」阿隼說完後與後方車主一起看向第一台車主後繼續說「先生你的車在最前面，紅綠燈突然熄滅導致你不得不急煞被撞，你的責任是最小的知道嗎？」

「你們要是有保持安全距離就不會發生車禍了不是嗎？」第一台車主不悅地

說。

「啊！你說的沒錯，眞是對不起，之後的等警察來再說吧。」阿隼說完後轉頭拿出手機拍下車禍現場。

石風也走向思婕開始討論剛才的狀況。

沒多久，警察來了之後，果不其然的第一台車主將責任全推給紅綠燈突然熄滅及後方沒有保持安全距離，由於車禍不嚴重，各自留下聯絡電話後，就離去了。

石風送完阿隼回到家後，開車回家路上不停地反覆思考剛剛處理車禍的過程。

到家後，石風還是傳了個訊息給阿隼「兄弟，今天全靠你了，不然可能會打起來。」

沒多久，阿隼回傳了訊息，石風打開看「沒事啦兄弟，爲這種小事而憤怒的人跟他就沒什麼好講的，只是盡可能不要讓自己被他的憤怒情緒而受影響，當你被受影響也產生憤怒情緒時，就會失去判斷能力，事情就沒辦法溝通，能做的就是轉移話題讓對方停止憤怒，當對方無法再繼續憤怒時，就有辦法與對方溝通，事情才能往好的方向發展。」

石風笑了笑心想「這個世界只有你辦得到吧。」隨後回了一封訊息「了解。」

陳思婕

身高：１６２公分
體重：４６公斤
就讀學校：清雲科技大學
科系：企管系第二美女
外貌：火辣俏皮型
興趣：逛街買衣服
外號：朝天椒
星座：獅子座
血型：A型

Chapter 5 第5章 理想

今天，是阿嚴的生日，石風一家人開著車往阿隼家的路上。

「嘟嘟嘟嘟——」石風拿出手機看，是阿隼打來的。

石風按下汽車藍芽擴音接聽鍵說「欸兄弟，我大概還要再十分鐘才會到。」

「不是啦！我家停水了，現在看是要出去吃還是叫外賣。」阿隼說。

「欸？沒繳水費啊？」石風說。

「靠夭喔！你沒看新聞嗎？去年雨季時雨不多，現在乾季了水庫不足，只能區域性輪流供水啊，然後整棟住戶就開始瘋狂儲水，樓上水塔一下子就被抽乾了，現在要出去吃還是叫外賣快決定啦！」阿隼激動地說。

「哈哈，我先到你家再說吧。」石風說。

「阿隼，我們出去吃吧，你們趕緊準備我們快到了。」思婕說。

「好喔，應該直接問思婕的，拜拜。」阿隼說完後掛上電話。

石風大聲地回說「嗯？？？？」

沒多久，石風的車緩緩開到阿隼家樓下，按了兩下喇叭後，阿隼一家人走下樓後直接上了車。

「欸我們要吃什麼啊？」思婕說。

「最好是有小朋友在比較方便的餐廳。」依旻說。

「而且不要太貴。」思婕說。

「不要垃圾食物。」依旻說。

「室內要有冷氣，客人不要太多不要太吵。」思婕說。

「有停車場。」依旻說。

「可以坐很久。」思婕說。

「廁所要乾淨。」依旻說。

思婕與依旻說完後一起看向前座。

阿隼拍拍石風的肩膀說「出發！」

石風激動地說「屁咧！你們三個一搭一唱的早就串通好了是吧？到底要去哪啦！」

後座的思婕與依旻已笑成一團。

「就那家新開的連鎖家庭餐廳吧。」阿隼笑著說。

石風透過後照鏡對著思婕說「晚上要妳好看。」

「姨媽來，謝謝。」思婕說。

「嘖！」石風不悅地說。

六人座廂型車緩緩開離阿隼家後不久，阿嚴說「什麼是……姨媽？」

「……………」車內的大人。

車子行駛到家庭餐廳時，發現不少人在排隊，石風說「等嗎？」

阿隼看了看手錶說「等吧。」隨後跟後座的思婕及依旻說「妳們先下車排隊吧。」

思婕母子女四人下車後，拿了號碼牌在一旁坐著等候，沒多久阿隼走了過來說「停車場等也要等，叫我先過來。」

依旻蹲下握著阿嚴的手說「阿嚴寶貝兩歲了耶！學習上還好嗎？」

「以男生來說她說話速度算快了，而且現在半夜幾乎不會哭鬧了，再過一陣子就會去上幼幼班。」思婕說。

「女生說話速度比較快，我們家妹妹語言方面差不多跟阿嚴一樣了，只是半夜比較會哭鬧。」阿隼說。

「嘟嘟嘟嘟——」思婕接起手機說「喂，你停好車了嗎？」

「我還在等車位，等等你們先進去吧。」石風說。

「我們這邊大概還要十分鐘，你來門口沒看到我們就打給我。」思婕說。

「好，拜拜。」石風說。

思婕掛上電話後，看著依旻抱著阿嚴，阿隼抱著靜流，在讓這對兄妹互相認識。

眼前的這一幕令思婕感覺無比的幸福，甚至不想去打擾他們。

凝視許久後，一股難以言喻又複雜的心情直撲自己的內心深處。

「不覺得時間過得很快嗎？」思婕說完後，用渙散的眼神看著依旻及阿隼

「剛認識的那一刻好像是昨天一樣，人生啊……」

阿隼疑惑地看了依旻一眼後笑笑地對著思婕說「妳說這話很像老頭耶。」

思婕的表情從微笑緩緩轉變成臭臉說「呿！不能感概一下嗎？再過一陣子，孩子們就成年了你知道嗎？」

阿隼笑笑地不回答。

依旻坐到思婕旁邊說「孩子大了之後，我們就可以環遊世界啦！妳不是很想去看看金字塔嗎？還有哪裡？想一下。」

「對對對，我還想去看巨石陣……還有艾摩像……還有羅馬競技場……凱旋門……萬里長城……唉唷，時間怎麼不再過快一點啦！」思婕懊惱地說。

「哈哈，妳不要激動，先想好寫下來，孩子們大了之後，我們四個再一起好好逛逛這個世界，反正金字塔又不會跑掉。」依旻說。

「那大概還要多久啊……」

「孩子大學畢業，還要二十年吧！」

「………」

這時，服務生叫了依旻手上的號碼，石風也停好了車與家人會合，入座後，開始阿嚴兩歲簡單的慶生。

時間來到晚上六點三十分，就在餐點上桌後不久，靜流開始有些焦躁不安，嘴裡唸著「澎澎。」二字。

「妹妹怎麼了。」思婕說。

「洗澡時間到了，在家都這個時間洗澡，現在就是要讓她知道在家按照時間規畫表走，在外不用。」依旻說。

「什麼時間規畫表，她看得懂嗎？」思婕說。

「不是一張表啦，只是用日常生活的時間管制她讓她知道什麼時候要幹什麼，像現在洗澡時間到了她就知道要洗澡了，慢慢培養她規律的生活作息。」阿隼說。

思婕仔細觀差乖乖吃飯的阿嚴後說「像阿嚴這樣感覺也沒什麼問題啊？」

「所以現在才要調整一下靜流時間管制要區分在外跟在家，沒關係啦！現在還小慢慢教，重點我們父母做好榜樣就好。」依旻說。

「嗯！」思婕點點頭地說完後仔細觀察起阿隼，不自覺地發出一聲「嗯？？？」

「幹嘛這樣看我？」阿隼說。

「阿隼，你黑眼圈變重了耶，皮膚也變差了。」

石風也抬起頭來仔細觀察阿隼說「鬍渣也變多了。」
「我們最近在研究副業啦，加上最近靜流晚上一直哭鬧。」依旻說。
「這一陣子比較累而已啦！沒事沒事！」阿隼說。
石風夾了兩塊炸生蠔到阿隼碗裡說「給你補一補，今晚我用不到……。」
「好兄弟。」阿隼感激地說。
「王先生，累積一下會死是嗎？」思婕說。
兩家人又重回歡樂氣氛。

結束簡單的聚餐後，石風開著車載阿隼一家人回家，一個老掉牙的道別後，看著走進門的阿隼，那個背影慢慢沒入黑暗中，時間剎那間慢了下來，讓石風睜大眼睛待在原地許久不能回魂，心劇烈的跳動著。
「………」
「老公，你發什麼呆啊？」思婕搖著石風的身體說。
石風大力的吸了一口氣後喘息著，恢復意識後才發現阿隼早已回到三樓，不在視野內。
石風雙手抱胸，嘆了一口氣說「總覺得有點擔心阿隼。」
「你也有這感覺對不對，依旻從來沒有祕密會瞞著我，這還是是第一次，想不擔心都難。」思婕說。

「時間到了他們自己會說的，回家吧。」石風說。
「也是……」思婕說。
石風夫婦離開時仍不自覺地往三樓看著，露出擔憂的表情……

而事情，就從今晚開始轉變，整個世界……一起轉動著。

晚上十點，洗完澡後的阿隼，回到房裡看看早已入睡的靜流，摸摸她的頭後，起身走到客廳，打開筆記型電腦，開始在鍵盤上敲打著。
依旻走進客廳對著阿隼說「快完成了吧？」
「今天就會完成了。」阿隼說完後手指停了下來，表情有些凝重。
依旻猜到阿隼在想什麼，走過去坐在阿隼的腿上將阿隼抱在懷裡說「不用擔心我們母女，你想做什麼就做吧，事情不會發展到那種地步的。」
「我就是擔心會到那個地步。」阿隼說。
「那你要放棄嗎？」依旻說。
「不可能放棄。」
「那就對啦，有什麼狀況我們就躲到思婕家就好啦。」

「呵！說的也是！」

依旻低下頭親了阿隼後說「趕快弄完早點睡吧。」

「好，我知道。」

時間來到凌晨兩點，電腦螢幕上顯示「確定上傳」的按鍵，阿隼閉上雙眼想起這輩子最重要的人們，及一起發生過的每一件事。

「也不一定會往最壞的方向走。」阿隼說完後輕輕地按下「確定」鍵。

不久，電腦螢幕上顯示「上傳完成」。

「睡吧，剩下的之後再說。」阿隼說。

一周後——

石風打開報紙，看著看著，看到報紙副刊寫著「水重力發電機實驗。」

「水重力發電機？這什麼東西？」石風說完繼續往下閱讀「一篇簡易的網路學術文章，在短短一個月內，轉傳分享了百萬次，部分學著針對水重力發電機提出許多質疑，但有也些學著認爲此方法可行，評論兩極化。」

「到底什麼東西？」石風疑惑地說完後看到報紙最後一段寫著「本篇報導來自一篇網路學術文章：一步之遙」

「一步之遙？我看看。」石風說完後拿出手機開始研究部分重點文章。

Chapter 6

第6章　一步之遙

《一步之遙》　發文人：陳隼人

計畫一：三十年曙光計劃

目的：針對地球暖化導致海平面上升之根本問題而提出之解決方案，包含能源改革、環保改革、教育改革、電能建設及產業轉型等，須由中央、地方、各相關企業、相關領域專業人士及平民百姓相互合作才得以實現之實際解決辦法。

意義：現階段人類社會及整體經濟體系，使人類思想不得不以「團體利益」及「個人慾望」擺在第一及第二，「環保意識」擺在第三或著之後。

為使人類思想打破此常規，設立曙光計劃，讓全人類能夠輕易地執行「團體利益」及「個人慾望」的同時又能夠貫徹「環保意識」。

主題：空氣汙染來源之解決辦法暨影響之層面

▼方案一：全新的發電系統《水重力發電機》

原理：運用地球自身重力，使水垂直落下產生的力衝擊水車，水車產生的動能帶動增速機及發電機，再使用耗能較少的柴油永磁混和動力抽水馬達將水往上送回高處。

示意圖：

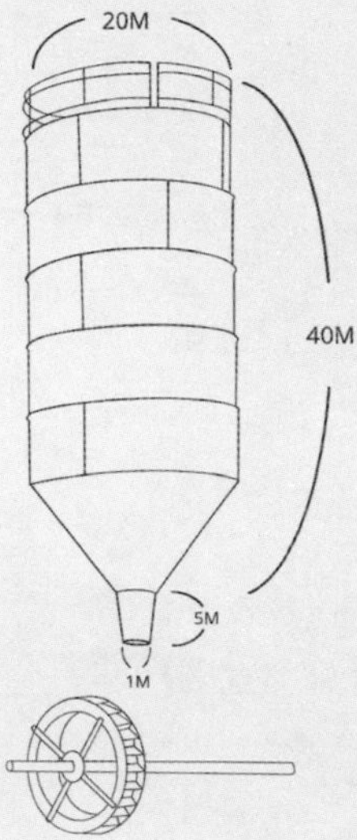

比較優點：占地小、造價便宜、發電量大、耗材量少、保修維持容易、較為安全、汙染量少。

▼方案二：利益平衡政策《轉型補助》

當水重力發電機數量可完全取代各火力發電系統及核能發電系統時，台灣便進入全綠色電能國家。

引發問題：因消耗成本極低，導致一度電從原本的約二．六元台幣降至約零．五元台幣以下，全國的家庭、地方公共建設、工廠、各行各業等等，將會立即得到極低電力費用的利益。

而相關石油業者、汽機車買賣產業、汽機車維修補保體系、加油站業著、天然氣業者、自營電廠、電動車市場等等因改革而立即失去他們本來的金錢利益，會有人因此而失業、倒閉，使經濟體系失去平衡。

解決辦法：台灣電力以火力發電為主時，年用電量約二千七百億度電，電費每度約二．六元台幣，實際電費收入約七千億台幣。

當台灣成為全綠色電能國家時，年用電量不便，電費每度約只需零．五元台幣以下，實際電費收入一千四百億台幣便可維持全國水重力發電廠的營運。

為避免電費立即降低導致經濟失去平衡，改採二十年電費逐年調降政策，但每度電實際約只需零．五元台幣。

每年溢收的五千多億台幣，只用於「受影響企業轉型補助」及「電動車電池製造」。

並與中央政府每年編列預算合為「轉型補助金費」。

此利益平衡政策，能使立即得到極低電費利益的人民、企業改成逐年獲得利益。

而因極低電費導致失去利益的企業、石油業，因利益平衡政策而得到充足的轉型時間及轉型金費，也變成逐年獲得利益。

示意圖：

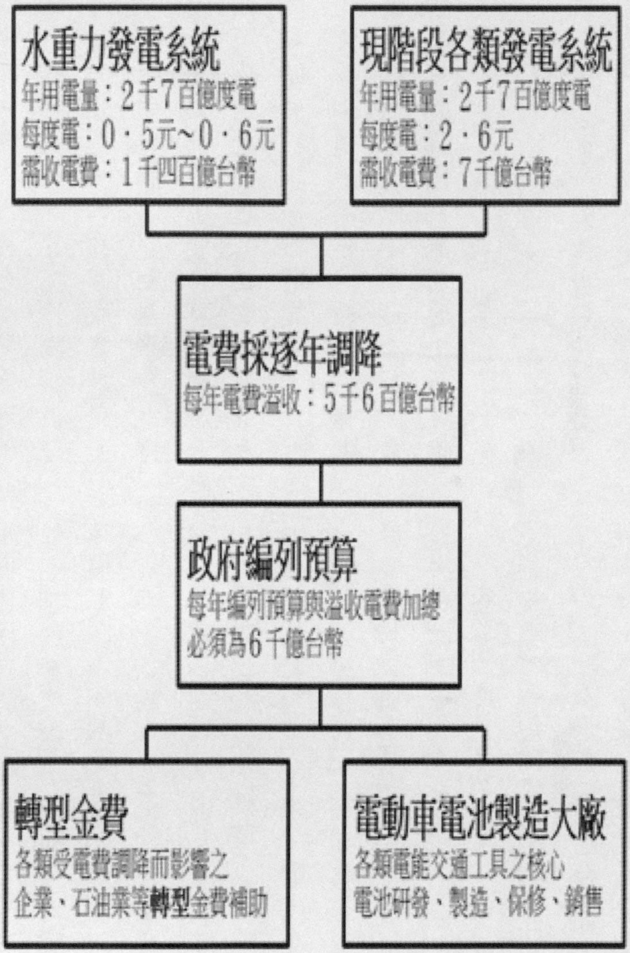
水重力發電系統
年用電量：2千7百億度電
每度電：0．5元~0．6元
需收電費：1千四百億台幣
現階段各類發電系統
年用電量：2千7百億度電
每度電：2．6元
需收電費：7千億台幣
電費採逐年調降
每年電費溢收：5千6百億台幣
政府編列預算
每年編列預算與溢收電費加總
必須為6千億台幣
轉型金費
各類受電費調降而影響之
企業、石油業等轉型金費補助
電動車電池製造大廠
各類電能交通工具之核心
電池研發、製造、保修、銷售

▼方案三：國造電能交通工具電池製造大廠

設立之用途：因應台灣交通運輸經濟體系發展成熟，其空汙比例占整體空污的三分之一，為達成電動交通工具普及化之目的，將利益平衡之轉型補助金費之部分金費，與中研院合作設立國造電能交通工具電池製造大廠，使電動車及其各類電能交通工具所使用之核心電池零件，以極低價格出售於各國內外電動車製造工廠，最終使電動車及各類電能交通工具之價格平價，以達普及化之目的。

▼方案四：綠色電能建設暨環保塑膠產物研發

一、民政合作微型風力發電系統

因應我國逐年轉換成全電動交通工具國家時，所需電力也逐年上升，為此，設立以「鄉」為一個區域，租用區域內可設置微型風力發電之民用住宅、社會住宅、工廠、商業大樓之頂樓空間，以補足電力需求。

二、電動車暨各類電能交通工具充電柱建設計畫

因應我國逐年轉換成全電動交通工具國家，為此，須將電動交通工具之充電裝置達成所需求之覆蓋率，以應合電動交通工具之普及化。

（一）家用型充電柱
（二）企業用充電柱
（三）公共計費型充電柱
（四）公務充電柱

三、為降低塑料垃圾焚化所產生之空氣汙染及塑料垃圾對各大自然產生之危害，須由中研院、相關專業人

士、相關企業共同研究創新無汙染且易分解之塑膠材料。

研發條件：

(一)、燃燒後產生極少的空氣汙染。

(二)、掩埋後可成為肥料。

(三)、泡在海水中可輕易被海水分解。

(四)、被生物誤食可成為養分或不會對身體造成危害。

(五)、耐高溫至少高於八十度以上。

(六)、保存期限至少三個月以上。

(七)、韌性不輸給一般塑膠袋。

(八)、完全不含塑膠材質。

(九)、因應堅韌產品所需可含微量的塑膠材質。

▼方案五：電能轉型人力資源教育計畫

因應電力能源暨電能交通工具之逐年轉型，教育部迎合轉型而設立電動機車科、電動重機科、中小型電動車保修科、大型電動交通工具保修科、電動機具科等等，並設立相關技術士技能檢定及發證辦法，而非再由電動車產業自行訓練人才。

電動交通工具教育人力資源示意圖：

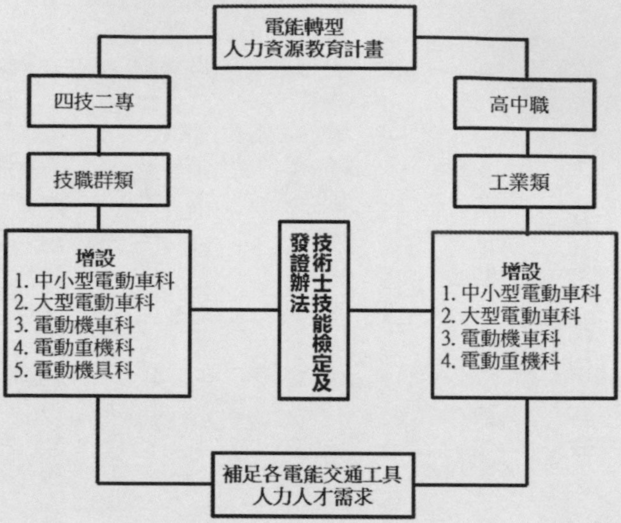

▼方案六：教育改革

因應科技日益進步，進而影響人類之日常生活、休閒娛樂及工作事務。

當日常生活及工作事務因科技進步而變得便利且更有效率時，人們多出來的時間便會不自覺地投入高科技的休閒娛樂而不是充實自我及教育傳承，導致人類無法脫離娛樂而沉迷其中。

為了不使自己脫離娛樂沉淪，最終導致生育率逐年降低、放縱式教育家庭比例逐年攀升，進而影響校園教育品質、社會治安及國際競爭力，但科技不停地進步是必須的。

解決辦法：基礎心理學課程

透過基礎心理學課程讓青少年習得「換位思考思想」，使其將來出社會及組織家庭時能擁有自主分辨「好與壞的能力」，並正統化，以舒緩少子化問題、教育問題、治安問題及環保問題。

（一）高中部及大專院校增設情緒管理、換位思考必修課程。

（二）大專院校暨研究所設立換位思考思考想心理學系及發證制度。

（三）設立換位思考思想心理學講師職業工會。

組織示意圖：

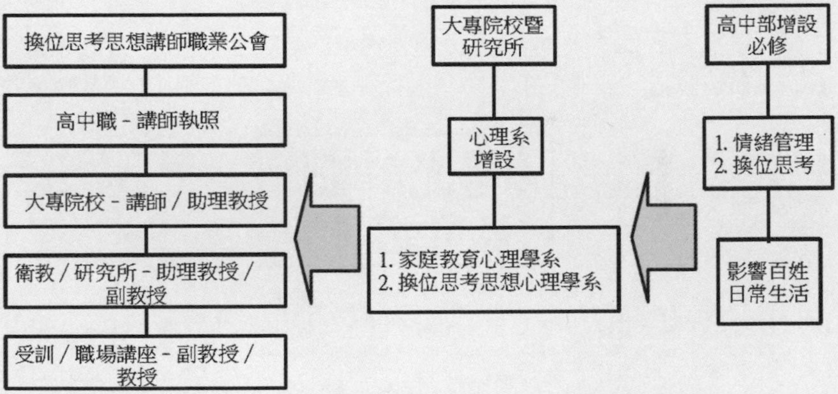

▼方案七：海平面上升暨極端氣候預防建設

依據美國中央氣候研究組織針對二〇五〇年海平面上升影響之報告顯示，我國在二〇五〇年時將會被海水淹沒約二千多平方公里之國土面積，所受之影響包括暴風潮、土質軟化、土壤鹽化、沙漠化、生態體系、經濟體系等。

即使全世界各國在此刻開始與我國共同努力做環保改革，二〇五〇年之前的影響仍然是不可逆的，為此，中央、各地方政府針對海平面上升暨極端氣候受影響較為嚴重之區域提前實施預防性建設，以防各類災害影響人民生命財產安全。

《曙光計劃改革主軸》

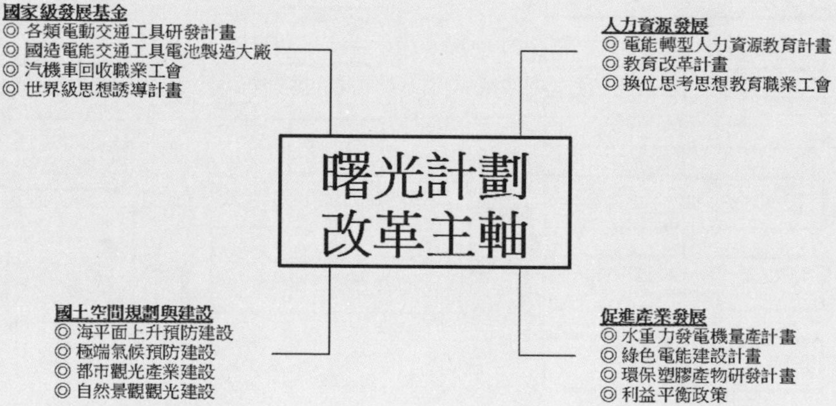

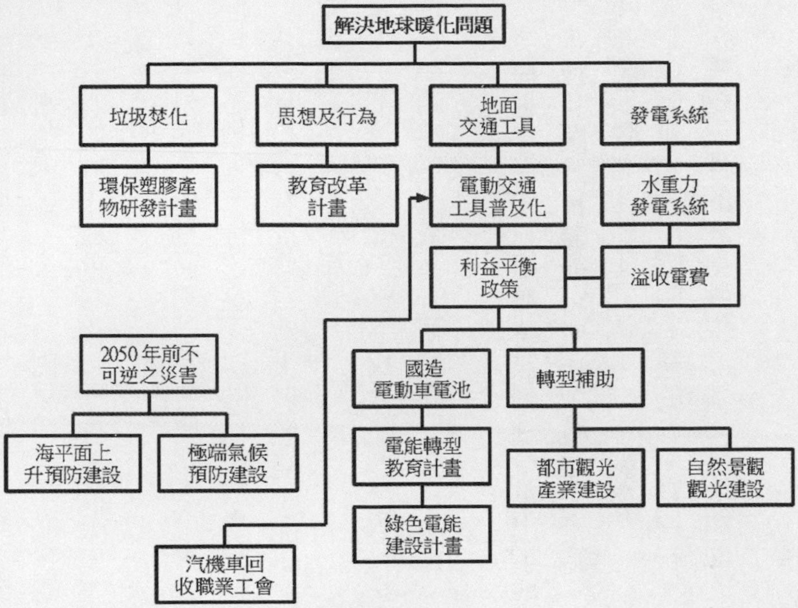

計畫二：三十年《協同計畫》

為貫徹「環保意識同時又能兼顧團體利益及個人慾望」之原則。

政府須大力推行《自主綠能發電政策》，鼓勵民眾之住宅、小型商業及服務業、公共設施及機關部門、工業部門合法裝設家用型、微型、小型、中小型風力發電機，且政府須與廠商合作提供購買補助、裝修、保養之服務，使之大幅減少對火力電廠電力需求，民眾及各企業能大幅減低電費支出的同時，也能創造工作機會、解決缺電問題及達成環保目標……

「操！是阿隼嗎？不可能吧！不對不對。」石風說完後拿起手機打給了阿隼

「嘟嘟嘟嘟———」阿隼接起電話後說「喂，兄弟，看到我的文章了嗎？」

「哇哇哇！真的是你啊？你真的太屌了！原來你最近一直在忙這個啊！」石風說。

「是啊！但是又不一定會成功！至少我努力過了！」阿隼說。

「不會啦，你一定可以的，這麼轟動對不對。」石風激動地說。

「那也要看那些有錢大老們能不能研究成功，不然也只是空談，而現在，只能等了。」阿隼說。

「不管怎麼樣，兄弟我挺你，有狀況要說啊！」石風說。

「哈哈，謝啦。」阿隼說。

在那之後，石風無時無刻就會拿出手機看看阿隼寫的網路文章，仔細地研究著，並且關注實驗能否成功，就連上班時，一有空也拿出手機看看目前狀況，一度被廠長警告上班不認真。

而阿隼這裡，隱藏自己的身分及居所，並沒有像石風一樣十分期待而時刻關注，繼續過他的老百姓生活，彷彿不關他的事一樣。

就在兩個月後，石風打開報紙，看到頭版的小角落發表了實驗結果。

「經過多次調整，水重力發電機的發電效力只相當於中小型風力發電機，雖然建造成本低、但並不環保，將水往上送所消耗的能量過於巨大，一個水重力發電機就需要將近十多台的柴油永磁混和動力抽水馬達，也意味著需要大量的柴油，因此不環保。」

「蛤……怎麼這樣……會不會是搞錯啦！」石風說完後撥了電話給阿隼，想與阿隼討論報紙上，實驗結果的看法。

「嘟嘟嘟———」阿隼的手機響起，接起電話後說「兄弟，你消息還真快啊！」

「當然啊！我可是天天在關注啊！欸，報紙上說的實驗結果，你怎麼看？」

「嗯……要講很久耶！今天禮拜六，我去你家如何，好久沒去你家坐坐了。」

「好啊好啊！現在嗎？依旻跟你女兒也要來嗎？」

「現在啊！我們都會去，等等就出發。」

「好啊！等你們，拜拜。」

約過了三十分鐘後，石風家的門鈴響起，思婕開心地開了門，阿隼三人魚貫走了進來後，才剛坐下，石風就迫不及待地抓著阿隼問了起來。

「現在怎麼辦，實驗不理想，政府應該不會量產耶！」石風緊張地問。

「水重力發電機本來就是注定失敗，這是預料之內。」阿隼說。

石風驚訝地說「預料之內？我剛看網路留言，一堆人罵你是騙子什麼的。」

「哈哈，不用緊張啦，預料之內。」阿隼說。

「那所以呢？在你預料之內，然後呢？」石風緊張地問。

阿隼用狐疑的眼神看著石風說「兄弟，你一定沒有看到最後對吧！」

「什麼看到最後，最後還有什麼？不要拐彎抹角趕快講啦！」

「哈哈，好啦！水重力發電機只是個幌子，用來吸引全國人民而已，空氣汙染地球暖化、北極冰溶化海平面上升等等問題，其實一直紮根在人民心中，只是沒辦法改變而假裝不在乎而已，當我的文章公布到網路上的這兩個多月，已經被分享轉傳了上百萬次，幾乎是上至總統下至平民都知道此事，政府一邊是缺電問題一邊是環保問題，始終沒有一個很好的解決辦法。」阿隼說。

石風表情凝重仔細地聽，阿隼喝了口茶後繼續說「水重力發電機失敗後，全國人的期待落空，我當然是被罵到臭頭，而政府官員，將面臨被質詢轟炸的命運。

你應該知道，目前全台灣的發電系統，火力仍占了八成，電動車、電動機車是未來的趨勢，未來用電量只會更大不會降低，但是只要危及**團體利益**，環保意識就不可能成功。

況且，買得起電動車的人，全台灣也不超過百分之十，而這一成的有錢人，也會因**個人慾望**不願意買電動車，汽油超跑的好多支排氣管總是比較帥。」

石風想了想說「八成電力來自於火力發電廠，可是我看到最近風力建造的也挺多的啊，又沿岸又離岸的。」

「風力發電的效率總歸比火力低很多很多，而且建造成本高，再著，不是什麼地方都能造風力發電機的，比如說地質不允許、環境不允許、不能建造在山坡、不能擋到珍貴鳥類的遷移路線、海裡面有海豚棲息地也不行、噪音影響到附近居民也不行、陰影遮蔽到建築及道路也不行等等，很多阻礙的因素，其原因還是我們台灣的國土面積就是這麼小，沒有辦法。

國土小，太陽能也會受限制，況且我們台灣日照時間也不多，經常在下雨啊！而核能發電雖好，但我們台灣處於地震帶，萬一核電廠垮了，根本沒有這麼多空間可以疏散，而且疏散又要疏散到哪去也是個問題，也沒有那個本錢去收拾垮掉的核電廠。

對了，核廢料也是個問題，總歸一句話，除了火力，沒有任何一個發電系統適合我們台灣，要人民節能省碳就不用再說了，根本不可能。」

石風緊張地說「那怎麼辦？沒有其他辦法了嗎？」

這世上有太多的發電方式了，包含不用任何耗能就可以產生動力的永磁能，但能夠支撐整個國家即時用電的發電量，就只有**火力及核能**有辦法，其他的發電裝置，都不足以支撐整個國家**及時用電**而不被採納，那爲何不換個角度去想。」

在文章的最後面，計畫二，這才是適合我們台灣的發電政策，也就是協同計畫。

協同計畫內容是鼓勵民衆、營業場所、工廠、公家機關等地方，建造自己發電系統，也就是在自家的屋頂上，依據屬性的不同，建造微型、微小型、小型、中小型風力發電機或是太陽能發電系統，使自身所需的電力部分來自火力電廠，部分來自自己的綠能發電機，一方面可以減少自己電費的支出，另一方面可以大幅減少對火力電廠的電力需求。

現階段，台灣的電容裝置技術已經很純熟了，所以小至家庭、大致小型營業場所都有符合各自的電容裝置來儲存所需的電力，所需電力再大一點的公共設施、公家機關、大中小型工廠等，則是用風力發電機與火力電廠電網並聯使用，運用控制器，優先使用風力發電機的電力，當風力不大或是沒風時，則改用火力電廠的電力，一樣是三贏的局面。而我們要有一個認知，這不是政府把問題丟還給老百姓，而是政府、百姓與企業一起共同來解決缺電及空氣污染問題的同時又能給三方帶來巨大的利益，也就是執行團體利益及個人慾望的同時又能兼顧環保意識。

當微型、小型那些風力發電機普及時，台灣就會約有四到五成的電力是自主發電，就能解決缺電的問題，而火力最多只占三到四成，減少對火力電廠的需求，就能解決空氣汙染的問題。

而且，因爲有自主發電系統，所以萬一遇到戰時，電廠被破壞了，老百姓們及營業場所也暫時不會有缺電的問題。

缺電問題及空氣汙染的問題解決後，政府再設立國產電動車電池製造廠，使電動車平價進而普及化，總有一天，運輸物流業、代步車、公車等各類交通工具都變成電動化時，空氣汙染才眞眞正正的得到解決。」

「可是我看很多大都市裡的大樓，每一層都是一個工廠或公司，再擁擠的城市裡，很難把每一個風力電都架在頂樓吧。」石風懷疑地問。

「這時候政府或是民間，可以將用不到的空地、山坡地、頂樓、沿岸等地方出租給有這類似困擾的企業，也是三贏局面，況且，不一定非要風力電，太陽能、水力、生質能等，也使不錯的發電系統，重點是要符合自己的情況去做選擇。」

「等等，那，火力電廠不需要那麼多了，那些工人怎麼辦，沒工作了怎麼辦？」

「不需要國營火力電廠，但需要國營微型、微小型、小型、中小型風力發電機製造廠，到時候會大量需要那些小型風力發電機，我想至少有兩、三千萬個這麼多，除了製造，還要有裝設、後續維修、保養等，這會是另一個非常巨大的產業，需要大量的人力及技術人員，也就是另一個工作機會，這個協同計畫，是不會犧牲任何一個人的利益的。」

「那……電動車普及了，只有汽機車技術的人怎麼辦，不是沒工作了？」

「製造電動車及電動車的電池，需要大量的貴金屬，而全世界都在轉型，這些稀少貴金屬的價格會越來越貴，所以我們台灣自己在轉型過程中，會有非常多的廢棄汽機車等著拆解，然後回收可用零件及各類貴金屬，國造電動車電池製造廠及電動車製造商再便宜收購那些回收再利用的貴金屬，就可以壓低電動車及電池的價格，到時候各縣市會有一大堆的廢棄車等著那些汽機車專業師傅拆解，那就是他們的退路，我想薪資應該是非常優渥的。」

「那……那加油站呢？」

「汽油隨著時間，需求量會逐漸減少，慢慢轉型成油站、供電站及保修廠的合併企業，也是有賺頭的。」

「那二手車業呢？」

「電動車崛起後，二手汽車會被貶值，他們只能先賣掉手上的二手車，將場地轉型成加盟電動車保修廠，或是販賣電動車的代理商，或是只出租場地也可以，等電動車普及了，再回來賣二手電動車也是可以。」

石風皺著眉頭不停地來回思索，無意識地咬起了大拇指，隨後搖搖頭，微笑著說「聽起來很荒唐，但好像真的也只有這個辦法了。」

「而那些執政者、企業家、有錢人們應該是知道協同計畫這個方法的，但是眼前的利益對他們比較重要，所以選擇無視，此刻我就想問了，那後代子孫怎麼辦？不管他們死活了嗎？

現在方法有了，剩下就看他們怎麼想怎麼做了，畢竟決定權及資金都在他們手上。

如果失敗了，我頂多被人當成白癡，但如果眞的可行，就算只有一丁點機會，何不闖他一闖，總比什麼都不做，抱著擔憂的心情活下去來的好。」

「嗯……」石風聽完後陷入一陣長久的沉思，足足有幾分鐘之久，衆人的目光都集中在石風身上，直到靜流發出了肚子餓的哭喊聲，才回過神來。

「那……你可以只告訴我這個老百姓要怎麼辦就好了嗎？」

「哈哈，對於一個老百姓而言，只要花一些錢在自家的屋頂上裝一個微型風力發電機，你的電費就會減半以上，裝這個政府還會補助，也有廠商來給你定期保養。

而你工作的工廠，屋頂上或是旁邊空地可以裝好幾個小型的風力發電機，讓工廠的電費至少減去四成，電費支出減少等於是公司利潤增加不是，再來就是等電動車或是電動貨車都平價時，汰換成電動車系列就好。

所以你只要裝一個風力發電機，改開電動車，教育好孩子，就這樣完事了。」

「好，這樣我懂了。」

阿隼與石風不約而同地笑了出來。

「但……這個改革的過程，還是會有人失去利益、不想改變，甚至失業，希望政府對這些人及企業有所應對措施，不要讓任何人失去利益，或是沒有適合轉型的工作，否則改革不會成功，而且政府要有政策上的規定，不然一定會有人鑽漏洞製造亂象。」阿隼說。

「兄弟，你已經做到這樣了，這樣已經夠了，剩下的就交給政府吧！這些本來就是他們要處理的事情。」石風說。

「說的也是……」

這時，門鈴響起，原來是思婕叫的外送比薩，這才發現已經下午五點了，兩家人吃完晚餐後，阿隼便早早帶著妻女回家。

石風坐在客廳，不久後發現外頭下起了雨，拿出手機再次瀏覽文章，發現阿隼早已將下午與自己說的那些長篇大論寫在文章上，引起了更劇烈的討論。

「眞是太可怕了……」石風笑笑地說。

許久——

思婕看著自己的手機響起——

來電顯示「中壢警察分局」……

Chapter 7

第7章　撕裂般的痛楚

父親紅著眼眶說，那天晚上，下著傾盆大雨，

彷彿全世界都在為他們哭泣著……

石風夫婦衝到急診室，到櫃檯詢問了阿隼夫婦的狀況，櫃檯護士不說話，手指著第二間急診室門口的警察。

門口的警察緩緩地走到石風夫婦前說「**這對夫婦被槍殺了，是當場斃命，請問你們是死者的家屬嗎？**」

「……」

「…………………啊……」

「啊啊………………………」

「**啊啊啊啊啊**———」思婕不自覺的倒退兩步後跪了下來，失去理智地大叫起來「依旻———不要啊———為什麼———」

思婕雙手抱著頭抵著地板，睜大眼睛咬著牙，不敢相信這一切的發生，與依旻相處的回憶不段的湧出，而淚水，讓視線模糊著，「啊啊啊啊——————」

醫院裡的每個人，被聲音所吸引，朝思婕的方向看去，被悲傷的氛圍壟罩著。

石風跪著膝蓋緩緩地走進診間看仔細病床上垂下來的那隻手的手錶，正是阿隼某次生日時依旻送給阿隼的那隻黑色手錶，石風的淚水浸濕了整個衣裳，用力的往地板捶了一拳大喊「值得嗎阿隼——有必要這樣嗎——」

守在一旁的警察想調查一些問題，卻也被眼前的狀況感到無奈地嘆了一口氣。

二人不知崩潰了多久，只希望時間能夠倒流……為什麼當時不多留下來晚點再走……為什麼沒有想到有人可能會加害於你們……或著……要走一起走……

遠方……傳來一個熟悉的女孩哭聲，思婕渾身顫抖著努力轉頭往哭聲的方向看去「靜流……是靜流……靜流還活著……**靜流還活著！**」

看著靜流哭著大聲喊「媽媽……媽媽……」

思婕咬著牙，努力地往靜流的方向爬去，正要站起來時，眼前的一切卻被黑幕奪去，暈倒過去的同時撞倒了身旁的醫療推車。

石風聽見「蹦！」的一聲，往聲音方向看去，發現思婕倒在地上一動也不動，額頭流著血……

石風慌了手腳，一邊哭一邊努力的爬起，將思婕抱起後大喊「誰來救救我老婆！我已經不能再失去了！」

一位護士按下了緊急鈴，診間的醫師衝了出來接過思婕，將思婕放在一旁的病床上，推進診間治療，只留下站在原地的石風……

石風聽見靜流的哭聲後，跪在靜流面前，緩緩地將靜流抱在懷裡。

突然間，耳邊彷彿傳來阿隼的聲音「……靜流就拜託你了……。」

石風猛然睜大雙眼，驚恐地往四處查看，殺人兇手會不會就在附近，就在此刻，忽然感到周遭的每個人都是如此的不可信任。

驚恐過度的石風，將一旁關切的護士推開，把靜流抱起往診間跑去，躲了起來。

夢中……

依旻燦爛地笑著，從天上緩緩地降下來，降到思婕面前時，將思婕熟悉的抱在懷裡，讓思婕再度哭紅了眼睛顫抖著嘴，就在伸出手準備擁抱依旻時，依旻開始像被風吹飛的雪花般一點一滴的消失，任憑思婕瘋狂掙扎著伸出手想抓住依旻，而依旻卻隨著時間慢慢消失地無影無蹤……

思婕突然含著淚睜開雙眼，像溺水獲救時大力的喘著氣，左看右看後猛力坐了起來，原來，這裡是醫院的病房。

「妳終於醒了。」石風說。

思婕往左看去，看見一張病床，上面躺著阿嚴及靜流正熟睡著，而石風臉色凝重地坐在旁邊的椅子上，黑眼圈、鬍渣及眼睛裡的血絲增加許多。

「老公……」思婕說完後眼淚又止不住地流了下來。

石風吃力地站了起來坐在思婕的床邊，將思婕抱在懷裡說「妳已經昏睡三天了，面對現實吧，阿隼跟依旻被槍殺了，犯人應該是拒絕轉型或是害怕失去利益的人，至今仍未抓到。」

說到這裡，思婕開始敲打著床邊，大聲地哭說「有殺人的必要嗎——」

「阿隼的家人怕被報復，拒絕出面處理後事，依旻的家人爲了靜流的安全著想，同意由我們扶養靜流，在兇手找到之前，找個地方躲起來。而他們則是對外公開宣稱靜流失蹤了，至於阿隼他們的後事也由依旻的家屬處理，靜流從現在開始就是我們的女兒了，妳要趕快振作起來，還有很多事等著我們去處理。」石風說。

思婕雙手蒙著臉，擦著依然不停流下的眼淚。

許久……

思婕深呼了一口氣……

「老公，我們回家吧，然後搬家，之後的到新家再說。」思婕說。

「醫院是安全的，妳先在這裡顧好這兩個小朋友，我回家收拾行李，找到新家後我再來醫院接你們直接到新家，這樣比較保險。」石風說。

思婕一臉擔憂的握住石風的手說「簡單的行李就好，走後門，盡快，小心點。」

「好，等我電話。」石風說完後拿起外套飛快的走出病房。

思婕坐在病床上擔憂地看著石風離去，然後閉上雙眼低著頭嘆了口氣，冷靜地思考著。

隔天下午，石風回到醫院，接走了思婕母子女三人，來到新家，一切都安頓好後，夫妻倆坐在沙發上討論之後的問題。

「靜流現在狀況很不穩定，阿嚴現在先去幼兒園上課，妳的工作暫時先辭掉吧，先顧好小孩比較重要，我晚上再去找一份簡單輕鬆的工作增加點收入，你看這樣如何。」石風說。

「這樣你不會太累嗎？」思婕擔心地說。

「沒關係，阿隼他們將靜流託付給我們，可不能讓他們擔心是吧，只要靜流狀況好了，可以上學了，妳再去工作，我的兼職再辭掉就行了。」石風說。

思婕嘆了一口氣，看著書桌上擺著阿隼及依旻的合照說「也只能這樣了……。」

父親說，阿隼夫婦遭槍殺，女兒失蹤的消息已被媒體當成頭條日夜不停的報導著，甚至有人辦起了他們的追思會，也有不少的抗議遊行，大多數為大學生及初入社會的年輕人。好笑的是，立委及議員們如說好一般的日夜不停地質詢各自的市長及行政院長，讓決策者們不得不放下手邊繁忙的公務，好好研究一下這篇《一步之遙》的網路文章，好來應對轟炸般的質詢。而這也讓全國人民大家一起來自主發電這遙不可及的事情，卻變得像是一種無意識的共識。

在教育界，針對教育改革能改善台灣人民的家庭教育品質也發起了許許多多的聲浪，畢竟老師們是第一線實際接觸的人們，就好像終於找到了一個宣洩的窗口，運用各種手段死命地為教育改革發聲。

受到瘋狂質詢及人民輿論壓力的中央政府，召集了台灣頂尖的教育人士、環保學者、能源領域專家、經濟學專家、立委及各相關企業龍頭來一同研究《協同計畫》及《教育改革》的可行性。

參與完善計畫的人士超過百人，日夜不停地討論、修正，最終在兩個月後，政府公開了《協同計畫》及《教育改革》討論結果，召開史上第一次國家級記者會。

十月十日，上午十點整，總統府前，國家級記者會

宣布三十年《協同計畫》暨教育改革具體方案

堅稱，換黨執政也決不會停止此計畫進行

第8章　肩負起的責任

Chapter 8

晚上十一點十分

石風拖著疲累的身軀回到家，開門後又聽到了靜流的哭聲，將衣物包包放在客廳沙發上後，打開房間門，看見思婕正一邊不斷地安慰靜流，一邊安慰因被吵的睡不著也在哭鬧著的阿嚴。

石風沒多說什麼，拉著阿嚴的手到隔壁房間開始哄阿嚴睡覺，沒十幾分鐘，阿嚴睡著了，幫阿嚴蓋上棉被後，回到思婕房間，看著因爲哭累而睡著的靜流說「終於睡著了嗎？」

思婕疲倦地只回了一句「嗯。」

像今天這樣的狀況，已經不記得是第幾次，也懶得去數了。

石風看著黑眼圈加深的思婕，抱著思婕說「再忍耐一陣子就會好起來的，妳趕快休息吧，我去洗澡。」

「沒事，你也趕快休息吧！」思婕打著呵欠說。

「好。」石風說完後拿著衣服走向浴室，卻一點也不想花時間在洗澡上，因爲眞的太累了，但還是勉強自己隨便洗了個戰鬥澡。

洗完澡後，從冰箱拿出一瓶威士忌，走到客廳坐在沙發上，直接嘴對酒瓶口喝了兩口後，整個人坐躺在沙發上閉上眼，便不自覺地沉沉睡去……

幾個月後……

某天的下午五點整，石風晚上的兼職工作休假，石風慵懶的坐在休旅車上，點了根菸後拿出手機瀏覽一下臉書，看見政府召開的國家級記者會，公開說明《協同計畫》的推行計畫。

石風的嘴角微微上揚，用著嘲諷的語氣心想「哼……兄弟，你們用命換來的政策似乎開始奏效了，希望後面能夠貫徹。」

文章繼續往下預覽，來到了留言的地方，讓石風睜大雙眼，不由自主地燃起了憤怒。

「海平面怎麼可能上升這麼嚴重，八成政府又想騙錢。」

「去你的協同計畫，你他媽讓我沒錢賺了知道嗎。」

「制定政策的人活該死好。」

「沒錯，死好。」

「搞不好根本沒死，只是爲了騙錢製造的假象。」

「協同計劃問題一堆，不可能成功啦，還好那時候我已經嗝屁了。」

「嗝屁加一。」

「不結婚生子就不會對不起後代。」

「不結婚生子就不會對不起後代，今日最忠肯，哈哈。」

石風用力的往方向盤捶一拳說「操你媽的雜碎！」

關掉手機，將手機扔在副駕駛座，帶著一肚子的怨氣回家。

石風兩眼死盯著眼前的道路，一路上滿腦子都是酸民的留言，又不自覺地想起阿隼與依旻死去的那個畫面，憤怒與悲傷交錯著，讓石風看任何事情都不順眼。

腳用力催著油門、快速的停車、大力的關上車門、踱步上樓梯發出的巨響，像是要讓整棟住戶知道老子心情不好似的。

到家後，打開家門。

「爸爸回來嘍！吃飯前都去洗手。」思婕用哄小孩的嗲音說。

阿嚴與靜流同時說「好——」

思婕看著石風擺著一副剛被羞辱完的表情，悶不吭聲地脫去鞋子衣物，心想「果然啊？」

「老公啊，跟你說喔！靜流現在會自己挖飯來吃了喔，還會叫我媽媽了。」思婕愉悅地說。

「喔！」

「阿嚴今天跟我說尿尿，教了半年終於會自己小便了。」

石風突然大聲地回應說「好了啦！沒看我心情不好喔！就只知道關心小孩，那我咧！沒看我心情很差嗎！」

思婕不回應石風，轉身去廚房端菜及招呼小孩吃飯。

石風回到房間後，坐在床邊，雙手矇著頭心想「幹！我到底在兇什麼……唉……如果是阿隼會怎麼做呢……」

走出房門，看見思婕在廚房，正要走過去時，思婕卻搶著先說「我現在不想跟你講話，有什麼話吃完飯再說。」

思婕突然強硬的態度讓石風無奈地又把話吞回去。

晚飯時，思婕與孩子們開心的互動著，石風像外人似地被涼在一旁，自己吃自己的晚飯，這難受的感覺讓石風下定決心就算跪下道歉也要在今天與思婕和好。

吃完晚飯後，阿嚴與靜流在客廳玩著積木，石風坐在沙發上等待思婕洗完碗筷。

思婕終於洗完碗筷走進客廳時，石風急著開口說「老婆……」

思婕又搶著說「小朋友們洗澡嘍！快過來！」

石風無奈地繼續坐在沙發上等，強忍著心中不安的感覺。

看著客廳時鐘一分一秒地過去，有些等不耐煩的石風聽到浴室開門的聲音，立刻站起來往浴室走去。

思婕看見石風快步走了過來，用著令命的口吻搶著說「去洗澡，你身上有細菌會傳染給小孩。」

突然觸發的驚嚇讓石風跳了一下，立刻傻傻的回說「……喔……好……」便轉頭走去房間拿換洗衣服。

在浴室沖澡的石風無助地把頭靠在牆壁上心想「幹！我的婚姻是不是要完了……」

洗完澡後拖著沉重的步伐走向客廳，思婕對著石風說「換我洗澡，你顧著孩子們。」

石風絕望地坐在沙發上，嘆了一口氣。

突然發現思婕手機放在桌上，螢幕畫面沒關，而這畫面有些眼熟。

石風拿起了手機看了一下，原來是下班時看到的協同計劃的留言欄。

再度燃起怒火的石風又瀏覽了一下，突然睜大眼睛，看到每一個酸民的留言下方都被數百個網友留言灌爆，還有人截圖揚言說要提告。

「你還生氣嗎？」思婕突然出現在石風後面說。

他回頭看了她一眼，表情很自責「對不起，我情緒沒控制好。」

「相信阿隼他們，不需要爲這些自我中心主義的自私鬼影響情緒。」
「好，我知道了，老婆，對不起。」
思婕用著些許威脅的語氣說「明天下班記得買雞排當作亂發脾氣的──**補償**──」
「我明天下班都十一點了耶！」
「不管！照吃！」
「唉！看來有人身材要走樣了！」
思婕拿起石風的臭襪子朝石風扔過去說「幹！」
一陣嬉鬧後，石風躺在沙發上心想「原來是要這樣想才對，是吧，阿隼。」
「區區自私自利的非語，日後在現實面前，自會為自己的無知感到後悔，儘管朝自己的理想邁進就對了。」

思婕洗完澡後走到客廳，看見石風發著呆似乎在想些什麼，回頭走去廚房，從冰箱拿了瓶啤酒冰了石風的臉說「在想什麼？」
石風深呼一口氣說「沒有啦……我只是在想，我好像從沒關心過孩子們的學習狀況，只知道妹妹狀況比較穩定而已。」
思婕坐在石風旁，沉默了一下，面無表情地說「其實妹妹的狀況也只是**稍微**比較好而已，不太願意去幼兒園，在學校也會莫名的爆哭，也很怕生，回到家看到我才比較不會哭鬧。」
「這樣啊……那阿嚴呢？」
「阿嚴眞的很棒，妹妹在學校哭鬧時還會幫忙安慰妹妹，學習進度也不錯，個性因爲多了個妹妹越來越成熟，還會幫忙整理家裡。」思婕欣慰地說。
石風點點頭說「嗯……好孩子。」
「現在孩子們都上課了，我也差不多回去上班了吧，一起分擔家計你也不用這麼累。」
「在等一陣子吧，身上還有一些存款，至少等妹妹狀況都好了也不遲。」
「…………」
「就算妳開始上班了，我還是要兼兩份工作，手上存款不夠兩個孩子上大學跟住宿，孩子之後也會上補習班，都要錢啊！而且妳教育程度比我好，也比我有耐心，暫且先注重在孩子的教育及行爲上，我放假再輪妳顧小孩吧。」石風說。
「……」思婕聽著石風說著，自己半响沒說話，眼眶開始泛紅。
「唉呦，妳不用擔心啦！又不是一個月三十天都在工作，還是有休假的好嗎！身體健康我自己會調適的。」石風一邊安撫一邊婉轉地說。
「那……你有狀況一定要說，不要都自己扛，好嗎？」思婕說完後緊握著石風的手，眼眶依然紅著。
「好啦我知道，妳也一樣，顧小孩顧久了一定會有厭煩期，想放風出去解悶一下儘管說。」

「好啦我知道。」思婕把頭靠在石風的肩膀上。

「那他們現在在學校都學些什麼?進度怎麼樣?」石風問道。

思婕從兩個孩子的書包拿出聯絡簿給石風說「差不多就跟聯絡簿裡面老師寫的這樣。」

石風接過聯絡簿，打開第一頁就是課表，便訝異地說「他們現在就有在教英文嘍?」

「對啊，現在幼兒園都是雙語的，而且又是私立，教學品質會比較好，只是學費很貴，所以我才想趕快出來工作，不然根本存不到錢。」思婕委屈地說。

「既然學費這麼貴，教育品質好是應該的吧。」

「目前都還可以，你不用擔心。」

「嗯!那就這樣吧!」

第9章　共教

Chapter 9

下週的某天，石風晚上兼職的工作休假，上了車後，拿起手機瀏覽了一下，看見思婕傳來的訊息說「記得接小孩下課」，才突然想起昨晚月事來的思婕痛到一個不行，接著用著令人憐愛的眼神及的口吻懇求石風下班後繞去幼兒園接小孩下課，月事來思婕根本不想出門。

石風開著車，表情有些煩躁，因爲要繞去一個很難臨時停車的幼兒園，加上兩份工作給予的疲憊，心理只想著趕緊接完回去吃飯休息。

幸運的是，校門口外臨停的車位是空的，畢竟現在已經晚上快六點了，幼兒園的小孩差不多也都被接走的關係。到校門口報了孩子的姓名後不久，遠遠看見阿嚴牽著靜流的手一起往校門口走來，那個畫面，讓石風心理有些複雜又有些溫馨。

「王先生你好，我是嚴之跟靜流的班導師，我姓盧，第一次見到你。」盧老師說。

「妳好妳好，我兒子跟女兒受妳照顧了，他們在學校狀況還好吧？」石風說。

「目前都還不錯，靜流現在還有點怕生，但兩個孩子學習速度稍比其他同學落後些，希望家長這裡……」盧老師說到一半。

石風皺著眉頭說「啊？進度比其他同學落後，什麼意思？」

「意思是同樣的課程，嚴之跟靜流學習速度稍慢些，這有很多原因，比如說……」盧老師又說到一半。

石風皺著眉頭，露出不解地表情又搶著說「等一下，妳們不是私立的嗎？孩子學習進度妳們不該掌握嗎？怎麼會直接說我孩子進度落後，你們不是應該直接針對孩子狀況加派老師個別教育嗎？不然每個月學費繳這麼多繳假的？」

「王先生妳先不要生氣，聽我說完。」

「我又沒生氣，我只是想搞清楚！」

在一旁觀看的幼兒園主任走過來說「你好，王先生，我是幼兒園的主任，有什麼可以協助你的嗎？」

「爲什麼妳的老師可以直接斷定我生氣，學習進度落後又是怎麼樣，你們的解決方案是什麼？」石風不悅地說。

主任揮揮手示意盧老師先離開後說「王先生，你只要給我五分鐘跟你解釋就行了，但請先生你不要說話仔細聽我說完，可以嗎？」

「好，妳說。」石風用著輕蔑的語氣說完後雙手抱胸，一副不屑的表情，就好像找到了個宣洩的出口一樣，不知道自己在氣什麼。

「跟嚴之及靜流同年級的小朋友有二十個，在學校上課時數一樣都是六小時，都是一樣的上課內容，下午放學回家後，二十個小朋友之中，有十二個有請保母在家繼續教白天老師教的課程，有四個家長自己教，剩下四個由父母的長輩帶」幼兒園主任用著銳利的眼神看著石風說「所以我想請問一下，嚴之跟靜流回到家後，晚上王太太在家教了孩子什麼？」

石風啞口無言，腦海中閃過孩子玩積木看電視，思婕在滑手機追劇的畫面。

主任看見石風不回答，繼續接著說「晚上只算一小時教育時間，一週就少了至少五小時教育時間，一個月下來至少少了二十至二十五個小時的教育時間，但是嚴之跟靜流還挺聰明的，所以進度只有稍微落後，剛剛盧老師是希望晚上的時間家長可以再多花點時間教育孩子，因爲孩子過早接觸3C產品會影響孩子對上課學習的興趣，時間久了我們老師再努力教，孩子沒興趣就是沒興趣，這樣你能理解嗎？」

石風如同大夢初醒般睜大著雙眼，右手食拇指抵著下顎，緩緩低下頭認眞思考著。

主任看見石風的表情，就已經知道這次談話的目的已經達成可以收尾了。

「其實這就是所謂的**共教**，白天上課辛苦，晚上回到家可以看電視滑手機，孩子自然會覺得快樂的那一邊才是正確的，從而拒絕學習。相反的，學校教育跟家庭教育一致的話就不會有這個問題，但提前是父母要用心做好榜樣，陪孩子讀書時父母不是在做其他事情，好了，五分鐘到了，有任何問題都可以跟我聯絡，謝謝你。」主任說完後遞出一張名片給石風。

石風無意識地收下名片後說「好的，謝謝。」便帶著小孩離去。

石風開著車，聽著兩個孩子在後座打鬧嘻笑，震撼的思緒迴盪不已，腦海又閃過阿隼他們死去的畫面……

許久，心想「唉！老婆不見得什麼都沒在教吧，晚上不說話看看狀況好了。」

石風與兩個孩子回到家時，思婕已把飯菜都煮好放在餐桌上對著石風說「今天比較晚喔！」

「跟老師聊了一下，然後又塞車啊？小朋友去洗手吃飯嘍！」石風帶著慈父的笑容說。

餐桌上，石風看著阿嚴已經會自己拿碗吃飯了，而靜流還是有些笨拙，而思婕也耐心地教靜流怎麼自己吃飯的同時，還夾些菜肉給阿嚴要求他吃完，看著這些感觸頗深的畫面心想「教育小孩眞的是一件又累又煩的工作啊……眞是辛苦老婆了。」

吃完飯後，思婕在洗碗盤的同時，靜流與阿嚴則是在客廳裡看卡通，石風坐在沙發上，雙手抱胸，不停地反覆看了看時鐘，心想「看一下應該還好，畢竟剛吃完飯。」

思婕洗完碗盤後，高聲喊著「兩個小朋友，來洗澡嘍！」

阿嚴與靜流一邊用著奶音回覆一邊跑去房間拿衣服，不久便聽見思婕在房裡怒斥咒罵與兩個小孩開心大笑的聲音，石風起身走到房門邊稍稍往房間看去，看見兩個孩子在房間裡圍著思婕轉，絲毫沒有想洗澡的意思，一打二外加上月事來的思婕被耍得暈頭轉向，頭髮吃進嘴裡的模樣顯得好不狼狽，讓石風「噗滋」一聲的笑了出來。

「**笑屁笑喔**——不會幫忙是不是啊！」思婕尖聲憤怒地抱怨著。

好不容易把孩子抓進浴室了，接著又看見浴室裡的孩子們一邊洗澡一邊玩水，把思婕衣服褲子弄濕了一大片，思婕一邊怒怨一邊幫兩個孩子洗澡，讓石風回想到以前自己獨自一人顧阿嚴的那幾天，搖搖頭心想「真辛苦老婆了……」

等思婕自己也洗完澡後已經是晚上八點了，隨後，沒有猶豫的直接癱坐在客廳沙發上，打開電視看著八點檔連續劇，而孩子們坐在沙發上拿著平板一起玩遊戲，一玩就是一小時，石風看著這畫面越看越不滿。

「如果是我的話會怎麼做？」

石風又想起了阿隼的這句話，走進浴室一邊洗一邊想「如果是阿隼，他會怎麼做。」

想著想著又想起在幼兒園時主任說的共教，石風心想「只能怪自己沒做好共教，沒有與思婕溝通孩子的教育，原來自己就是所謂的恐龍家長，唉！檢討檢討……」

石風洗完澡後，走到客廳坐在沙發上，拿起遙控器把電視關掉後對著思婕說「我有話跟妳說。」

原本想生氣突然關掉電視的思婕看到石風一臉嚴肅，於是問說「怎麼了？」石風開始講述今天在幼兒園發生的事情，還有主任說的共教。

讓思婕沉寂很久，看著依旻留下的靜流，深感愧疚說「那我們要怎麼做？」石風深呼一口氣想了想說「他們已經習慣每天可以滑平板，突然取消他們會難以接受無法理解，現在只能晚上改成一小時複習功課一小時可以滑平板，陪伴他們的同時不要用手機，好好陪他們複習課業，也可以買幫助學習的玩具給他們玩，他們習慣後再把平板戒掉。」

「老公，對不起……」思婕難過地說。

「妳不用道歉，我也沒注意到，現在還來的及，帶小孩很累又很煩我知道，所以我們輪流教小孩功課，不能辜負阿隼跟依旻他們對我們的信任，我們要有耐心多花點時間教他們，這樣好嗎老婆？」石風溫柔地問說。

靜流這時候跑到思婕胸前磨蹭，思婕摸摸靜流的頭說「好，我們一起加油。」

又過了幾天，石風下班去接孩子下課時發現，盧老師似乎刻意在躲避著自己，心想「看來這老師還在不爽我，大不了道歉嘛！有必要這樣嗎？」

看著主任牽著靜流及阿嚴走出來說「哈嘍！王先生。」

石風接過主任牽著兩個孩子的手說「主任妳好，前幾天妳說的我有跟我太太好好討論，現在我們晚上都盡可能在繼續教育孩子。」

「這樣很好啊！你能理解是最好不過了，一起好好教育孩子才是最重要的。」主任愉悅地說。

「那可否請盧老師來一下，我想爲那天的事情跟她道個歉。」石風說。

「嗯……好的，你等我一下。」主任說。

不久後，盧老師走過來說「王先生，有什麼事嗎？」

「那天是我沒能理解教育孩子重要性還亂發脾氣，想跟妳道個歉，對不起喔！」石風笑著說。

「沒關係，一起好好教育孩子吧！」盧老師說。

石風與主任打完招呼後，牽著兩個小孩的手走去車上的途中，經過幼兒園側邊的玻璃看到盧老師對其他老師翻白眼，雙手打開手掌朝上比著無所謂的意思，看樣子盧老師還是很不爽自己。

開車回家途中，心想「原來這就是負面人際關係刻板印象，只要搞砸一次，即使道歉了，人家也不一定要繼續跟你好，被盧老師討厭，然後再散撥給其他老師，讓自己的小孩在學校受影響，唉……眞是個沒用的父親。」

晚飯後，石風看著聯絡簿，隨後拿出注音拼玩具對著孩子們說「小朋友們，來上課嘍！」

Chapter 10 第10章 角色定位存在價值

未來幾個月裡，石風在每一天裡同時扮演著各種角色。

早上六點，月事來的思婕痛到爬不起來而向石風求救，石風雖然很像想罵她昨天叫她不要吃冰的硬要吃，最後還是嘆了一口氣爬起來一邊煮稀飯一邊煮薑湯，再哄兩個孩子吃飯，趕在七點前出門載孩子去上學。

在公司，石風身爲一個基層管理人員，對工廠的紀律、作業流程及防塵服裝規定十分嚴格，爲此，員工都在石風背後稱呼他爲惡老頭，石風也知道，但即便如此，爲了公司利益，石風依然要求嚴格。

中午休息時間，被排擠的石風一個人來到辦公大樓的頂樓吃著便當，撥了電話打給思婕，除了叫她記得要喝薑湯外，順便唸了思婕一頓，而思婕則依然用著撒嬌的語氣要石風接小孩回家的同時買晚餐回來。

下午五點下班後，匆忙地趕去學校載孩子下課，今天不巧，家長接送的停車格都是滿的，讓石風足足等了快二十分鐘。回家路上還要停到違規的紅線上，用最快的速度買便當回家給母子女當晚餐。到家後，石風一邊換制服一邊快速吃了幾口便當，出門前不忘提醒思婕記得要給孩子複習功課及喝薑湯，然後就趕去生鮮超市打工。

在超市，只是計時員工的石風忙碌的補貨，組長突然把另一個補貨打工小弟叫去辦公室，讓石風接替他的工作，使石風工作量大增，途中經過辦公室時，門內傳出「中路中路、快過來埋伏他！」，可想而知組長及打工小弟又在一起打手遊了，再看看櫃台排了不少客人在等著結帳，石風皺著眉頭，嘆了口氣，只能繼續做好他的工作。

晚上十一點，石風回到家後，客廳已暗了下來，刻意放低音量墊著腳尖走進房間拿衣服去洗澡，一邊洗澡一邊按摩著自己的手臂肌肉，再扭扭脖子發出咯咯響，已成洗澡的習慣動作。

洗完澡後的石風倒了杯威士忌，坐在沙發上，從兩個小孩的書包中拿出課表及聯絡簿，課程進度來到拼音寫作，從櫃子裡拿出兩張白紙寫了些練習題，夾在寫字板上，讓思婕明天晚上給小孩們複習功課。

最後喝了點酒，才回房睡覺，時間來到晚上十一點五十分。

石風躺在床上，閉上雙眼，感覺時光飛逝，腦海中閃過一片片母子女三人與自己相處的歲月。

Chapter 11

第11章　時光飛逝

「孩子們在牆壁上畫畫，被石風責罵著」

「工作非常疲累，但思婕打電話撒嬌要石風買雞排回家，在排隊時打起了瞌睡」

「員工依然在石風背後說石風壞話，但石風依然做好應盡的本分」

「石風在超市進貨搬貨，發現組長在後門偷抽菸」

「公寓頂樓，自己一個人在頂樓抽著菸喝著酒，看著星空，又想起了他們」

「孩子在學校的作業，用蠟筆畫出自己的爸爸，阿嚴及靜流把成果拿給自己看，雖然看不懂在畫什麼，但自己還是開心的蹲下身子把兩個孩子擁抱在懷裡」

「思婕主動幫自己按摩肩膀，阿嚴及靜流也跑過來要幫自己按摩，讓自己微笑中偷偷的泛著淚水」

「一家四口拿香祭拜著阿隼及依旻，靜流才又勇敢地回想起自己真正的父母」

「總公司無預警督導工廠，只有自己的部門安全過關，上司要對石風及其部門的員工加薪，而石風召集了下屬說了這個消息後，讓下屬樂壞的同時，員工再也不會在背後說石風壞話」

「一家四口出去玩，拍的每一張充滿歡樂與幸福的照片」

「思婕生日，阿嚴與靜流一左一右親著思婕臉頰」

「超市店長偷偷錄下晚班組長打混摸魚的影像，臭罵一頓後將其開除，讓石風心情愉快了好一陣子」

「接小孩下課時，看到盧老師依然很不爽著自己，被討厭的感覺真不好受」

「小孩在客廳寫功課，夫妻輪流在客廳督促孩子讀書，輪流去房間耍廢滑手機」

「阿嚴主動把靜流最討厭吃的青椒夾到自己的碗裡，夫妻倆皺著眉頭互看一眼」

「石風利用過年休假的時間，把客廳的一部分改裝成靜流的房間，讓靜流開心的親了自己的臉頰討抱抱」

「在大賣場購物，兄妹倆在吵著誰要坐推車裡的座位，最後只好夫妻各推一台推車，但兩個孩子又在吵都想給思婕推，讓自己有些傷心難過加無言……」

「最後……一張全家福的照片」

說到這裡，父親停頓了一下，似乎回想起了什麼。吃力地站了起來，走進房間翻箱倒櫃著，大約過了五分鐘，父親拿出了一份報紙。

我接過這份泛黃混濁的報紙時，注意到上面的日期「二〇二七年七月一日」這是一份大約十四年前的報紙，打開後發現一個熟悉的專欄「協同計畫公開進度」

原來父親也會時時關注著協同計畫的進度。十四年前的進度，我閱讀著各大標題，彷彿看見現場實際的畫面。

協同計劃執行第六年

（一）依經濟部統計，民用住宅擁有家用微型風力發電機已達百分之四十，台灣各社區均開始加裝社區型公共風力發電機電網，較符合大型社區的用電量，節省了不少社區型態對電力公司的電力需求……

（二）依經濟部統計，服務業機構擁有商用小型風力發電機已達百分之六十，對於用電量較大的餐飲業者，使用風力電及電力公司電網並用，可使電費降至原本的一半左右。但因裝置較為昂貴，許多業著仍無法安裝，為此，各地方政府除了提高補助，另有零利率貸款方案，藉此來提高安裝風力發電機比例……

（三）依經濟部統計，工廠製造部門擁有商用小型及中小型風力發電機已達百分之五十，對電廠電力需求有極大的減少。而對於無法在工廠附近安裝風力電機但用電量又極大的業著，各地方政府紛紛提出了（風力電機租地方案），將各地方政府轄區內評估合格的沿岸、空曠地、山坡地等地方，租借給無法在工廠附近安裝風力電機的業者們，安裝屬於自己公司的風力電機，藉此提高安裝風力發電機的比例。也有政府在沿岸、空曠地、山坡地等地方裝設小型及中小型風力發電機後，售電給地方內的企業……

（四）依經濟部統計，公共機關部門（政府、包燈、學校）擁有商用小型風力發電機已達百分之四十。至於鐵路、捷運供電系統也使用了風力電機與電力公司電網並用方式，依風力電機的發電量，在每五至十公里不等的路段設置一個小型的風力電機，此方案可使每年用電量降至原本的一半左右，但因所需風力電機數量過於龐大，至少還需七至九年才能設置完成……

（五）國造電能交通工具電池製造大廠已設廠三年，小型各類電動車、貨車電池研發完成開始量產，汽車龍頭業著將在十二月舉辦小型電車、小型電動貨車、冷藏、冷凍電動貨車的產業預售說明會，讓其他汽車業著措手不及，而中、大型電動交通工具電池仍研發中……

（六）核能發電廠歷史博物館將在十一月一日對外開放，火力發電廠除台中火力電廠外，其餘已轉換成戰備電廠，民營電廠持續供電中……

（七）小型電動車充電柱，公共區域已架設百分之八十，工商機構僅架設了百分之四十，各縣市政府紛紛開始加碼架設充電柱的費用補助，希望能趕在電動交通運輸工具普及前達百分之九十以上……

（八）依經濟部統計，加油站業著完成轉換成電動車電池供應站已達百分之五十，也有不少油站面積較大的業著不但能提供汽油、電池，也與車廠合作設置了電動車保修廠，也獲得不少了利潤……

（九）約百分之五十的私人汽機車修車廠轉換成電動車、電動機車保修車廠……

（十）電動機車已達全台機車類百分之三十，大量的報廢二手機車囤積在各縣市的機車回收場等著拆解回收可用零件，為此，各首長紛紛公告出超高待遇的薪資條件福利來招募專業的師傅，來解決眼前這些令人頭疼的共同問題……

（十一）人力資源發展計畫已上軌道，第一批的電動車保修科畢業生將在明年五月畢業，現已有各大電動車業者求賢若渴的到各地學校徵才，用著媲美公家機關鐵飯碗的待遇讓學生們猶豫不已……

（十二）環保塑膠產物持續研發中，中研院似乎碰到了什麼瓶頸，遲遲沒有進展，而中研院的副院長表示，不是技術問題，而是量產及價格上的問題……

（十三）換位思考思想心理學系在今年正式成立後，教師人數遠超過學生，招生成了最大的瓶頸，而換位思考思想職業工會自從八月成立至今，在各地已舉辦了一百二十場的演講，各地方政府均很支持此工會講師的必要性……

（十四）淡水河岸區域之海平面上升預防建設已進入尾聲，約在一年不到，將會看到預防建設、觀光建設及硬體設備的合體設施，除了能預防海平面上升帶來的問題，也能快速排解大雨導致的淹水狀況，最重要的是能吸引觀逛客，製造商機，行政院長也表示，不能浪費每一寸土，更不能因轉型而犧牲任何一個人民或是企業的利益，請大家不用擔心……

（十五）易淹水區域之極端氣候導水溝持續建設中，而近幾年的極端氣候導致的天災絲毫沒有減緩……

我闔上了報紙，小心翼翼的還給父親，但父親卻將它推還給我，說「它是你的了」，我立刻明白父親的話中話，沒猜錯的話，意思是「意志的傳承」。

Chapter 12 第12章 爲孩子未來著想的價值觀

早上六點三十分，鬧鐘響起，石風慵懶地按掉鬧鐘後坐了起來，用力地伸著懶腰，起身分別前往兄妹倆的房間，悄悄的打開房門看，孩子們都已經起床正在換衣服鋪棉被，石風悄悄地關上門，走去浴室刷牙洗臉，再到客廳坐下看著報紙，思婕陸續把早餐端出來，沒多久，兩個孩子自己拿著碗走進客廳坐下說「爸爸早安、媽媽早安。」

此時，兩個孩子已經來到了小學三年級。

「早安，刷牙了沒？書包整理好了沒？」石風老練地說著。

「都好了。」阿嚴與靜流說。

「好。」石風說。

吃完飯後，兩個孩子自己把碗洗乾淨後坐在客廳等思婕載他們去上課，出門前不忘在客廳的一面大鏡子前看看自己的儀容。

下課回到家，思婕準備晚餐的時間就是孩子們洗澡時間，吃飯時不能看電視，孩子們必須說出今天發生最在意的事情，練習小孩表達能力及人際關係觀念，這事是石風訂的規矩，也是給孩子一個認知，就是在家裡，父親就是老大，家裡的任何家規都是父親說了算，只是私底下，這些家規還是由夫妻共同討論講好的。

「阿嚴，今天換你說。」思婕說。

「我前天橡皮擦不見了，今天看到我的橡皮擦出現在阿奇的鉛筆盒裡，我問他是不是偷拿我橡皮擦，阿奇就生氣的說不是，但那個一看就知道是我的。」阿嚴憤憤不平地說。

思婕皺著眉頭，癟著嘴，想了想後說「媽媽問你，你的橡皮擦上面有寫你自己的名字嗎？」

「……沒有……但那個橡皮擦一看就知道是我的，全班也只有我用這種橡皮擦。」阿嚴堅決地說。

「你現在去把你的鉛筆盒拿來給媽媽。」

阿嚴快速的跑去房間，把自己鉛筆盒拿給思婕，思婕從鉛筆盒裡拿出一支自動鉛筆說「我記得這支自動鉛筆是爸爸的啊，怎麼會在你那邊，你怎麼可以亂拿爸爸的筆。」

阿嚴不明白的想了一下「我沒有亂拿，那支筆本來就是我的！」表情十分委屈。

「可是我記得爸爸也有這種一模一樣的筆啊，但爸爸的不見了，原來被你拿走了，等等爸爸回來我要跟爸爸說。」思婕顯然有意責備。

阿嚴開始哽咽著說「我眞的沒有亂拿爸爸的筆，爸爸的筆上也沒寫名字啊？」

「是不是爸爸的筆，等爸爸回來問他就知道了，那同樣道理，那個……阿奇同學他的橡皮擦剛好只是跟你一樣，你就認定是阿奇亂拿你橡皮擦」思婕停頓一下後聲音提高了一些且緩和的說「請問你有親眼看到阿奇偷你橡皮擦嗎？」

「……沒有……」阿嚴嘴裡還念念有詞，但說不出聲，眼眶的眼淚已落下。

「妹妹，哥哥偷拿爸爸的筆，妳覺得哥哥是什麼？」思婕問說。

靜流指著阿嚴說「哥哥是小偷。」

「我才沒有偷拿！」阿嚴高聲抗議著。

「那你有親眼看到阿奇偷你橡皮擦嗎？」思婕說。

「沒有……」阿嚴說。

「那你怎麼可以直接認定阿奇偷你橡皮擦呢？然後再讓周遭的同學認爲阿奇是小偷，你已經傷害到阿奇了你知道嗎？阿奇很難過的，這樣你知道了嗎？」

「知道……」阿嚴顯得十分消沉。

「知道就好，明天記得跟阿奇道歉，吃飯吧。」

大約晚上八點多，石風回到家打開門時，阿嚴拿著自己的自動筆衝到石風面前大聲地說「爸爸！這支筆是爸爸的嗎？」

「不是啊，我沒有這支筆。」石風疑惑地說。
阿嚴大聲地向廚房的思婕喊說「媽媽！爸爸說這支筆不是他的！」
思婕匆匆地走到門口說「這樣啊，那就是爸爸誤會你了，叫爸爸道歉。」
阿嚴雙手叉腰對著石風忿忿地說「爸爸你誤會我了，爸爸道歉。」
靜流也跑過來插著腰大聲說「哥哥不是小偷，爸爸道歉！」
「你誤會阿嚴了，還不快道歉！」思婕插著腰說。
站在門口傻眼的石風支支吾吾地說「呃……喔……喔！好，阿嚴對不起……。」
阿嚴哼一聲後拉著靜流的手跑去客廳看卡通，只留下一直憋笑的思婕跟翻著白眼的石風說「妳可以不要笑跟我解釋一下剛剛到底在衝三小嗎？？？？」
客廳時鐘到了晚上九點，阿嚴自己關掉電視，兩個孩子從寫字板上拿走石風出的作業開始寫了起來，思婕在一旁一邊督促著一邊在繼續出練習題給孩子寫，而手機，在房間充電著……

Chapter 13
第13章　思想誘導

星期天上午，一家四口開心地手牽著手，一起到附近的早餐店吃早餐，坐在四人坐的座位看著菜單。

「我要吃蘿蔔糕加蛋，還有大冰奶。」阿嚴說。

「我要吃薯條跟雞塊。」靜流說。

「不要一早吃炸的。」思婕說。

「爲什麼不行？」靜流說。

思婕使眼神給石風，石風放下報紙說「因爲油炸食物含有大量的油脂跟有害物質，營養成分又少，吃了對妳們來說壞處比好處多，而且妳們現在在發育，吃點營養的東西比較健康，懂了嗎？爸爸媽媽也從來不會一大早就吃炸的。」

「吃豬排總匯好嗎？跟媽媽一人一半。」思婕說。

「喔……好……」靜流說。

「老公妳要吃什麼？」思婕說。

「黑胡椒鐵板麵套餐，飲料大冰黑咖啡。」石風說。

「我要喝冰豆漿。」靜流說。

思婕拿著點餐單在櫃台點餐，靜流及阿嚴從包包裡拿出小說出來閱讀，石風看著報紙，突然聽到隔壁桌的小妹妹跟他的爸爸說「爸爸我也要喝咖啡。」

「小孩子不能喝咖啡。」隔壁桌的父親不耐煩地說。

「為什麼不行？」隔壁桌的小妹妹說。

「沒有為什麼問那麼多幹嘛！」隔壁桌的父親語帶嚴厲。

石風小聲地說了一個字「靠！不是吧……」

「爸爸，我能喝咖啡嗎？」靜流好奇地說。

「呃……不能喔！」石風說。

「為什麼不能？」靜流說。

思婕剛好點完餐走回來坐下，石風立刻對著靜流說「爸爸去一下廁所，等一下爸爸。」再對著思婕說「妳顧一下孩子們，我去廁所。」

石風坐在馬桶上，拿出手機上網查詢「為什麼小孩不能喝咖啡？」

五分鐘後回到座位上對著靜流說「妹妹啊，咖啡裡含有咖啡因，這東西會讓妳非常亢奮，讓妳晚上睡覺時間到了睡不著，白天要上課時卻非常想睡覺，影響學習狀況，而且妳們現在還小，肝跟腎還沒發育完全，咖啡因無法完全代謝會讓妳有心悸狀況，使身體非常不舒服懂嗎？爸爸是大人了，身體器官發育完全了所以喝了不會有問題，所以妳們至少要等上國中之後才能喝，這樣懂了嗎？」

「喔！好！謝謝爸爸！」靜流說。

隔壁桌的父親聽到後故意有點大聲的碎念一句「哼！講那麼多小孩又聽不懂。」

石風聽到但選擇不回應繼續吃早餐，卻不自覺地看了一下周遭。周遭的一切，只要有父母帶著小孩的，都是各自玩著自己的手機然後一邊吃飯，桌上也充滿著炸物，讓石風無奈地搖搖頭。

吃完早餐後，一家四口手牽著手走在路上，思婕突然跟小孩們說「孩子們還有什麼問題儘管問爸爸知道嗎？」

石風皺著眉頭疑惑的看著思婕心想「幹！妳在搞我嗎？」

靜流舉手說「我有問題，爲什麼葉子是綠色的？」

「爲什麼天空是藍色的？」阿嚴說。

「爲什麼車子能跑這麼快？」靜流說。

「爲什麼感冒會發燒？」阿嚴說。

「媽媽怎麼生我們的？」靜流說。

石風慌張地說「好了好了等等！我們回到家之後爸爸在一個一個跟你們說好嗎？」

思婕牽著兩個孩子的手走在前面，石風拿著手機查閱剛剛孩子的問題走在後面小聲地說「馬的，晚上要妳好看！」

思婕不說話，笑著回頭對著石風吐舌頭。

四天前晚上，夫妻倆躺在床上正準備睡覺時。

「老公，今天阿嚴問我一個很奇怪的問題，問為什麼要刷牙？然後我就在想他怎麼會問這種理所當然的問題，於是上網查了一下，原來孩子在小學時處於好奇階段，好好回答孩子的問題可以增加知識外，也能增加孩子對父母的信任。」思婕說。

「可就算跟他們說他們問的問題，阿嚴他們這年紀哪聽得懂啊？」石風懷疑地說。

「欸嘿！」思婕奸笑著，一副抓到把柄的臉說「網路上說九成以上的父母都是這樣認為的，覺得就算解釋了孩子也聽不懂，所以選擇敷衍孩子。但只要認眞解釋給孩子聽，就能增加孩子對父母的信任，因為問的問題得到父母的重視，孩子越信任父母，出現叛逆期的狀況就越少，相反，不好好回答孩子的問題，久了孩子就越不信任父母，叛逆期就越嚴重。」

石風一臉像是犯錯被抓的小孩似的膽怯地說「……呃……有……這麼嚴重？」

「網路上說的啊，但其實我想想也是，為什麼孩子好奇的問題我們都敷衍回答，是因爲我們回答不出來嗎？還是不耐煩？還是覺得根本不重要？」思婕說。

石風不回答，認真思考這個問題，叛逆期的出現是因爲孩子對父母的不信任。

許久，石風說「不然我們講好，以後孩子的任何問題，我們都要想辦法回答，而且盡可能講得讓他們都聽得懂，就算不懂也要上網查資料講給他們聽讓他們懂。」

「嗯！先試試一陣子吧，看效果如何。」思婕說。

好奇的問題持續著，過了一年，我與妹妹已經小學四年級了，父母開始反問我們以前我們問父母的問題。

「阿嚴、妹妹來，媽媽問妳們，爲什麼微波爐可以加熱食物？」思婕說。

「……呃……」阿嚴與靜流用呆滯地眼神看著對方。

運用自然懲罰原則，思婕讓阿嚴與妹妹罰寫剛剛回答不出來的問題，自己看著阿嚴的聯絡簿，再看看靜流的聯絡簿時，發現老師留言說「老師最近發現靜流有在飲水機洗碗筷的行爲，油漬造成飲水機開始有螞蟻出沒，我已經糾正過她了，希望家長這裡再與靜流溝通。」

思婕皺著眉頭心想「在家裡自己洗碗筷也是用水龍頭的水啊，怎麼去學校就改用飲水機洗碗了？」

「阿嚴，妹妹，你們兩個過來。」思婕語帶嚴厲。

「媽媽，怎麼了？」阿嚴說。

「你們在學校時是用水龍頭的水還是飲水機的水洗碗筷？」

「飲水機的水。」阿嚴說。

「我也是。」靜流說。

「爲什麼是用飲水機的水？在家洗碗不也是用水龍頭的水嗎？」思婕說。

「因爲洗手台的水龍頭很髒。」阿嚴說。

「水龍頭都黑黑的有青苔。」靜流說。

「好，那媽媽問你們，用飲水機的水洗油油的碗，你們的碗乾淨了，但大家喝水用的飲水機被你們的油漬弄髒了，你們有去清理乾淨嗎？」思婕說。

「……沒有……」阿嚴說。

「所以飲水機上面開始爬螞蟻了，你們知道嗎？」思婕說。

「知道……」靜流說。

「知道？」想了一想後「就算洗手台很髒，洗碗本來就該在水龍頭洗不是嗎？怎麼可以擅自決定在飲水機洗碗筷呢？」思婕嚴厲地說。

「……………」阿嚴與靜流眼眶泛紅不說話。

「所以你們錯在哪裡？」阿嚴你說。

「不能在飲水機洗碗筷……」阿嚴說。

「爲什麼不能？妹妹你說？」思婕指著靜流說。

「……因爲……會弄髒飲水機，螞蟻會過來吃飯。」靜流說。

思婕憋笑地繼續問「你們給同學造成困擾，同學會怎麼看你們？」

「……」阿嚴及靜流眼眶紅著不說話。

「同學會討厭你們，你們想被同學討厭嗎？」思婕說。

「不想……」阿嚴說。

「你們想被老師討厭嗎？」思婕說。

「不想……」靜流說。

「你們有跟老師反映洗手台的水龍頭很髒嗎？」思婕說。

「有，老師反而叫我們清理乾淨，但根本清不乾淨……」阿嚴說。

「……爲什麼叫你們清理？」思婕問。

「因爲在學校洗碗筷的同學不多，很多同學都帶回家給爸媽洗。」阿嚴說。

「……好，從今天開始，你們的碗筷以後也帶回家自己洗，懂嗎？」思婕說。

「爲什麼吃飯的時候沒有提出這個問題？」思婕指著靜流問。

「因爲是爸爸說的規定……」靜流說。

「爸爸說的規定與你們擅自改用飲水機洗碗是兩回事，有衝突有狀況要跟爸爸媽媽說，懂嗎？」思婕說。

「懂了。」阿嚴與靜流一起說。

「以後爸爸的規定跟老師的規定有不一樣，也要講說來讓媽媽知道，不然只會讓你們被同學討厭，所以一定要講知道嗎？」思婕說。

「好，知道。」阿嚴與靜流一起說。

晚上八點，石風回到家打開門說「我回來了！」

阿嚴與靜流跑到門口，阿嚴對著石風大聲喊「爸爸！你害我們被同學討厭了，快道歉！」

靜流哭的一把鼻涕一把淚說「爸爸……道歉……」

「爸爸道歉！」思婕憋笑插著腰說。

石風無奈又傻眼地說「喔……好……阿嚴，妹妹，對不起……」

阿嚴安慰著靜流走去客廳，從書包拿出功課開始寫著。

思婕則是留在原地開心地大笑著。

「笑屁笑喔！解釋一下好不好，兄弟啊！」石風無奈地對思婕大吼著。

石風洗完澡後，坐在客廳，拿出兩個孩子的聯絡簿寫著「感謝楊老師回饋給我們的訊息，在學校洗自己的碗筷是本人定下的規矩，目的是培養孩子自主能力，我已經改要求孩子將碗筷帶回家自己洗，以後孩子在學校有什麼問題或狀況儘管說，老師與家長的教育方式一至，孩子才不會產生迷惑，而是往同一個教育模式前進，謝謝。」

Chapter 14

第14章　情緒判斷

今天，是我與妹妹的畢業典禮，胸口別著花朵，拿著畢業紀念冊與麥克筆找尋最要好的朋友們互相簽名著，沒有特別的感傷，因為大多數的同學還是上一樣的國中，少子化問題，學校就那幾間，班級也是一支手數的完。

星期六晚上，一家四口一邊吃飯一邊看著新聞，正在報導第一階段撤離計畫，最初也是最窒礙難行的部分「**遷居**」。

石風與思婕小小地嘆了口氣，面帶哀愁，想起了十年前的痛。

「爸爸，他們爲什麼要搬走？」靜流問。

「因爲地球暖化海平面上升，那個地方再過幾年就不能再住人了。」石風說。

「還好我們沒有住那裡。」阿嚴說。

石風與思婕的眼神同時往阿嚴瞪過去。

氣氛變得凝重，許久，石風說「明天禮拜天，我們去現場看一下吧，順便兜兜風。」

「好耶！要出去玩！」靜流開心地說。

而阿嚴，已經有些意識到自己說錯話了……

晚上睡覺時間，石風與思婕躺在床上。

「明天我會把阿嚴罵一頓，妳看差不多了記得阻止我，然後安慰安慰他。」石風說。

「什麼時候該告訴他們眞相？」思婕說。

「等上了高中再看看吧。」石風說。

「明天別罵的太誇張，阿嚴一直很懂事，我們也都很少罵過他。」思婕說。

石風不回答心想「也是，阿嚴一直很懂事，如果是阿隼會怎麼做。」

許久，石風嚴厲地說「正因如此，才要好好責備他，讓他們知道我們的底線是什麼，別捨不得，不然他不會更進一步成長。」

思婕露出不捨的神情說「喔……好……。」

隔天，四人在車上，氣氛一樣凝重，只有靜流開心地搖下窗戶往外看風景。

開了約一小時的車後，車子停在旅遊景點的停車場上，可以俯瞰整個封鎖的區域，被警戒線圍起來的區域，整整長達約二百公尺，包括了不少居民的房子，約三四十個居民在警戒線在與警方拉扯，不停的哭喊著，卻只能眼睜睜看著自己住了半世紀的居所，緩緩地消失在視線裡。

石風雙手放在背後，和平地說「阿嚴，你看，昨天在新聞裡看到了，就是這些，你有什麼感想？」

「他們很可憐……」阿嚴說。

「可是你昨天說『**還好我們沒住那裡**』，那你昨天是什麼心態？幸災樂禍嗎？」石風開始展現嚴厲的語氣。

「…………」阿嚴低頭不語，眼睛已泛著淚水。

「他們在這裡住了半個世紀了，換作是你，你捨得離開嗎？」

「…………」

石風突然加重音量大聲斥責地說「就是有你這種人，這種心態，你沒為他們找想，沒站在他們立場想，還反過來幸災樂禍，哪天換你發生類似的問題，別人來嘲笑你，就是你的報應！」

「…………」

「**說話啊！**」

「對不起……」

此時的阿嚴，已啜泣得更厲害，卻也努力強忍著情緒不放聲大哭。

石風繼續大聲責罵「你妹妹的父母，就是爲了阻止地球暖化導致海水不停上升，制定了改革政策，結果被自私自利不願意改革的人殺害了，你昨天的心態，就跟那些自私自利的人一樣你知道嗎！」

「老公！」思婕大聲說。

石風猛然抬頭看了一眼思婕。

「好了，可以了。」思婕說完後，蹲下安慰著被嚇哭的靜流。

石風深呼一口氣，整理一下情緒，正準備安慰阿嚴時，卻被阿嚴的反應嚇得不輕。

只見阿嚴已擦去淚水，停止了哭泣，憤怒地看著石風，手握拳頭說「是誰殺了妹妹的爸爸媽媽？」

石風驚呆著不知道如何回應，一個十二歲小孩不該有的情緒反應，況且，石風根本沒想過要讓孩子們這麼早知道阿隼遇害的事情，一直以來，都是用車禍來解釋。

石風閉上雙眼，想想如果是阿隼會怎麼做。

許久，石風蹲下身子，抓著阿嚴的雙臂說「與其知道是誰殺害了妹妹的父母，不如試著去理解你的隼叔到底制定了什麼改革政策能夠影響全世界，到底爲了什麼不惜冒著生命危險也要站出來改變世界。」

阿嚴不說話，頭緩緩低了下來，雙手緊握的拳頭已經鬆開。
思婕從阿嚴的背後溫柔地抱住阿嚴說「好了，我們回家吧，回到家媽媽再跟你們說妹妹的親生父母的眞相。」
靜流拉著阿嚴的手說「哥哥，我們走吧！」
阿嚴這才離開原地往車子方向走去。
思婕牽著石風的手說「你做的是對的，早晚要告訴他們眞相，相信他們吧。」
石風嘆了一口氣說「唉……走吧……」

第15章 真相

Chapter 15

傍晚，石風與兩個孩子坐在客廳，思婕在廚房準備晚餐，石風緩緩說著。

「你的隼叔，也就是靜流的親生父親，與我是國中同學，我們一直是最要好的朋友。

而他的出生家庭非常糟糕，亂投資、欠債、搞外遇、擔保人、亂刷卡、對孩子發洩情緒，最後國中畢業時，家庭終於破裂。他的父母離婚時，你的隼叔就像是被踢的皮球一樣沒有人要養，最後不得已跟了父親，而隼叔的父親跟你的隼叔說『想要讀書錢自己賺。』

那時候他才十五歲，無奈之下我陪你的隼叔一起去早餐店打零工，一路半工半讀到大學畢業，他都是靠自己賺來微薄的薪水負擔自己所有生活上、學業上的一切。結果在你隼叔還在求學階段時，父親母親都還要求他拿孝親費回家，可他父母都還好手好腳的，簡直是強迫自己的孩子犧牲前途來成就自己的輕鬆快樂。

因爲深刻體會，所以他絕不會讓自己的家庭承受他曾經承受過的經歷，甚至眼放世界及未來，也就是能源改革、教育改革及環保改革，爲的，就是能讓自己的女兒，也就是靜流在將來能夠有個正常的居住環境。」

這時，石風深深的看著兩個孩子，似乎又想起了什麼傷心往事。

隨後手指著他們說「記住我說的重點，這是你們隼叔理念，之後，你們一定會接觸到。

「第一點：孩子的紀律來自於家庭教育及校園教育給予的價值觀。」

「第二點：我顧好自己的孩子，孩子還是會受交友圈及校園環境的影響而改變，因爲放縱式教育家庭會隨著科技進步而越來越多。」

「第三點：現在地球暖化的局勢已經不是一個國家做好環保就能改善，必須全世界各個國家一同改變才有機會改善地球暖化的問題，但是很現實，只要是人類，就會把團體利益跟個人慾望擺在第一跟第二，第三之後才有可能是環保意識，這就是人類的天性，如果無法改善地球暖化帶來的災害，承受痛苦的就是你這一代及你的下一代，而不是我這一代。到了你這一代再來改善已經來不及了。」

所以深愛著靜流的隼叔，才會冒著生命危險去制定這些改革政策，這樣你們懂了嗎？」

阿嚴與靜流互看一眼，看來是不太明白石風所說的，但這也在石風預料之內，畢竟他們才十二歲。

這時，石風回到房間拿出一本厚厚的資料夾，放在阿嚴及靜流前的桌上說「這本資料夾，就是你的隼叔制定的政策，也就是這些資料，讓他們夫妻倆被一些自私自利且不願意配合轉型的人殺害。」

阿嚴接過資料夾，打開翻閱著，靜流也湊過來一起看著。

「現階段，能源改革都按照計畫進行著，畢竟這會影響利益及生存環境，但教育改革我就不清楚了，畢竟新聞很少在報導這個，我也沒有實際接觸到。」石風說。

思婕走了出來，倒了杯熱茶給石風說「晚飯準備好了」。

石風接過熱茶啜了一口，伸出手把給阿嚴的資料夾蓋上後說「阿嚴，妹妹，我再強調一次，無論是我還是隼叔，希望的是你們能去理解這本資料夾的意義，而不是老想著殺人兇手是誰。

痛苦是短暫的，而記憶是永久的，不要讓這個痛苦的記憶跟隨著你一輩子，否則只會永遠活在悲傷之中再來影響他人，這就是憂鬱。

不想活的這麼痛苦，就必須做到換位思考，理解事情的正向帶來的意義，然後傳承下去。」

石風再啜了一口熱茶說「有時間就多看看這本資料夾，好好理解吧。最後，爸爸給你們一個目標，在十六歲生日那年，告訴我你們未來想做什麼，確定好目標後，要怎麼執行，怎麼達成。」

石風用銳利的眼神手指著阿嚴說「能嗎？」

「可以。」阿嚴說。

石風手再指著靜流說「妳呢，行嗎？」

「行。」靜流說。

「好，話就談到這，吃飯吧。」

這頓晚餐，吃得有些慢，父親說的話，隼叔的理念，父母的養育，隼叔及叔母的遭遇，留下的是靜流及未完成的理想，這一切意義的在哪裡，我，想要去理解。

第16章　信任與尊重

已經國二的我們，能夠自理一切了，而這天晚上，父親兼職的工作不用上班，母親與父親說好晚上買便當回來吃，似乎月事來的挺久的。

思婕看看客廳的時鐘，已經來到了晚上六點半。

「怎麼這麼晚還沒回來啊……」思婕不耐煩地說完後拿起手機正準備要撥電話給石風時，石風正好打電話給思婕。

思婕接起電話不悅地說「欸！你是去美國買便當喔，太久了吧！」

「我出車禍了啦……」石風哀怨地說。

「**啊**———人有沒有怎麼樣？」思婕大聲激動地說。

也坐在客廳沙發上的阿嚴與靜流同時將頭轉向思婕身上。

「還好，額頭有點擦傷，身體有點瘀青而已，沒什麼大礙。」

「你現在在哪裡？我過去找你！」

「不用啦，這裡我可以自己處哩，你先讓孩子們吃飯，等等這裡都處裡完了我再坐計程車回去。」

「你確定嗎？真的沒事？」

「眞的啦！」

「喔……好，那有什麼問題再跟我說。」思婕說。

「好，拜拜。」石風掛掉電話後看著自己的愛車側倒在馬路邊，車頭全毀，而肇事者仍然醉醺醺的坐在路邊地上發著酒瘋與警察鬧著。

石風心想「怎麼可以這麼倒楣！」

時間來到晚上九點半，石風拿著車上放的一堆雜物，打開家門說「我回來了……」

「爸，人沒事就好。」阿嚴說。

「爸，錢包給我！」靜流說完後搶走了石風公事包裡的錢包，把一個半個手掌大的平安御守硬塞到石風的錢包裡。

石風摸了摸靜流的頭笑笑地說「我沒事，這不就回來了嗎，妳這樣塞我口袋根本放不下啦。」

思婕端出一碗麻油雞麵線說「壓壓驚去去霉！」

石風洗完澡後，坐在客廳沙發上邊吃麵線邊說「在健行路那裡，對方酒駕闖紅燈，把我車子整個撞倒，車頭全毀了。」

石風說完後拿出手機裡拍的車禍照片放在桌上說「你們看！」

一家人安靜地看著看著……

思婕突然激動地大聲喊「媽的叫他賠錢！」

「對，賠錢賠錢，爛東西！」靜流激動地說。

「你們母女倆不要這麼激動好嗎……」石風好氣地說。

「爸，該換電動車了吧，現在平價的電動車性能可不輸給汽車呢！」阿嚴說。

「嗯……我也是這麼想。」石風說。

「因爲電池幾乎都是國產的，加上政府補助，現在的電動車已經非常平價了。」阿嚴說。

石風有點訝異的瞄了阿嚴一眼後說「好，那就買電動車吧，等對方賠完錢後。」

阿嚴跟靜流互看一眼。

「爸，手機借我，我看一下電動車的款式。」阿嚴說。

「媽，平板借我，我也要看。」靜流說。

思婕拿出自己的手機也開始看著電動車款式。

石風看著這個畫面，思考了一下後說「阿嚴，你們班上有多少人沒有手機？」

「就只有我跟妹妹沒有而已，其他同學都有了。」阿嚴說。

石風雙手抱胸，頭略往上抬，深呼一口氣後對著思婕說「老婆，你覺得是不是要提前給他們手機用了。」

思婕開心地對著石風說「欸老公你看，我覺得這台車外型超帥的耶，只是價格有點太貴了，配備也不多，可以叫車廠加裝嗎？」

「嘖！我在跟孩子們討論很重要的事情妳能不能參與一下！」石風不耐煩地說。

「嘖屁嘖喔！什麼事情啦！」思婕大聲反駁。

「好好沒事，你繼續滑。」

靜流噗滋笑了一聲。

石風深呼一口氣說「你們想要手機嗎？」

「我們想要，而且也需要，家裡只有一台電腦，如果有手機，很多資料可以立卽從手機查詢，對我們課業有很大的幫助。」阿嚴說。

「嗯……好吧！那明天晚上等我回來一起去辦吧！」

「好耶！」靜流開心地大聲說。

這時，石風卻突然嚴厲的看著他們說「但是！我要約法三章，犯了這些條件，手機我就收回來。」

「好，爸你說。」阿嚴說。

「第一，不準玩手機遊戲。」

「第二，不能打爆電話費。」

「第三，課業不能落後。」

「第四，不準上色情網站。」石風手指著阿嚴。

「爸放心，我會好好監督哥哥的手機還有手的。」靜流諂媚地說。

阿嚴皺著眉頭緩緩轉頭看著靜流「…………」

「很好，第五，不能使用線上付費購物或是相關購物的程式，等以後你們長大自己賺錢了想怎麼買爸不會管。」

「欸？不是約法三章嗎？已經五章咧！」思婕驚訝地說。

「嘖！」石風大力地喘氣三次後對著思婕說「兄弟啊！這不是重點好嗎！妳能不能不要亂！」

「哈哈哈哈哈哈！！！！」靜流大聲地笑了起來。

「兇屁兇喔！是你自己說三章的耶！」思婕大聲地說。

「好了爸，還有其他約定嗎？」阿嚴忍笑著說。

石風低下頭雙手抓著頭髮說「沒有了……。」

剛洗好澡的思婕走進房裡坐在床邊，欲言又止的看著坐躺在床上滑著手機的石風，石風也注意到了思婕的表情，於是先開口說「我知道妳想問，不是說好等到國中畢業才給手機嗎？」

「對啊！」思婕表露出責備的臉色，聲音提高了一些「你現在給他們，到時候沉迷怎麼辦，勢必一定會影響課業啊！」

「我不是有約法三章……五章嗎？」石風說。

「約定歸約定，我們又不可能時時監視他們有沒有犯錯，感覺有點本末倒置。」思婕嘟著嘴不滿的說。

「所以我就是故意要給他們手機，故意讓他們犯錯，犯錯後我再狠狠地教訓他們一頓，把手機收回來，失去父母的信任，他們才會在犯錯中成長。想要把手機要回去，就必須要重新獲得父母的信任，這可是一件很難的事。」石風嚴肅的說。

「……所以你確定他們一定會犯錯就對了，讓他們在犯錯中成長……是嗎？」

「他們一直都很懂事，但人生不可能永遠都一帆風順，一定都會有受挫折的時候，早些嘗到失敗，尤其是對我們，總比長大了在外面嘗到失敗來的好些。」石風說話時充滿了自信的表情。

思婕似笑非笑的看著石風，眼皮跳動著。

「幹嘛？幹嘛這樣看著我？」石風說。

「……感覺你今天有點帥……哈哈……」

「呿！只有今天嗎？妳死定了。」

石風與思婕房間的門外，阿嚴與靜流的耳朵緊貼著門口。

不久後，阿嚴拍了拍靜流的肩膀，示意該離開了。

兄妹倆墊著腳尖輕輕地走向客廳，在沙發上坐下。

「看吧，事情這麼順利一定有問題，妳可別犯錯了啊！」阿嚴說。

「不會啦，我也頂多看看動漫，跟朋友們有話題聊啊！我比較想看化妝品使用跟衣服穿搭之類的，遊戲嘛！沒興趣。」靜流說完後撥了撥頭髮「你呢？」

「是這樣最好，我也差不多看看動漫，看看一些生活知識之類的，不打遊戲但可以看網紅怎麼打遊戲吧，還是跟朋友有話題。」說到這阿嚴的臉突然很認真地看著靜流「別忘了我們說好的理想，早些準備終究是好的。」

「好啦，我知道，還有，課業不要落後，爸媽養我們這麼辛苦對吧！」

「妳知道就好，睡吧。」阿嚴站起身，摸了摸靜流的頭髮，往自己房間走去。

Chapter 17

第17章　換位思考思想

禮拜四晚上八點整，一道光打在餐桌正中心，一家四口對坐在正方形的餐桌上，除了石風，其他三人的眼神充滿殺氣，整個客廳出奇地安靜，瀰漫著陰森恐怖的氛圍。

桌上正中間有一個碗，石風的手中拿著骰子，從半空中鬆開，清脆的落在碗中，一陣敲擊後，數字顯示十四，全家人同時看向思婕。

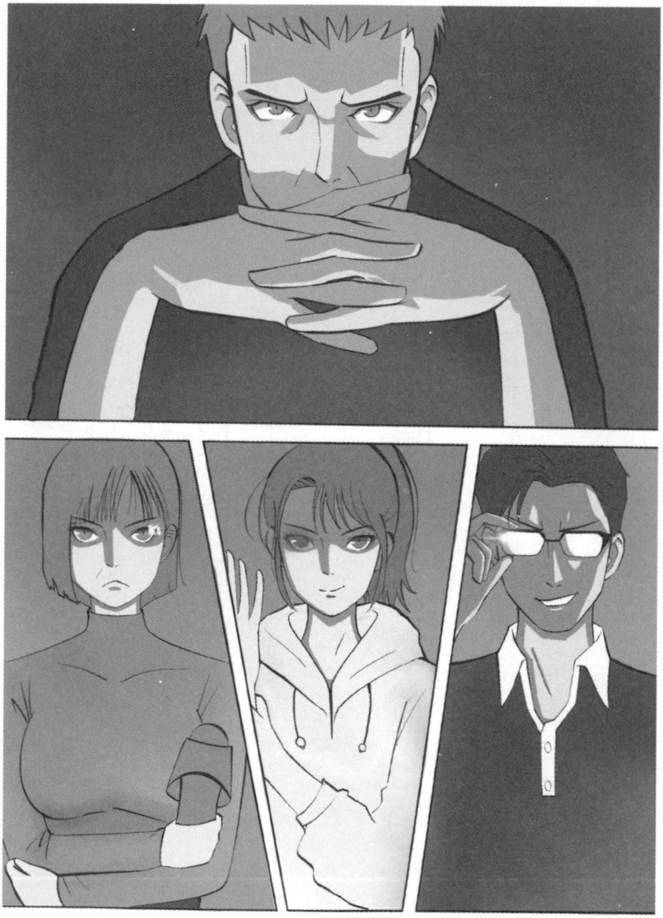

思婕大力的將手機拍打在桌上後說「這款T廠牌的，車型超帥，配件有衛星導航，胎壓偵測，俯視倒車雷達螢幕，減速時充電，半自動駕駛，定速功能，後坐還有小電視，杯架，冷氣孔，而且馬力超強，價錢只要一百零五萬。」

靜流大力的將手機拍打在桌上後說「這款F廠牌的，空間超大六人座，馬力超強，也有衛星導航，胎壓偵測，俯視倒車雷達螢幕，減速時充電，半自動駕駛，定速功能，價錢只要九十五萬。」

阿嚴將手機拋向桌上，手機在空中反轉九次後平躺在桌上，手再大力地拍打桌子後說「這款N廠牌的，雖然只有四人座，但後車箱空間極大，很適合全家旅行，外型也很好看，重點車子顏色條紋可自己選擇，加裝衛星導航配備後只要七十九萬，以我們家的經濟狀況不需要功能這麼多又這麼貴的車，之後我跟妹妹還要上高中都需要錢，只要有衛星導航，其他功能都不是必須的，說到底車子只是個代步工具而已。」

石風摸摸下顎想了想後說「嗯……阿嚴說得有道理，好！那就決定買阿嚴推薦的車吧！」

靜流翻著白眼大聲說「呿！」

思婕雙手抱胸不屑地用輕蔑口吻說「哼！這麼厲害！你們父子倆結婚好啦！」

「那……阿嚴，能殺價嗎？」石風說。

阿嚴拿著手機瀏覽了網路的留言說「估計能殺個三到十萬，取中間值，能殺到七萬就可以收手了。」

「可我最不會殺價了，有什麼好辦法嗎？」石風說完手指著思婕

思婕撥了撥頭髮說「用美女攻勢色誘業務員！」

「喂！妳在妳老公面前這樣講對嗎？」石風無言地說。

石風手指著靜流說「有什麼方法？」

靜流雙手抱著臉頰說「用我可愛的眼神與笑容感動業務員！」

「呿！母女倆一個樣，沒用的傢伙。」石風無奈地說。

石風手指著阿嚴說「阿嚴，有什麼法子？」

「不如用這招，我看網路說這台車常常被拿來跟S廠牌的這款電動車做比較，爸你就先打電話跟N廠牌的人說你上午要去看車，下午要去S廠牌看另一款車，想在這兩款車之間選一個，N廠牌的業務員爲了不讓你下午去看S廠牌的車就會主動把價錢壓低，連殺價的過程都免了！」阿嚴激動地敲打著桌子說。

石風點點頭說「嗯……不錯！」

「呿！心機鬼。」靜流不悅地說。

思婕雙手抱胸眼神死死地說「兩位，什麼時候登記結婚啊？」

阿嚴推了推眼鏡表露出邪惡的眼神說「哼，我這叫換位思考思想。」

「好，就這麼定了，散會。」

餐桌正上方的燈瞬間暗去…………

禮拜五晚上，石風下班時間到後走回辦公室，坐在辦公室椅子上，拿出手機後深呼一口氣，撥了通電話給N廠牌的中壢店。

「中壢店汽車服務廠你好！」業務員。

「喂，你好喔，我想約明天十點看SXG的車，方便嗎？」石風說。

「約看車嗎？可以，當然可以啊！請問先生怎麼稱呼？」業務員專業的詢問。

「我姓王，其實我明天下午還有約S廠牌看MRT的車，我一直在這兩台車之間不知道選哪一個。」石風說。

「唉唷！王先生！當然是我們的SXG車比較好啊！銷售量可是遠遠超過他們的呢！」業務員。

「好好好，我明天看完再決定。」石風說。

「好的，等你大駕光臨。」業務員說。

石風掛上電話後，露出邪惡的笑容「哼哼哼……。」

Chapter 18 第18章 心理戰

隔天上午十點，石風穿著西裝筆挺，來到了中壢汽車廠，從遠遠看已經有業務員在門口等候了，當石風接近大門時，門口的業務員一邊開門一邊彎著腰說「王先生你好，歡迎你大駕光臨，請跟我來。」

業務員將石風引導到貴賓室，給了石風一份車款ＤＭ及礦泉水後說「請稍坐一下，等等我們廠長會來帶先生看車。」

接著面對的是這家車廠的廠長，石風心想「阿嚴說的對，面對有準備的客人都是由老經驗的人來處理。」

石風再看看外面到處看車的客人及年輕業務員心想「而來車廠裡挑車的肥羊都是由菜鳥來練練手，賣車的人果然不簡單，不過這場仗優勢還在我這。」

不久，一位有點年紀的業務員走了進來對著石風說「王先生，你好，我是這家車廠的廠長，敝姓楊，這是我的名片。」說完後彎著腰遞出一張名片給石風。

「我先帶你看車，請跟我來。」廠長說。

廠長帶著石風走著一邊說「王先生，你昨天在電話裡說想在我們的ＳＸＧ車跟ＭＲＴ車之間選一個，跟先生說一下，我們的ＳＸＧ車每年銷售都比ＭＲＴ車還要好，這是有原因的，現在電動車電池大部分都是國產，先生你要挑的這兩台車就是國產鋰電池，同樣的電池，我們的ＳＸＧ車輸出的馬力比ＭＲＴ還要高百分之十，耗電量卻差不多。」

廠長老練的帶著石風逛了一圈車子後說「我們這台車的外型也比ＭＲＴ好看多了，空間也比較大一點，重點啊！車外型的顏色可以按客人喜好按條紋混搭，這點客製化服務就是我們銷售量比他們好的主要原因。」

「嗯……我可以進去坐坐看嗎？」石風說。

「可以啊可以啊！儘管試試看！」廠長激動地說。

石風坐進去感受新車時，廠長幫石風拍了張照。

「王先生你看，你跟車子拍出來的樣子，多帥氣多搭配啊！」廠長說。

「嗯……不錯。」石風說完後便下了車。

「王先生，你有需要加裝什麼備配嗎？」廠長說。

「我只要衛星導航，其他什麼胎壓偵測、俯視倒車影像、太陽能電力回充裝置什麼的通通不需要，可能要快一點，我下午還約要去看ＭＲＴ的車。」石風說。

「沒問題沒問題，我是廠長，能送的配件能壓低的價錢我都能處裡，但太陽能電力回充裝置是政府規定的配件，先跟王先生說一下，至於車子的價格，這些都可以談不用擔心。」廠長說完後與石風一起走回貴賓室。

「ＳＸＧ空車加裝衛星導航……公定價是七十九萬……我算你……」廠長說完後在計算機上快速的按著，按完後把計算機轉向石風說「這個價格，王先生你看如何？」

石風看到計算機上顯示七十二萬心理激動地喊「中了！」

「嗯……好吧！看廠長這麼有誠意，我就直接買ＳＸＧ吧。」石風淡定地說。

廠長像是瞬間洩了氣的皮球一樣鬆了口大氣，說「那王先生需要什麼配件嗎？」

「隔熱紙跟腳踏墊就行了。」石風說。

廠長拿著平板給石風看「那車子外型顏色請先生看要怎麼混搭直接在平板上選擇，好了幫我按確定。」

石風在平板上按了按後，選擇了紅底銀黑條紋，將平板還給了廠長。

「喔！這個外型很少人搭配過，王先生眼光不錯喔，那冒昧請問一下，是要一次付清呢還是辦貸款呢？」廠長說。

「一半付現一半貸款吧！」石風說。

「那就三十二萬付現，四十萬貸款四年零利率，先生你看這樣如何？」廠長說。

「嗯……好，那就這樣吧。」石風說。

石風付完五萬訂金後開心地回到家將這個消息及過程告訴家人。

「哇靠！這也殺太多了吧！老公你好棒棒！」思婕開心地一邊說一邊摸著石風的頭。

「哈哈，我覺得那個廠長好可憐喔！」靜流說。

阿嚴推了推邪惡眼鏡後說「哼哼！一切都在我掌握之中！」

「我們明天去吃好料慶祝一下吧！」石風說。

「好耶！」思婕與靜流開心地大聲說。

Chapter 19
第19章　潮流

兩週後，來到牽車的日子，石風下班後直接搭公車趕往車廠牽車，走到新車面前時，石風誇張的差點暈倒在地上，激昂地說「這也太帥了吧！」

「就說王先生你的眼光好啊，這個紅底黑銀條紋混搭現在可是本廠推銷車型之一呢！連我都不得不佩服王先生啊。」廠長說。

簽完約後，石風興奮地坐上車，從公事包裡拿出一個手提袋，手伸進袋子裡拿出一個比手掌還要大的超大貓形平安御守，一邊掛在後照鏡上一邊笑笑地心想「靜流這小妮子怎麼老是有一些奇奇怪怪的東西。」

掛完後，再從手提袋裡拿出一個黃色小平安符，上面的文字是「慢慢開，安全第一」

石風心想「嗯！很像阿嚴的個性啊！」

最後再從手提袋裡拿出一條銀製短項鍊，中間是一個愛心形狀的吊墜，石風疑惑地將短項鍊掛在後照鏡後摸索了一下，原來愛心吊墜可以打開。

吊墜被打開，不自覺地低頭嘆了一口氣，然後感傷地看著吊墜裡四人年輕時出去遊玩的合照說「阿隼，有依旻在那邊陪你，應該過得不錯吧，我們過得很好，靜流也很好，不用擔心我們，我們四人一定還會再相遇的。」

將一切都看在眼裡的年輕業務員拍了拍石風的肩膀說「原來先生也是個性情中人啊……」

石風扭了扭肩膀「嘖！」一聲後說「廢話少說，快去前面指揮交通，我要走了。」

「喔！好好好！」年輕業務員說。

思婕三人在家門口樓下，靜流站在馬路正中間，雙手在眉間眺望遠方說「爸怎麼這麼久啊，燒烤訂位的時間快到了耶！」

「我打給你爸好了。」思婕一邊說一邊拿出手機。

「別吧，妳要爸邊開車邊講電話喔！」阿嚴一邊說一邊把靜流拉回到馬路邊。

突然一道強光照射過來，思婕三人同時轉頭看向光源處，一台車子，靜悄悄地往思婕她們方向開過來，停在三人前面，石風把車窗搖下後說「怎麼樣，車帥氣嗎？」

「哇哇哇！！！！超帥的啊！！！」靜流一邊拍照一邊激動地大喊。

思婕打開後車廂看了看說「這空間不比之前那台還小耶！！而且超帥的啊！！」後整個人跳進後車廂躺著翻滾。

阿嚴一邊拿著石風的手機設定藍芽連線一邊笑笑著說「好了好了！我們一起拍個照趕緊去吃飯吧，訂位時間快到了。」

一家四口坐上車後，思婕大喊「司機出發！」

「出發出發」靜流開心地說。

就在這時車子突然快速前進。

「啊啊啊啊！！！！」思婕與靜流同時驚訝地大叫。

阿嚴噗滋的笑了一聲，石風則是大聲地笑到流眼淚。

「幹你笑屁笑喔！」思婕熟練地從後座勒住石風的脖子。

「為什麼沒發動就走了？引擎呢？」靜流傻眼地說。

「電動車是馬達，不是引擎，是沒有聲音的，剛爸回來到現在都沒熄火啦！」坐在副駕駛座的阿嚴說。

「呿！也不提醒一下馬的！」思婕說。

「爸爸你很壞耶！」靜流說。

一家人在燒烤店吃著燒烤，這是一頓難得的大餐，畢竟家裡並不富裕，母女倆正在狼吞虎嚥地狂吃著。

「爸，明天風電機廠商就會派人來裝風力發電機了，大概十點左右會到。」阿嚴說。

「喔喔，終於輪到我們了嗎？等的可眞久啊！」石風驚訝地說。

「畢竟我們是用電量最小的用戶群，只能擺在最後安裝，而且較晚安裝也有好處的，就是後面發展的風電機比較好看且安靜，也更為安全。」阿嚴說。

「將這割顚費能生督少卿痾？」思婕一邊吃一邊說。

「孩子她媽……有點榜樣好嗎……吃完在講啦……」石風無奈地說。

思婕用力地把塞在嘴裡的肉吞下去後在喝兩口可樂說「我說——這樣電費能省多少錢啊？」

「差不多平常的一半吧。」阿嚴說。

「那也還好啊，裝那個風力電機多少錢啊？」靜流說。

「扣掉政府補助後，大概要三萬五，我們是分期兩年零利率，每個月繳一千五左右，至於保養，每半年一次，大概幾百元，要換零件就會貴些。」阿嚴說。

「感覺有點不划算啊……不過為了地球暖化，能力所及範圍內，倒也是可以接受。」思婕說。

「那是因為我們家用電量不高，如果是重工業工廠的電費減半呢？而且我們一度電是二點五元，他們是五元以上，每個月繳幾百萬的電費減半，這樣你懂了嗎？他們巴不得趕快裝這個東西。」阿嚴說。

「我公司幾年前就已經裝了，現在政府放寬工廠安裝數量及地點，上層決定明後年要再申請安裝至滿額，預計能省下六成電費呢！」石風說。

「我們家是裝什麼樣子的風電機啊，可愛嗎？」靜流說。

「我們是裝鬱金香造型的，所以噪音較低，但發電量會比傳統的小一些，但對我們來說也夠用了。」阿嚴說。

「哈哈，好期待喔。」靜流說。

那天，我將曬乾的衣服放在各自的房間時，發現父親母親房間的梳妝台上放了兩份報紙，奇怪的是，日期分別是今年的一月一日及去年的七月一日，如此怪異的日期讓我產生強烈的疑問，翻開報紙，頭條寫著熟悉的字眼「協同計畫公開進度」。

協同計劃執行第十二年公開進度

（一）依經濟部統計，民用住宅擁有家用微型風力發電機已達百分之九十以上，每年住宅用電量約四百七十億度電，現約有二百五十億度電來自各自的家用型微型風力發電機，已超過一半以上電力屬自主發電，已達成協同計畫目標……

（二）依經濟部統計，服務業機構擁有商用小型風力發電機已達百分之九十以上，每年商業用電平均用電量約三百五十億度電，據統計，已有二百七十億度電來自商用小型風力發電機，約有七成七的電力屬自主發電，但經濟部表示，此自主發電量差不多已達最高值，後續幾年再往上成長的指數起伏不大……

（三）依經濟部統計，工廠製造部門擁有商用小型及中小型風力發電機已達百分之八十，年平均用電約一千七百億度電，據統計自主發電量已達八百億度電，約將近五成左右，對國家電力需求有極大的減少……

（四）依經濟部統計，公共機關部門（政府、包燈、學校）擁有商用小型風力發電機已達百分之七十，配合太陽能自主發電，每年用電約一百七十億度電，約有八十億度電屬綠能自主發電……

（五）依電力公司總統計結果，台灣每年消耗電力約二千七百億度電，自主發電已達五成五，三成來自民營火力電廠，一成五來自再生能源，核能電廠已走入歷史，成為戰備電廠或是博物館。

與十二年前發電型態相比，十二年前屬火力發電占總發電量的八成以上為最多，一成來自核能，剩下不到一成來自再生能源，火力電廠總排碳量仍無法降低在九千萬噸以下，然而《協同計畫》至今十二年，排碳量已降至約僅三千多萬噸，大幅減碳的數字驅使每年都有許多國來至台實地考察效仿……

（六）總統府發言人表示，《協同計畫》屬多贏局面，人民及企業自主發電，可省去大量電費。而對國家電力需求減低一半以上，電力將不再吃緊。民營火力電廠每年只需發出約八百億度電就可供全國使用，大幅減少排碳量，確實減緩了地球暖化溫室效應的問題。台灣屬斷層帶，不適合核能電廠的使用，因此將核能電廠關閉改成戰備使用，達到非核家園目標。

而二氧化碳大量排放的另一個因素為（交通運輸）也得到了解決，因《協同計畫》使電力不再吃緊，且大幅降低對火力電廠使用的條件下，大力推行各類電動交通工具的使用，目標在二０五０年，全台灣中、小型電能交通工具使用率達八成以上，無論是自主發電系統，還是購買各類電動車及交通工具，政府均會有補助。

近幾年，我國的轉型驅使世界某些國家進行效仿，而導致油價大跌，某些盛產石油的國家進行強烈的抗議，甚至對我國威脅及經濟制裁，為此，外交部已向聯合國提出抗議，希望以和平的方式調和，石油總有用完的一天，是時候轉型了。

（七）國造電能交通工具電池製造大廠已設廠九年，小型各類電動車、貨車電池在國際市場占了一席之地，在國內，小型各類電動車、貨車約占總數的三成，替換速度逐年成長，而中、大型交通工具似乎以油電混和動力較企業喜愛，純電動公車、遊覽車的價格對業者難以負荷，替換速度緩慢……

（八）中、小型電動車充電柱，公共區域已架設百分之九十五，工商機構架設了百分之八十左右，電動交通工具的推行，政府希望充電柱的曝光率能在高一些，最好能達成（只要有停車的地方就有充電柱）……

（九）依經濟部統計，加油站業著完成轉換成電動車電池供應站已達百分之八十，但仍不少民眾不願轉型，至凱達格蘭大道前抗議遊行……

（十）約百分之八十的私人汽機車修車廠轉換成電動車、電動機車保修車廠，因應電動車普及化，保修需求量大增，各大電動車、電動機車業者開放（保修加盟店），吸引了大批私人保修業者前來加盟，也製造了不少工作機會……

（十一）電動機車已達全台機車類百分之六十，仍然有大量的報廢二手機車囤積在各縣市的機車回收場等著拆解回收可用零件，電動機車替換的速度實在太快了……

（十二）人力資源發展計畫已執行第十二年，全台高職及大學均有設置電動車保修科，因應趨勢，每年招生人數持續成長，但仍然供不應求……

（十三）今天三月，首批環保塑膠袋及包膜在中、下游供應商逐漸問世，價格比原本的塑膠袋貴了二至三成，讓業者及民眾大喊吃不消……

（十四）西南部沿岸開始建築海平面上升預防建設，長達約三十多公里，影響至少三十座古蹟、二百多棟建築……

（十五）近幾年開始針對南部地區構築易淹水區域之導水溝，預估要花六年時間及上百億經費才能完成……

Chapter 20 第20章 沒那麼簡單

國三下學期，每天晚上都在準備高考的我與妹妹，今天也不例外，但事情就是沒這麼簡單……

這天晚上吃飯時，石風突然說「你們想要零用錢嗎？」

阿嚴與靜流突然停止動作看向石風。

「我要我要我要！！」靜流舉手大喊。

「爸，能否說明一下，跟我們平常剩餘的吃飯錢有什麼不一樣。」阿嚴說。

「吃飯錢是你們的媽媽晚上懶得的煮飯時給你們的錢，要你們放學回家路上時順便買晚餐回來吃，只能買吃的錢，有找零的錢你們才可以收走。」石風說。

「欸欸欸！話不能這麼說吧！我也很忙啊？有時候我也很累啊！而且姨媽來時的那種痛你懂嗎？？」思婕說完語帶哭嗓音繼續說「你都不體諒我，只會在孩子面前說我懶、我沒用、不顧小孩！」

「好了好了，不要演了，再演就不像了。」石風說。

思婕「喔！」了一聲後若無其事的繼續低頭吃著飯。

靜流看著這畫面噗滋笑了一聲。

「零用錢給你們，你們自己決定要怎麼用，買衣服、買包包、文具用品、吃垃圾食物之類的，自己決定。」石風說。

靜流勾住石風的手臂說「爸，你今天好帥喔！！」

「有什麼條件？」阿嚴說。

「喔！眞不愧是阿嚴，馬上就知道重點。」石風說。

「啊？？還有條件喔？？」靜流說完後用力地放下石風的手臂坐回原來的位子。

石風從房間拿出一本厚厚的資料夾說「這是你們從小到大問我的問題，我全都記在這本資料夾裡面，我已經區分難、中、易等級，想要零用錢，就從這本資料夾裡面的問題，挑一個做成書面資料及簡報檔，再配合簡報檔口頭報告給我聽，通過了就有零用錢，依照難、中、易等級分別領取不同金額的零用錢，只有每週六晚上八點到九點可以考核，也就是說每個月可以考核四次，連一次都沒過下個月就沒有零用錢，但四次都有過，而且是四個不一樣的問題，下個月就能領四筆零用錢。這樣明白嗎？」

「這也太麻煩了吧！」靜流哀嚎地說。

「爸，什麼時候開始？」阿嚴說。

「等你們高中聯考完。」石風說。

「金額分別是多少？」阿嚴說。

「難等級五千、中等級三千、易等級一千，但一個題目只能用一次，也就是說這個題目阿嚴你報告完了靜流就不能用了。」石風說。

「書面報告跟簡報檔有固定格式嗎？」阿嚴說。

「有，在家裡電腦桌面上。」石風說。

「好，我懂了。」阿嚴說。

靜流看著阿嚴，頭往右點一下說「哥，咬耳朵！」

「喔！」阿嚴說。

兄妹倆跑到客廳角落蹲下談論著……

「你眞的懂喔？」靜流說。

「大槪吧，沒試過也不好說，一開始我們先選簡單的練練手，順便看爸的標準漏洞在哪？」阿嚴說。

「也是，哥，你要教我耶！不要自己偷跑！」靜流說。

「不對不對，你聽不出這是爸的陷阱嗎？」阿嚴說。

「什麼陷阱？？還有這種陰謀？？」靜流訝異地說。

「開始實施的時間啊！我們現在在準備高中聯考，應該是在考完試後才跟我們說，爸偏偏現在跟我們說。」阿嚴說。

「欸欸欸！！對耶！！好心機喔！！」靜流說。

「爸在訓練我們定力，不被任何外在因素影響考試情緒。而且那本資料夾，一個月四次兩個人搶，不用一年就搶光了，之後就沒零用錢可以要了，所以應該要仔細算算這個資料夾能產出多少零用錢再除以三十六個月，每個月我們兩個可以得多少零用錢，到最後難的部分，即使只有一個人過關，兩個人也有零用錢這樣子。」阿嚴說。

「靠！差點跌入爸的陷阱！」靜流說。

「兩位聊完了沒啊？還要不要吃飯啊？」思婕在餐桌故意放大聲音量說。

阿嚴與靜流坐回餐桌椅上一邊用著充滿殺氣的眼神看著石風一邊吃飯。

「媽也來參一腳好了，媽也要零用錢！」思婕舉手說。

「……………」阿嚴。

「……………」靜流。

「……………別鬧了好嗎……」石風一臉被打敗的表情。

Chapter 21

第21章　身體狀況

高考結束後，等待成績的空檔，阿嚴與靜流準備好第一次的零用錢報告，互相練習給思婕看，希望能經過母親的指導讓隔天的考核能順利過關。

而思婕翹著腿，用嚴肅的表情一邊盯著二人報告的狀況一邊看著書面資料，適時給予指導。

感受到不一樣的母親，使阿嚴與靜流更加謹慎地對待第一次的報告，而不是老想著零用錢。

「賴—」思婕的手機傳來訊息。

思婕打開看「欸！我人在急診室。」

「啊啊啊啊！！！」思婕緊張的大叫後回撥電話給石風。

阿嚴與靜流也停下練習的動作往思婕身邊靠過去。

思婕的電話被掛掉後，又見石風傳來的訊息「我現在喉嚨無法說話，今天上班一直咳，到下午咳出血來，然後就暈倒了，被同事叫救護車送來桃園醫院，醫生說要家屬過來一趟。」

思婕眼眶泛紅回傳訊息說「我馬上到！」

看到思婕紅了眼眶，靜流問「爸怎麼了？」

「你爸在公司咳出血來，然後就暈倒在公司了，現在人在桃園醫院急診室，我現在趕過去，這幾天你們生活先自理，有事我會打給你們。」思婕緊張地說。

思婕跑去房間收拾衣物再走出來，從錢包拿出兩千元給阿嚴說「把家顧好！」

阿嚴突然抓住思婕的肩膀說「媽，冷靜點，有什麼狀況需要幫忙要說，我們不是小孩子了。」

思婕喘著氣，用手袖用力的擦去眼淚，再深呼一口氣後說「好，我知道，你們把家顧好，晚點我再打給你們，我走了。」

飛快衝到樓下，戴上安全帽，騎上摩托車，油門大力吹，直衝往醫院的路上。

一邊騎車一邊流著眼淚，想起十三年前在急診室看見阿隼與依旻的屍體，那種痛，失去最親愛的人的痛，不想再有第二次了。

思婕快步走到急診櫃台詢問石風在哪間病房，護理師指著第二急診病房。此刻，思婕心臟劇烈地跳動著，彷彿能清楚地聽到心跳聲，紅著眼眶呼吸急促地往病房走去，還沒走到病房，聽見手機傳來訊息聲。

思婕決定停下腳步拿出手機打開看「老婆，我想吃雞腿便當還有奶茶，愛你唷！」

思婕翻了個白眼，氣噗噗地大步走向病房，看到石風正奮力的玩手機遊戲。生氣地大聲罵「幹！！！」隨後將衣物大力地往石風身上丟去。

「妳來啦！幹嘛這麼兇我可是病人耶！」石風無辜地說。

思婕紅著眼眶大喊「你簡訊這樣打他媽是要嚇死我是嗎？結果你看來一點問題也沒有，還在玩手機遊戲！」

「呃……這位太太，這裡是醫院，麻煩你小聲點。」急診室醫師說。

「喔！對不起對不起……」思婕連忙道歉。

石風噗滋的笑了一下。

思婕坐在石風的病床邊「幹！笑屁笑喔！現在到底怎樣啦！」

急診室醫生走了過來說「這位是王太太吧，你先生是因爲工作太疲勞加上作息不正常，飲食不正常，最主要是菸抽太多導致支氣管發炎，乾咳才會咳出血，然後抽菸導致血管阻塞收縮，腦部一時得不到正常的供氧量，才會頭暈昏倒，需要住院觀察幾天看有沒有其他併發症，再請太太來櫃台辦理住院手續。」

「好的好的，醫師謝謝你喔！」思婕客氣地說。

醫師走之前給了思婕一張戒菸文宣「抽菸的壞處」

住院手續辦好後，思婕走到病房門外的椅子上坐下，手理拿著戒菸文宣想著「爲什麼我從沒有要求石風戒菸，他不是我最重要的親人嗎？」

「賴——」思婕的訊息聲響起。

思婕拿出手機打開看阿嚴傳來的訊息說「媽，爸情況還好嗎？」思婕直接撥了電話給阿嚴說「不好，你爸菸抽太多了，才導致支氣管炎咳血然後暈倒。」

「這樣啊……那……該要求爸戒菸了吧。」阿嚴說。

「我知道，但聽說戒菸非常難，有什麼一次就成功的辦法嗎？」思婕說。

「我來想想辦法，媽你先照顧好爸就好，明天我跟妹妹大概十點左右會過去看爸，有什麼要帶過去的再傳訊息給我。」阿嚴說。

「好，那就拜託你了。」思婕掛上電話後不經意地笑了一下心想「什麼時候開始，會跟兒子說（**拜託你了**）這種話了，而兒子也才十六歲。」

思婕走進病房，看著石風很有精神的一邊吃著便當一邊看電視，心想「應該是沒什麼大礙了，但該戒的菸還是要戒。」

思婕坐在床邊的椅子上，順手把電視關掉。

一臉憂鬱的表情說「欸你……」

「妳要說的是戒菸對不對？」石風搶著先說。

「呿！你也知道你要戒菸喔！」思婕不悅地說。

「我以前有自己嘗試要戒菸，但都失敗了，可能是工作壓力大加上經濟壓力，而且沒有旁人協助。」石風說完摸著思婕的頭問「妳爲什麼都沒有叫我戒菸？」

思婕嘆了一口氣說「可能也是因爲你工作太累才放縱你吧，雖然我沒阻止你抽菸，但你眞的戒菸了我想我會很開心的。」

「嗯……夫唱婦隨嗎……」石風說。

「你趕快吃完趕快休息吧，都十二點了，明天阿嚴跟妹妹十點會來，我們再來討論。」思婕說。

「好，妳先休息吧，我等等就睡。」石風說。

隔天，天氣晴朗，桃園醫院，阿嚴與靜流走到病房同時叫了一聲「爸！」

「欸！你們來啦。」石風說。

靜流把頭靠在石風的肩膀上說「爸，你要戒菸了啦……」

「好啦我知道。」石風說完摸了摸靜流的頭，這個舉動讓石風感到特別窩心。

「阿嚴，有什麼一次就成功的法子嗎」石風說。

「有，但需要全家人的配合與監督。」阿嚴說。

阿嚴從袋子裡拿出一份書面資料，讓全家人跟護理師看傻了眼。

「爸的健康，是全家人的事情，所以爸要戒菸，就必須全家人一起幫忙。」

阿嚴說完後拿出第一份資料給思婕說「爸白天的工作是管理階層，所以白天使用戒菸養生茶止住抽菸的慾望，在員工眼裡，習慣喝茶也比抽菸來的有領導氣勢，以後就由媽固定泡茶給爸用保溫瓶帶去公司喝，這份資料就是養生茶購買的地方、價格、泡茶的方式及泡茶的時間點，而且媽要每天檢查爸身上有沒有菸味。」

「而我則是每週五晚上陪同爸去看戒菸門診，並且注意爸的身體狀況及有沒有其他併發症，畢竟爸抽了二十多年的菸了，跟診所要來的戒菸錠，由我控管每天晚上上班前發兩錠給爸帶去超市嚼。」

「我呢我呢？？」靜流舉手說。

「妹妹的部分，要看爸同不同意，如果同意，一次成功的機率就會大幅提升。」阿嚴說。

「沒問題的，只要能成功，什麼都答應。」石風說。

「爸，這是你說的喔！」阿嚴似笑非笑地說。

石風皺著眉頭說「什麼意思？」

「我們家的妹妹，是我們班的班花，在整個學校也是前三名，追求妹妹的人多到數不清。」阿嚴說。

靜流撥了撥頭髮說「哼！當然！」

「哼！那是遺傳到妳的依旻媽媽，想當年整個學校爲唯一比我漂亮的也只有她了好嗎。」思婕撥了撥頭髮說。

「然後呢？」石風瞇著眼睛說。
「萬一爸你失敗了，妹妹你就隨便找個男朋友回來吧。」阿嚴說。
「我不同意，怎麼可以拿妹妹的處女開玩笑！」思婕立刻大聲地反對。
「喂媽！我沒有要和他們發生關係好嗎。」靜流說完後對著阿嚴說「哥，怎麼會拿我當籌碼啊？」
「爸的健康跟你的幸福應該是一樣重要的吧！」阿嚴說。
這時，石風用嚴厲的眼神瞪著阿嚴說「我不同意，哪天就算我死了我也要你們好好珍惜自己，戒菸的事情我會自己努力，剛剛你說的我就當作沒聽到吧。」
「嗯……好。」阿嚴說。
氣氛突然僵硬起來，靜流看了看後抱著石風的的手臂說「好了啦爸，哥也只是在擔心你啊，我有做稀飯給你吃，爸你吃看看女兒的廚藝。」
「哇！妳做的喔！能吃嗎？」石風說。
「好哇！不要吃啊！」靜流嘟著嘴說。
「哈哈，我要吃啦，眞的跟妳媽一個樣。」石風笑笑地說。
思婕偷偷地把阿嚴拉到病房外說「我知道你是爲了你爸好，但拿妹妹當賭注也太過分了，你也知道妹妹的親生爸媽把妹妹託付給我們，怎麼可能答應這種事！」
「好啦我知道了啦，是我考慮不周，我等等會跟爸道歉。」阿嚴說。

思婕看著阿嚴嘆了一口氣說「好啦，你進去陪你爸，媽去買點飲料。」

阿嚴看著思婕走遠，「呵！」的冷笑一聲後露出無奈的笑容走進病房。

第22章 目標

Chapter 22

一週後，父親帶著健康的身體出了院，與父親的約定，我與妹妹年滿十六歲時要說出自己將來的目標，就在今晚。

一家四口在客廳，石風喝著戒菸養生茶說「喝久了這茶還挺好喝的。」

「哼！那也要看是誰泡的。」思婕三八地說。

「怎樣，裡面加了愛心是嗎？」石風說。

「看你喝不喝得出來嘍！」思婕微笑著，斜眼瞪著石風說。

「阿嚴，你先說吧，將來的目標及理由。」石風說。

「爸，我們可以一起說嗎？」靜流說。

石風看了看靜流再看看阿嚴後說「看來你們談過了，好，一起說吧。」

「我們要完成隼叔的遺志，成爲換位思考思想心理學職業講師，理由是，自從政府採納隼叔的政策後到現在也有了十四年多了，協同計劃的能源改革進行的算很順利，畢竟這是個實際有效解決地球暖化又不犧牲利益的政策，但教育改革的**基礎心理學**，卻顯得拖泥帶水，我們實際在學校上課就可以感受到一些恐龍家長教出來的恐龍小孩帶給老師的影響，使老師失去教學熱忱變得自私，而且還不少。如果教育改革沒有跟能源改革並行，時間久了就會出現其他地球暖化的危機，因爲教育品質低劣會使自私自利、不守紀律的人類比例不斷上升。」阿嚴說。

「嗯……」石風皺著眉頭，一臉難以置信的眼神看著阿嚴與靜流「好，那你們要怎麼做？」石風說。

「利用我們的身分，我是協同計劃政策提倡人唯一的後裔，只能是我站出來領導整個換位思考思想學派，整個教育界才有辦法一同推動家庭教育及校園教育的重要性，不是馬上，而是等我們經驗豐富、實力、人脈夠強時再宣布就好。」靜流說。

「而我是協同計劃政策提倡人唯一一個拜把兄弟的兒子，我可以當妹妹的分身，也能同時保護著妹妹，雖然已經過去這麼多年，難保還有些自私自利的人想對妹妹不利。」阿嚴說。

「我們打算高中畢業後，考取高雄師大換位思考思想心理學系，找機會加入講師的職業工會擔任助理，一邊擔任家教學習經驗，一邊完成學業。」靜流說。

「之後再考取碩士班，畢業後再取得相關執照及證照，擔任講師一陣子後，看時機再公布我們的身分。」阿嚴說。

石風不說話，整個客廳沉寂了整整一分鐘，充滿著不安的氛圍，最後，嘆了口氣說「原來你們也做了不努力啊……唉……好吧！爸媽支持你們，但你們務必保護好自己，我跟你媽可承受不起第二次那種痛。」

思婕帶著哀傷的眼神看著石風，然後緊握住石風的手。

「放心，我會保護好妹妹的，有狀況我也會跟你們求救。」阿嚴說。

「好了，你們先回房間吧，我跟你媽有話要說。」石風說。

阿嚴與靜流陸續走回房間。

等到阿嚴跟靜流回到房間關上門後，石風卻一直沒開口說話，這一等又是一分鐘，思婕終於開口說「你怎麼了？」

「他們剛剛說的想法，你怎麼看？」石風說。

「既然他們都想好了，那就讓他們去做啊，這是好事不是嗎？」思婕說。

「這是兩個十六歲小孩該有的想法？十六歲時，妳在幹嘛？我在幹嘛？」石風疑惑地說。

思婕皺著眉頭回想起十六歲時與依旻不停地耍白癡與遊玩的自己「……」

「我也只丟了阿隼留下來的資料給他們而已啊！四年時間就變成這樣，比大人還像大人不覺得嗎？而且手機的事情，到現在都沒有犯錯。」石風說。

「那資料不是你整理的嗎？」思婕說。

「其實不是，那是我去阿隼家收拾遺物的時候發現的，裡面我也都看過了，到底是什麼內容讓他們變成這樣我就不知道了。」石風說。
「不然直接去問他們。」思婕說。
「不行不行，這樣太沒威嚴了。」石風說。
「呿！大男人自尊心！」思婕不悅地說。
「總之，他們有理想，但沒有經驗，我們還是盡可能在旁邊指導指導吧。」石風說。
「喔……」思婕說。

晚上，迎來了第一次的報告零用錢，只見阿嚴與靜流穿著跟父母借來的白領工作服，有模有樣的在客廳報告，雖然簡報檔算不上完美，但對於兩個十六歲少男少女，已是十分厲害了。

第一次就過關的兒女開心地擊掌，思婕又回想起自己十六歲時，與依旻一起耍白癡的模樣，讓自己產生極為強烈的好奇心。

隔天，思婕坐在客廳沙發上瀏覽著關於換位思考教育的訊息，想了又想，還是忍不住好奇心，於是把阿嚴叫來客廳。

「阿嚴啊，你跟媽媽說，是什麼際遇或是想法讓你們想繼承你隼叔的遺志？」思婕說。

「嗯……要講有點久耶！」阿嚴說。

「那就說啊！現在又沒事。」思婕激動大聲地回應。

「隼叔提倡的教育改革，是在高中及大學增設情緒管理及換位思考課程，也就是基礎心理學，大學及碩士多了換位思考思想心理學科系，之後就出現了職業工會，還制定了執照及證照，使其專業化及正統化。

但這畢竟是隼叔提出來的理論，即使後人創立了職業工會，沒有說了算的領頭羊，時間久了就會越來越不被重視，教育又開始變得隨便，因爲最主要的家庭教育又開始惡化。

而且我發現，爸收集的資料跟網路上查閱的資料有一點決定性的落差。」

「什麼落差。」思婕問。

「角色定位存在價值。」阿嚴說。

「什……什麼……角質？」思婕說。

阿嚴翻了個白眼，加重語氣地說「**角色定位存在價値**——。」

「不要學你爸在那邊翻白眼，看起來超欠打的！」思婕不悅地大聲反駁。

「好啦，現在高中及大學教的都是如何做好情緒管理及學習換位思考，老師也是按本宣科來教，但很顯然的效果沒有很好，網路上查的都是隼叔提倡的，卻跟爸給我的有落差，所以……爸給我的資料是不是隼叔親手留下來的？」阿嚴問道。

「……」思婕驚訝地無法回答。

「沒關係，媽你不用回答，至於爲什麼會有落差，而且還導致教育無效果，這個總有一天會水落石出的，但如果要解決這個問題，還是必須站出來領導整個工會，教育才會有所改進。原本我是想自己來就好，但是被妹妹發現了，最後結果就是一起站出來領導這一切。」阿嚴說。

「那什麼是角色定位存在價值？」思婕問說。

「意思就是你現在的扮演角色，有著哪些存在價值，如何去理解這些存在價值，然後去貫徹存在價值，如果沒貫徹又會給自己及周遭的人造成什麼困擾。

比如爸，他的角色是一位父親，他的價值就是把錢賺進來、做好父親的榜樣給我們學習、教育好我們的價值觀等等，爸有做得很好，但是如果爸沒做好，今天我就不會在這裡跟媽說這些，而是在打手機遊戲，然後每天都半夜不睡覺，結交壞朋友，嗆爸媽，不回家等等叛逆行爲。但爸抽菸這點就沒做好，但這也是台灣健保的問題鏡像化。」阿嚴說。

「啊？什麼鏡頭化？」思婕說。

阿嚴不自覺地翻了白眼說「**問—題—鏡—像—化—**」

思婕拿起鞋子丟向阿嚴說「幹，你這個眼神看了就不爽！」

阿嚴笑了笑說「問題鏡像化就是，做任何事情，任何決定、每個政策都會有反效果，盡可能排除這個反效果，就是最好的決策。」

比如台灣的健保，有了健保，台灣人就能用非常便宜的費用享受高水準的醫療技術，有病有不舒服，都會去看醫生不會拖延。但也因爲費用如此便宜，台灣人對身體自主保健意識相當薄弱，菸、酒、檳榔、熬夜、飲食不正常等等樣樣來，而且慢性病越來越年輕化。

拿爸這次抽菸住院，如果這次住院看病要十萬元，我想爸的菸早就戒了，如果看個牙醫補個牙，不是一百五，而是五千五，大家一定會好好照顧自己的牙齒，也會嚴利監督自己的小孩好好刷牙不是嗎？」

「好像也是啊……」思婕點點頭，訝異地看著阿嚴說。

「所以總結，理解自己角色存在的價值，貫徹存在價值，就不會給你自己所處的共同體貼麻煩。」阿嚴說。

「這樣感覺好累啊……」思婕慵懶地說。

「不對不對，媽，妳自己依然是妳自己，不需要忘記媽妳本身的個性，也不用改變，只是在扮演這些角色時，該知道怎麼演、怎麼做就好，而不是用從小到大的個性去扮演這些角色。」阿嚴說。

「喔吼！難怪你這麼心機，原來看透一切了啊心機嚴！」思婕說。

「謝謝，我跟妹妹也是研究了三年才能理解這些東西，當然還不只這些，還有情緒判……」阿嚴說到一半被思婕打斷。

「好了好了夠了，今天先這樣，太複雜了媽沒辦法消化。」思婕激動地說。

「哈哈！」阿嚴開心地笑著，解開了心中一個結。

Chapter 23

第23章　父親的擔憂

高一結束，兄妹倆放了暑假。

某天傍晚，石風打開家的外鐵門，看見靜流坐在沙發上講電話，便聽到靜流對著電話小聲地說「我爸回來了先這樣。」

石風震驚的皺著眉頭，順手打開木製內門。

「爸，你回來啦！辛苦嘍！」靜流流暢地說。

石風點點頭當作回應後，走進房間……

突然睜大眼睛，冒著冷汗心想「幹！剛剛妹妹在跟誰講電話？？為什麼我回來了就要掛電話？？為什麼要瞞著我？操！難不成是……**男朋友！**」

「不對不對！不能馬上斷定！怕什麼，直接問清楚就好了！你可是父親啊！」石風心想完後，走出房間往客廳悄悄走去，居然看見靜流又在講電話，石風驚嚇地心裡「操！」了一聲後躲進廚房角落往客廳看。

「妹妹到底在跟誰講電話？在講什麼？？」石風後沉思了一下，矇著嘴。

「難不成真的是男朋友？」石風訝異地想。

「唉……妹妹長大啦……現在也已經十七歲了，談個戀愛很正常的……只要不要發生性關係就……」

「**操**！我以前有叮嚀過她要好好保護自己的身體嗎？」

「……不對不對，相信妹妹，她沒那麼笨，她可是依旻的女兒啊……」

「幹！不對！妹妹現在看起來比較像思婕那個白癡啊！」

這時，石風腦海中浮現出與思婕相處多年來，思婕各個耍白癡的畫面……

「**慘啦**——」石風不由得在心中吶喊，眼泛淚光……

這時，家門口開啟，思婕回到家後，包包丟在沙發上，拖了鞋子亂丟，再把襪子披在沙發邊緣，拿起小椅子放在電風扇前坐下，一邊拉著衣服領口一邊說「幹！今天真的無敵熱的。」

石風被眼前一系列沒水準的動作嚇得呆在原地直冒冷汗。

思婕看到靜流在講電話後，拿起襪子一邊挑逗靜流一邊說「妹妹在幹嘛？在跟男朋友講電話嗎？」

「操！妳這個當媽的怎麼一點形象都沒有！」石風心想。

「對啊！帥哥喔！」靜流說。

石風雙手抓著臉，有如吶喊那幅畫在心中大喊「**不**————」然後突然想起阿嚴說的「妹妹在我們學校可是前三名的美女喔，追求的多到數不清……」

思婕打開房間門，被呆坐在床邊滿臉蒼白的石風嚇到說「呃！老公你幹嘛？」

「我沒事……」石風消沉地說。

晚上吃飯，異常的安靜，一股不祥的氣息在四人心中不停的滋長著……

阿嚴看了看大家的眼睛心想「嗯……爸有問題。」

石風偷瞄著靜流後心想「不行，我得探個究竟才行……」

「老婆啊！」石風說。

「幹嘛？」思婕說。

「你第一任男朋友是幾歲交的啊。」石風說。

思婕母子女三人「噗！」的一聲差點把嘴裡的東西噴出來。

「幹！乾你屁事喔！在孩子面前問這個不覺得很奇怪嗎！」思婕大聲吼完後拿起拖鞋暴怒地往石風身上不停地打。

「哈哈哈哈！爸，你是遇到媽的前男友喔！」靜流大笑地說。

阿嚴揉揉太陽穴心想「這問題應該是私下問吧，怎麼刻意在這時候問。」

阿嚴想了想，再看看靜流心想「原來如此！」

「妹妹啊，上次追妳的那個男生怎麼樣了？」阿嚴問說。

打鬥到一半的石風及思婕停下來看向靜流。

「喔，被我拒絕啦，雖然是大我一屆的學長，長得也不錯，身材也很健壯，但思想就是很幼稚，脾氣也不太好，完全沒興趣的說。」靜流高傲地說。

「是喔，啊都沒有覺得不錯的對象嗎？」阿嚴說。

「妹的原則是，不是最好我不要！哼！」靜流說。

「不愧是兄妹，咱倆想法一樣。」阿嚴說。

「哥，妳喜歡哪種類型的啊？」靜流問說。

「嗯……應該是像依旻阿姨這種的吧。」阿嚴說。

「不可能啦阿嚴，你的依旻阿姨太完美了，這世界不可能出現第二個。」思婕誇張地嘲笑說。

「那我可能就不結婚了吧。妹妹妳喜歡哪種類型的？」阿嚴問說。

「看感覺吧，總之不能比我矮、比我笨、而且講話要風趣、有理想有目標、身材要好，最重要的是要疼我。」靜流說完後露出滿心期待的表情。

「在我們的年齡層不可能有這樣的人吧！」阿嚴說。

「所以啦，等以後出社會再說吧！隨緣嘍！」靜流說。

阿嚴偷偷地看向石風……

石風開心地點點頭說「爸沒有不準你們交男女朋友，但交了一定要讓我們知道，然後做好安全措施。」

「唉唷！這位先生，想法怎麼突然變先進了？」思婕手靠在石風的肩膀笑著說。

「人的思維要隨著時代變化而變化嘛！」石風說。

「嗯……爸這句話說的眞好，兒子學到了！」阿嚴說。

靜流勾住石風的手說「偶像喔！爸！」

石風今天充分的感受到什麼是一家人快樂地氣氛。

「那……爸，我跟妹妹想去打工，目的是與實際職場接觸，畢竟我跟妹妹現在只有理論，沒有經驗。上班時間只有平日的晚上及假日班，到了高三就會辭職準備考大學。」阿嚴說。

「嗯……好，只要不要影響課業就好。」石風說。

桌子底下，靜流的手向阿嚴比出一個大拇指，而阿嚴則是用ＹＡ來回應……

Chapter 24

第24章　初次的職場體驗

阿嚴與靜流站在員工休息室的大鏡子前。

阿嚴穿著傳統高男性級餐廳服務生的長褲制服，拉著蝴蝶領帶、用髮蠟抓著頭髮、帶著黑框眼鏡、穿著擦得發亮的皮鞋、擦著淡淡男人風味的香水，年僅十七歲的阿嚴身高已來到一百七十六公分，體重卻只有六十六公斤。

靜流穿著傳統女性高級餐廳服務生的短裙制服，把著單馬尾辮子頭，化了淡妝，擦了口紅，噴著三個月報告零用錢買來的高級香水，黑色絲襪搭配黑色高跟鞋，身高來到了一百六十五公分，體重卻只有四十五公斤。

休息室的大門緩緩地開啟，地面冒出浪潮般的白煙，一道耀眼的白光朝向餐廳以迅雷不及掩耳的速度打在員工及客人們的身上，被強光吸引住的人們手遮著眼睛，瞇著眼朝員工休息室看去時，只見兩團朦朧的發光體仍可怕的照耀大地，彷彿感受到地面也在顫抖著，忍不住尖叫了起來。

阿嚴二人神若自如走向櫃台，向外場領班沈儀如報到，而儀如卻還驚呆在原地。

「嗯……儀如姐，我們準備好了。」阿嚴說。

「喔喔喔！好好好！」儀如回過神來慌張地說。

一旁的員工不自覺地笑了出來。

儀如轉過身子背對著阿嚴二人，脫下眼鏡，用力的揉了眼睛後，再轉回來面對阿嚴二人「你們今天第一天，外場工作區分櫃台點餐及端收，菜單盡快背起來，我們菜單種類很多的。」儀如說。

阿嚴與靜流偷偷地互看一眼，其實早在面試那天，就偷帶了兩張菜單回家背起來了。

「我示範一次給你們看，趕快學起來，重點是對客人說話的方式及態度，大廳的清潔也是我們外場要注意的，客人一走就代表要收桌子。」儀如說。

儀如用了半小時的時間，展現了非常專業的服務態度及服務流程給阿嚴及靜流看後說「好了，接下來換你們了，我會跟在你們身邊提醒你們的，不用害怕。」

之後的四小時，除了櫃台點餐需要儀如特別注意以外，剩下的幾乎都只站在原地看著阿嚴二人表演，就好像離職員工又回來上班一樣，不需要特別注意。

其實面試的隔天開始，阿嚴就拉著靜流連續三天晚上都來這家家庭餐廳觀摩，已經大概看出外場的工作內容及重點，回家後在心中不停地模擬著。

準備好一切的阿嚴與靜流來到工作場所，幾乎等於是回來複習一樣，上手只是時間的問題，與客人的對話、事務的應對進退則是在報告零用錢練來的口才得以展現。

晚上十一點整，副店長張景吾打開員工休息室的門，看見儀如消沉地坐在椅子上後說「儀如啊？怎麼還不回家？」

「今天來的兩個新人，不！已經不能叫做新人了，他們只花了四小時的時間就把外場弄得熟透透了……」儀如憔悴地說。

「有優秀員工是件好事啊？妳幹嘛……」景吾副店長話說到一半。

「我已經沒有存在價值了……」儀如瞬間露出一副絕望的表情。

「妳也太誇張了吧……他們雖然優秀，但沒有經驗，我們店常客一堆，奧客也不少，臨時有狀況還是需要妳這個經驗最豐富的外場領班來處理啊，怎麼說自己沒有存在價值了呢？我可不這麼認爲啊？」景吾副店長急忙慌張地說。

儀如突然站起來說「說的是啊！哼哼……明天臭脾氣小姐會來，看你們怎麼應付，哈哈哈哈哈……」

「儀如妳……唉……算了，快回家吧。」景吾副店長無奈地說。

王嚴之

身高：１７６公分
體重：６６公斤
就讀學校：高雄師範大學
科系：心理系第一帥哥
外貌：文書邪惡型
興趣：接觸大自然
外號：心機嚴
星座：雙子座
血型：O型

第25章　剋星

Chapter 25

禮拜五晚上，阿嚴與靜流在後門學習如何進貨及點貨，突然靜流「呃！」了一聲。

「幹嘛呃？」阿嚴問說。

「現在吐司都可以放這麼久喔？」靜流說完後手指著保存期限，上面顯示六個月。

「那是包裝袋的保存期限啦，因爲現在政府規定所有包裝類的塑膠製品全面改成可生物分解的澱粉袋了。」阿嚴說。

「喔！就是我爸提倡的環保改革之一的全面禁塑膠袋政策吧！觸感跟一般塑膠沒什麼兩樣阿，只是顏色很混濁米白而已。」靜流說。

「我記得條件是

一、燃燒後產生極少的空氣汙染。

二、掩埋後可成爲肥料。

三、泡在海水中可輕易被海水分解。

四、被生物誤食可成爲養分或不會對身體造成危害。
五、耐高溫至少高於八十度以上。
六、保存期限至少三個月以上。
七、韌性不輸給一般塑膠袋。
八、完全不含塑膠材質。」阿嚴說。

「你懂得可眞多啊，也因爲這個包裝袋比較貴，導致各個產品成本提升，使我們不得不漲價，影響生意。」儀如走過來說。

「儀如姐，我們貨進完了，也點完貨了。」靜流說。

「好，靜流去櫃台，阿嚴去端收，機靈點，用餐時間快到了。」儀如說。

「好。」阿嚴與靜流同時說。

在阿嚴二人身後的儀如露出邪惡的笑容……

靜流站在櫃台點餐，阿嚴在用餐區送餐、收桌子一陣子後。

大門被打開，搖動了門上的鈴鐺，阿嚴習慣地往門口看去並且說了句「歡迎光臨。」

一位戴著大圓圓眼鏡，皮膚白嫩、身材姣好、臉蛋漂亮、留著妹妹頭、身高約一百六十三公分的女生走了進來，直接到走到離櫃台最遠的位子坐下。

靜流皺了皺眉頭，正準備叫阿嚴去請那位小姐先過來點餐時，卻發現阿嚴死盯著那位小姐看傻了眼，心想「死變態，看到美女呆掉了是嗎？魂都飛走了。」

靜流對著阿嚴大喊「喂！死變態，口水擦一下吧！給你個機會去請那個小姐過來點餐。」

阿嚴慌張的用手袖擦了一下嘴巴「白癡喔！我哪有流口水。」阿嚴說完後往圓框眼鏡的小姐走去。

阿嚴走過去時發現自己心跳加速著，手抓著胸口心想「嗯？我這是怎麼了？我這是在緊張嗎？哼……怎麼可能……」來到圓框眼鏡小姐旁邊時，特地停下來深呼一口氣後說「小姐，不好意思，要請妳先來櫃台點……」

說到一半時才發現圓圓眼鏡小姐戴著耳機滑手機，沒聽到阿嚴說話。

阿嚴走到圓框眼鏡小姐前方揮了揮手後說「小姐，不好意思，要請妳……」

「嘖！你新來的是不是啊？不知道我喜歡慢慢想再來點餐嗎？」圓框眼鏡小姐大聲不爽地說。

阿嚴傻眼地在原地愣住三秒後說了一句「喔……好……」緩緩掉頭離去。

圓框眼鏡小姐突然大聲一句「等一下！」

阿嚴停在原地往後看向圓框眼鏡小姐……

「你就這樣走了？服務態度很差耶！該說的話呢？該道的歉呢？」圓圓眼鏡小姐拍著桌子說。

「喔喔！不好意思不好意思，我是新來的……等等小姐決定好再麻煩過來櫃台點餐……」阿嚴結巴地說。

「唉……果然……」圓框眼鏡小姐說完後揮揮手示意阿嚴可以走了。

阿嚴消沉的走到靜流身邊蹲下說「嗚……我被罵了……」

「哈哈哈，怎樣？你調戲人家喔？」靜流笑著說。

「哪有啊！我只是叫她先過來點餐而已，然後她就爆怒了，莫名奇怪耶。」阿嚴無辜地說。

「哈哈哈！你也有今天啊哥！」靜流開心地說。

「笑屁笑喔！等等她來櫃台點餐看妳怎麼應付！」阿嚴不屑地說。

這時，景吾副店長走過來對著阿嚴及靜流說「今天不忙，靜流先去休息，阿嚴你來站櫃檯吧。」

阿嚴瞪大眼睛吞了個口水，緩緩轉頭看向副店長，一滴汗從額頭流下到鼻尖。

靜流拍了拍阿嚴的肩膀說「自己好自為之啊！」隨後走去員工休息室。

阿嚴僵著身體筆直的站在櫃台，斜眼看看圓框眼鏡小姐心想「那背影那膚色……那身材……那髮型……真讓人遐想……頭一次有這種感覺……」

「不對不對，現在不是想這個的時候了，等等她就要過來點餐了，得先想好對策才行。從年紀看來應該和我差不多大，打扮看來應該是個有錢有地位家的大小姐，而且是個極度自我中心思想的人，完全不理會他人怎麼看待她，毫不保留的做自己。從剛剛的對話代表她是個常客，所以等等過來點餐時一定會用剛剛那種雞掰的態度，但我只要保持平常心，一樣用完美的假笑容與服務態度她就會拿我沒轍，對！沒錯！就是這樣，沒有我看不透的人，她將成為我的經驗與案例讓我成長……」

「**喂————————**」圓框眼鏡小姐大聲憤怒地說。

阿嚴瞬間回過神來發現圓框眼鏡小姐站在自己面前，心想「幹！完了！我要被操了！」

「**請問你到底在想什麼？？？我已經在你面前站了快一分鐘了你知道嗎？？整個人魂都不知道飛到哪去了，你這什麼工作態度啊？不想好好上班就滾回家當你的少爺！**」圓框眼鏡小姐一邊大聲憤怒地說一邊拍著櫃檯桌子。

「對不起對不起………」阿嚴不停地彎腰道歉。

在一旁看笑話的儀如心想「靠！怎麼會搞的這麼誇張？？？」

急忙地走到阿嚴身邊對著圓框眼鏡小姐說「不好意思他是新人，今天人不舒服，造成妳的不悅，不好意思不好意思。」

隨後對著阿嚴說「阿嚴，不舒服就不要硬撐，快去休息。」

阿嚴急忙離開現場走進休息室，找了個位子坐下，雙手矇著額頭說「幹……今天到底是怎樣……」

「哈哈哈哈哈哈哈哈！！！」靜流在一旁正跳腳瘋狂地笑著。

大約十分鐘後，儀如走進員工休息室拍了拍阿嚴的肩膀說「沒事沒事，臭脾氣小姐平常都那樣，等她走了之後你再出來就好，靜流妳先出上班吧。」

「呿！你這沒用的東西！」靜流不悅地對著阿嚴說。

約又過了二十分鐘，靜流走到員工休息室的門口對著阿嚴說「哥，她好像走了，你可以出來了。」

阿嚴嘆了口氣心想「唉！爲什麼要躲成這樣！」

阿嚴回站在櫃台後，轉頭伸長了脖子往剛剛臭脾氣小姐坐的位子看去後心想「沒人，嗯……看樣子應該是走了。」

阿嚴將頭轉向正前方時，發現臭脾氣小姐站在自己面前用兇惡的眼神瞪著自己，突然的出現讓阿嚴大叫一聲「**哇！！！！！！**」

在角落看好戲的靜流已經笑到在咳嗽了。

「你在看我走了沒是不是？」臭脾氣小姐兇惡的問道。

「沒有啦，我在看有沒有盤子要收……哈哈……」阿嚴心虛地笑著說。

「你不是人不舒服嗎？怎麼又回來上班了？」臭脾氣小姐說。

「我已經沒事了，休息一下就好了！嘿嘿嘿……」阿嚴心虛地說。

臭脾氣小姐不說話死盯著阿嚴「…………」

「？……？？？」阿嚴眼神飄移著不說話。

「………」臭脾氣小姐。

阿嚴心想「幹！她幹嘛一直站在這啊，又不講話，操！老子跟你拚了！」於是鼓起勇氣開口說「妳……」

「我要一杯招牌咖啡微糖少冰，外帶杯。」臭脾氣小姐說。

「……喔……喔喔！好！」阿嚴被這突然的點餐一時找不到招牌咖啡的按鍵，緊張地手指不停地在螢幕上晃動尋找著。

「嘖！**手不要抖**！按鍵在螢幕右上角！」臭脾氣小姐不耐煩地跺腳大聲說。

「喔對對對對……」阿嚴緊張地說。

好不容易點完餐後，目送臭脾氣小姐回到位子上坐下。

「靠！她還沒要走喔！」阿嚴驚訝地想著。

「欸欸，我看她跟你挺合的，等等咖啡給你送過去。」靜流開心地說。

「不要！沒看到我被電成那樣嗎？而且送餐本來就是妳的工作，等等換妳被她電！」阿嚴崩潰激動地說。

「才不會咧，今天是你惹到她不是我！」靜流說。

過一會，靜流端著咖啡走到臭脾氣小姐的位子旁，放下咖啡後什麼話都沒說就走了。

「看，沒事兒！」靜流驕傲地說。

「爲什麼？？爲什麼妳什麼話都沒說就走了還沒被電？？不是應該說『妳的咖啡好嘍』之類的話嗎？？」阿嚴激動地說。

「你忘記她是常客了嗎？不會去問儀如姐她的習性是什麼喔！」靜流說。

「喔對……」阿嚴低頭懊惱地說。

時間一分一秒地過去，阿嚴不停的觀望時鐘心想「還有三十分鐘才下班，希望我可以比她早走……」

靜流拿著包包從休息室走出來拍了拍阿嚴的肩膀說「我先下班啦，要活著回來啊，哈哈。」

阿嚴忿忿地「嘖！」了一聲後伸長脖子再看看臭脾氣小姐，依然在位子上寫東西。

時光繼續流逝，阿嚴不停地來回看看時鐘，.再看看臭脾氣小姐心想「操！還有十分鐘，時間怎麼過的這麼慢。」

再過一陣子，阿嚴看看時鐘心想「五、四、三、二、一，時間到，可以下班了！」

急忙與下一個員工交接工作後衝到休息室拿著包包，小心翼翼的走到櫃檯旁，往臭脾氣小姐的位子看去「**啊哈！**還沒走！我要先閃啦！」

阿嚴快步地走出店門，快走到臭脾氣小姐座位的玻璃窗時，不自覺地放慢腳步，看著臭脾氣小姐的背影心想「幹……也太漂亮了吧！」

就在這時候，臭脾氣小姐突然看向玻璃窗，正好與阿嚴對上眼，疲憊的眼神及呆滯的表情瞬間轉變成凶神惡煞的模樣。

阿嚴愣了一下心想「靠杯！」後不自覺地跑起來衝向停車場，牽起腳踏車像逃難般地離去。

騎車回家的路上，阿嚴不停的反覆思考「操！我為什麼要躲她，為什麼我拿她一點辦法也沒有，到底為什麼，奇怪……」

阿嚴回到家後，看見靜流在客廳寫作業。

「這麼快就在寫觀察作業啦！」阿嚴說。

「對啊，而且你還能活著回來啊，不錯不錯。」靜流諷刺地說。

「馬的……今天真的是絕搞啊……」阿嚴說。

「我還是第一次看到你被吃得死死的耶！你到底怎麼啦？完全不像平常的你耶！因為對方是你的菜嗎？」靜流開心地問。

「她才不是我的菜！跟依旻阿姨差太多了好嗎！」阿嚴大聲地反駁說。

「那就是被她的外表震暈嘍？」靜流說。

「……才沒有咧！」阿嚴說。

「欸欸欸你慢了一秒回答喔！！唉唷！說中嘍！！」靜流調皮地大聲嘲諷阿嚴。

「不要吵啦我要去洗澡了！！」阿嚴說完後快步走進房間逃離現場。

陳靜流
身高：166公分
體重：45公斤
就讀學校：高雄師範大學
科系：心理系第一美女
外貌：陽光俏皮型
興趣：接觸大自然
外號：心機小辣椒
星座：天蠍座
血型：O型

Chapter 26

第26章 有其母必有其女

禮拜五傍晚，阿嚴與靜流下課後要直接去打工，石風開著電動車載著思婕正準備一起去吃晚飯、看電影。

「上次約會應該是十幾年前的事情了吧，現在孩子大了，也懂事了，回想起以前拼命工作，辛苦的教育孩子，一切都是值得的，對吧！」石風娓娓說道。

思婕微笑著，想起了交往到結婚、生小孩的過程、夫妻間相處的問題、依旻與阿隼被謀殺、沒日沒夜地照顧兩個小孩、教育孩子長大的過程，回想這十七年來經歷過的每一件事情，不自覺地紅了眼眶。

思婕伸出手捏了捏石風的肩膀說「是啊，老公你辛苦了。」

「妳又哭啦！愛哭包耶！」石風開玩笑地說。

「幹！」思婕憤怒地打了石風一拳。

「欸很痛耶！我在開車耶！」石風說。

「哼！誰叫你……」思婕一臉不爽地說。

石風突然注意到對向車道的狀況說「欸老婆，妳看那個人，在追公車耶！」

「呵！這追的也太拼命了吧！」思婕嘲笑著說。

「哈哈！白癡……等一下……幹！那不是妹妹嗎？？？」石風驚訝地說。

「欸靠夭！眞的耶！她在衝三小啊？？」思婕說完後拿出手機打給靜流。

石風切換內車道後迴轉往靜流方向開去……

靜流聽到電話響了之後停下腳步說「噁噁噁噁！幹好想吐！累死我了！」說完後接起電話「喂！媽！」

「喂！妹妹，妳不用追了，我跟妳爸在妳後面。」思婕說。

靜流回頭後果然看到石風的車子往自己方向緩緩開過來，於是走到黃線區域向石風招手。

靜流坐上車後說「累死我了！爸拜託載我去我打工的地方，我快遲到了！」

「喔……啊妳怎麼在追公車啊？正常人不是錯過了就等下一班或是搭計程車嗎？妳都快跑到下一站咧！」石風好奇地問。

「啊我剛剛坐在公車站的椅子上用手機啊，誰知道那個電動公車進站時半點聲音都沒有，離開的時候我才發現車走了，我想說應該追的到，結果越來越遠，正要放棄的時候，公車又停在紅燈，我就想說在衝一下，快到的時候又綠燈了，公車又離我越來越遠了，又準備要放棄時公車又停在紅燈了，我又加把勁在衝一下，就這樣來來回回五、六次啊！馬的！」靜流無奈地說。

「哈哈哈！妳也太搞笑了吧！回頭跟你哥說！」思婕好氣地說。

石風露出無奈的表情心想「抱歉了阿隼，我把妳女兒教成跟思婕那白癡一個樣。」

靜流激動地拍了座椅說「可惡，我一滿十八歲就要去考駕照！」

「妳要買電動機車喔！」石風說。

「對啊，我錢差不多快存到了。」靜流說。

「那妳哥有說要買車嗎？」思婕說。

「會啊！最近有在討論要買哪種車。」靜流說。

「殺價啊！妳哥最會了！」石風激動地說。

「王先生，機車沒有人在殺價的好嗎……」思婕無言的看著石風。

「好啦，到了。」石風說。

「你們要進來吃飯嗎？我叫哥請你們。」靜流說。

「……」石風皺著眉頭不說話。

「下次吧，今天我們訂好餐廳了，晚點還要去看電影。」思婕說。

「好，路上小心喔！拜拜！」靜流說。

車上……

「怎麼不說話了？想起了依旻對不對？」石風說。

「呵……對啊，她唯一的弱點就是考駕照，想到就好笑，不知道靜流會不會跟她媽一樣……」思婕說。

「不然帶他們去練習場看看啊！」石風說。

思婕皺著眉頭癟著嘴想了想「嗯…………」

Chapter 27

第27章 考照練習

禮拜天下午，室外機車練習場，靜流戴著全罩式安全帽，騎著思婕的電動機車，眼睛注視著右上角的交通號誌。

綠燈亮起，靜流微微吹起油門，行駛在直線七秒的關卡上，騎到一半因爲車速過慢，龍頭開始抖動，最終不穩又壓線了。

「啊啊啊啊啊！這也太難了吧！」靜流懊惱的嘶吼著。

「妹妹啊，也才失敗九次，還好啦，再繼續加油。」思婕安慰地說。

「可是媽，你看哥一次就搞定了，還躺在那邊睡覺。」靜流手指著躺在草皮上，享受著春天溫暖氣息的阿嚴說。

「媽，你當初練習多久啊？」阿嚴躺著放大音量與思婕說。

「沒有練習啊，直接去考就過了。」思婕說。

「那怎麼特地把我們抓過來練習？」阿嚴不解地問。

「因爲當年我教你的依旻阿姨教到快瘋掉。」思婕無奈地說。

「依旻媽媽有比我慘嗎？」靜流說。

思婕沉默了一下「……」然後嘆了一口氣說「我記得沒錯的話，她練習了五十六次全失敗了……」

「……………」阿嚴爬起來傻眼地看著思婕。

「……………」靜流傻眼地看著思婕。

「……然……然後呢？」阿嚴說。

「然後她說她要直接去考，考了三次都失敗了。」思婕說。

「……………」阿嚴。

「……………」靜流。

「那……最後有考到嗎？」阿嚴問。

「後來依旻跟你的隼叔開始交往後，我就把這個任務丟給他了，結果媽的一次就考到了！」思婕忿忿不平地說。

「啊哈！原來是教的人有問題啊！」阿嚴誇張地大聲嘲諷地說。

思婕憤怒地大喊一聲「**幹**——————」後拿起拖鞋往阿嚴身上丟去，瘋狂地打著。

此刻，靜流微笑著，雙手握著胸前的項鍊心想「我還是有遺傳到依旻媽媽的一些地方啊，媽，爸，我很好，我很幸福，這世界也慢慢改變了，剩下的我跟哥哥會一起努力完成你的遺志，不用擔心。」

「媽！」靜流大喊。

打到一半的思婕與被打到衣衫不整眼鏡歪一邊的阿嚴停止動作同時看向靜流。

「妳先回去煮飯吧，我想再練習一下，等等我叫哥載我回去。」靜流說。

思婕穿好拖鞋後說「好吧，練習到五點半就好回來喔！」便騎著另一輛車離去。

「妹妹，玩完了叫我，我再睡一下。」阿嚴說完後便躺下，繼續曬著春天陽光。

麻雀在遠處樹上吱叫著，強風吹著樹木也在嘰嘰作響。

阿嚴躺在草皮上，讓這有些微涼又舒適的氣溫渲染在自己的每一吋肌膚上。

阿嚴，進入了熟睡。

在一片漆黑的夢中……有個人從背後叫住了自己……轉過身來……看見了一位女子……女子露出了一個甜美的笑容……他緩緩地抱住她……親吻了她……而她……把嘴湊到他的耳邊說「我們……未來見……。」

「鈴鈴鈴鈴鈴鈴——」手機鬧鐘大聲地響起，阿嚴突然驚醒坐了起來，右手抓著胸口，大力地喘氣著。

阿嚴心想「幹！剛剛夢到的是誰？好像看過但又想不起來！可惡！繼續睡，再讓我夢一下。」想完後便躺下。

「哥——還睡咧——————要走了啦——————」靜流在遠處大喊。

阿嚴不甘願的又坐了起來，非常懊惱地說「嘖！好想知道那個人到底是誰，可惡！」

「哥！你看！」靜流大喊。

阿嚴聽到後往靜流方向看過去，看到靜流停在直接七秒的關卡等著綠燈亮起。

「三、二、一、綠燈亮起」靜流小力的吹了一下油門後放鬆。

「笨蛋，太快了。」阿嚴喊了一聲。

靜流慢慢滑行至快停時又小力吹一下油門，再慢慢滑行，全力抓著龍頭不晃動，通過終點時居然是九秒。

靜流停好車後對著阿嚴比個ＹＡ說「哈哈哈！看到沒！」

「唉唷！厲害喔！」阿嚴說完小跑步到靜流身邊說「怎麼突然會了。」

「哼哼！有高人指點！我們回去吧！」靜流說。

「噔……噔……噔……」

「這聲音該不會是……」阿嚴說。

「車子沒電啦，怎樣？」靜流怡然自得地說。

「…………」

「喂！爸！救命……」阿嚴與電話裡的石風說。

Chapter 28

第28章　工作態度

高三的上學期，按照與父母的承諾，該離職了。

爲期一年多的工作經驗，阿嚴與靜流坐在客廳沙發上，雙雙拿出一大疊的職場觀察作業與情緒觀察作業，彼此分享處裡狀況的當下與過程，怎麼做可以更好，怎麼做可以讓反效果降到最低，使換位思考思想更進一步成長。

「哥，最令你印象深刻的是哪個啊？」靜流俏皮地說。

「……呵，不是很想提到她。」阿嚴笑的尷尬。

「你說的是那個唯一擊倒哥的小仙女，臭脾氣小姐嗎？」靜流語帶嘲諷地說。

阿嚴露出不耐煩的眼神說「她沒有擊倒我好嗎！她只是一個完全沒有參考價值的女人！」

「明天最後一天上班耶！剛好禮拜五晚上她會來，跟她好好相處如何？」靜流說。

「為什麼我要跟她好好相處，快一年了從來沒有給我好臉色看！」阿嚴哀怨地說。

「哥，你想像一下她的臉。」靜流說。

「你要幹嘛？？」阿嚴說。

「不要廢話那麼多，快點啦！」靜流說。

阿嚴閉上眼，腦海浮出臭脾氣小姐的臉後說「好了啦！幹嘛！」

「她露出甜美的笑容對你說……辛苦了！」靜流說。

阿嚴的腦袋裡浮現的臭脾氣小姐全是滿滿的不爽死魚眼眼神。

「沒辦法！她從來沒對我笑過！全是大便臉！」阿嚴蒙著臉崩潰地說。

「我之前有不小心拍到過她微笑的照片喔，超漂亮的，你要看嗎？」靜流說。

「不要，我對她沒興趣。」阿嚴說。

靜流把手機轉向阿嚴說「你看，超甜美笑容！」

阿嚴閉上雙眼把頭轉向左邊說「不要！」但右眼卻不自覺微微地打開看了靜流的手機一眼。

「靠！這不是媽嗎？你要我啊？」阿嚴不悅地說。

「怎樣？你嫌棄我是不是？？啊？？」思婕剛好出現在阿嚴身後說。

「沒有啦不是……等一下……有話好好講……」還沒等阿嚴說完，思婕拿著拖鞋往阿嚴身上又是一陣狂打。

隔天傍晚，家庭餐廳的經理室，副店長在約談最後一天上班的阿嚴與靜流。

「最後一天上班了，你們是我見過最優秀的年輕人，副店長頭一次這麼捨不得啊！」副店長說。

「眞心話不是這樣吧！」阿嚴微笑著說。

「哈哈，眞不愧是阿嚴！你們倆已經是本店的招牌了知道嗎？多少客人因爲愛慕你們而來消費，你們一走生意不知道會掉多少……」副店長說完後頭低了下來。

阿嚴與靜流互看一眼，可以感覺副店長的壓力山大。

「不過，該走的路你們還是得去走，雖然不知道你們在追逐什麼，不過，就算你們不去追逐它，它也會過來靠近你們，這就是命運，至於能不能成長，就看你們當下用什麼心態去面對它。」副店長說完後站起來拍了拍二人的肩膀後說「有空還是回來看看大夥吧！好啦！再麻煩你們最後一天啦！去上班吧！」

二人同時說「謝謝副店。」

走出經理室，一群員工拉起拉炮說「恭喜畢業！」

外場領班儀如馬上哭了出來說「我好捨不得你們喔……」

靜流見狀後過去把儀如抱在懷裡安慰著她。

「喂……歡送會不是應該等下班嗎？他們的衣服都被你們弄髒了怎麼上班……」副店長好氣地說。

所有員工你看我我看你……一起大喊「對喔！！」

大夥互相笑著，反正最後一天了，阿嚴與靜流就直接帶著拉炮屑上班了。

今天晚上客人非常多，直逼過年的營業額，大家還想到底怎麼了的時候，卻發現不少客人主動要與靜流及阿嚴拍照，並送上祝福的話。

大夥再看看副店長露出邪惡的微笑，才意識到原來是副店長早把阿嚴及靜流要離職的消息放出去，趁二人最後一天上班時給它賺一波。

而整家店裡裡外外瘋狂地忙碌著，只有靜流注意到，阿嚴會時不時地觀望窗外。

一個最遠的老座位，上面擺放著「已訂位」的牌子。

不久後，靜流看到店門口外遠處，臭脾氣小姐朝店門口走來，開門的瞬間，阿嚴正好把臭脾氣小姐常坐的座位上的定位牌收走，讓臭脾氣小姐一進店裡就看到自己常坐的座位是空著的。

「哼！不老實的傢伙！」靜流心想。

阿嚴繼續忙著端收，而臭脾氣小姐繼續寫她的功課，即使經過身旁，二人也沒有任何互動。

店裡持續忙著，臭脾氣小姐起身要走向櫃台點餐時，因爲客人太多，於是臭脾氣小姐的包包也帶著，阿嚴又偷偷地把訂位牌放在桌上。

將這一切看在眼裡的靜流心想「幹！老娘看不下去了！」

「我要一杯招牌咖啡微糖微冰。」臭脾氣小姐說。

「好的，這樣是四十五元，小姐，本人與正在端收的那位男生今天最後一天上班了，謝謝妳一直以來的光顧。」靜流說。

臭脾氣小姐低頭收著發票說「沒必要特地告訴我這個。」

靜流微笑著，隨後睜大眼睛心想「幹！標準的冰山美人，吃大便吧妳。」

臭脾氣小姐回到位子上時，訂位牌早已收走。

靜流站在櫃台不時地觀望著，從阿嚴送咖啡過去，阿嚴端收經過臭脾氣小姐身邊，到臭脾氣小姐離開店裡，二人完全沒有互動。

靜流嘆了一口氣說「哥，看來你沒希望了。」

打烊時，阿嚴與靜流站在店門口外，對著店內的大夥深深的一鞠躬，讓儀如再度爆哭差點衝出店門外。

「這就是服務業最重要的精神，不管自己私下發生什麼事，永遠都保持著一百分的服務態度來面對每一位客人，雖然一定會遇到少數極端且不講理的客人，但別忘了還有絕大部分的客人渴望著你專業且舒適的服務。」副店長對著大夥說。

阿嚴騎著腳踏車載著靜流一起回家，嘴裡哼著歌。

「哥，心情不錯喔！」靜流說。

「有嗎？還好吧！」阿嚴微笑地說。

「只是幫臭脾氣小姐占位子而已，就高興成這樣，她可對你一點意思也沒有。」靜流說。

「妹妹啊，之後要好好讀書了，不要到時候只有我考上就很尷尬了。」阿嚴說。

「呿！轉移話題咧！顧好你自己吧！」靜流說。

第29章 打賭

Chapter 29

大專聯考結束後，在監理站的機車路考場地，幾個月前就已經考到駕照的阿嚴在柵欄外看著正在考試的靜流。

靜流眼睛看向右上方，深呼一口氣，想起那位高人的指點。

綠燈亮起，靜流輕催油門，努力的控制龍頭，再輕催油門，忍住不把腳放下來，快到終點線時車卻快停下來了。

靜流不得已在輕催一次油門，不料催得有點太大力，直接騎過終點線後倒下，靜流斜歪著車子猛然看向秒數。

上面顯示著「８」。

靜流開心地叫了一聲「啊啊啊啊！」後向阿嚴比了個ＹＡ。

阿嚴則是豎起大拇指回應靜流。

「二十四號考生，快點離開考場，後面還有人要考試。」監考官拿著擴音器說。

「喔！抱歉抱歉……」靜流說完後便趕緊騎著車離去。

拿到駕照後的靜流自拍一張後傳給石風說「爸你贏了！媽要請吃牛排！」

靜流開心的跑跳了起來，離開監理站時，「哥，我載你吧！」

「行不行啊！妳沒載過人吧！」阿嚴說。

「可以啦！上車！警察呢？快把我攔下來！」靜流左看右看興奮地說。

「妳有病喔！走了啦！要先去換電池。」阿嚴說。

「哪裡可以換電池啊？」靜流一邊騎一邊問。

「只要是加油站招牌都有啦！前面右轉再左轉就有一家了。」阿嚴說。

靜流載著阿嚴緩緩地騎到阿嚴說的那間加油站後，看到六個車道。

「哪一個車道啊？」靜流問說。

「最外面靠近馬路的是加汽油的，最裡面黃色電池是黃牌電動重機的，中間四道綠色電池都可以。」阿嚴說。

「喔！」靜流說。

靜流一邊換電池一邊問「欸？那後面那一柱一柱的又是什麼？」

「那是紅牌電動重機，跟充爸的電動車是一樣的裝置，只是這裡只能充重機，最後面這個鐵皮屋是電動機車系列加盟的保修廠，現在加油站都轉型成這個樣子了。」阿嚴說。

回到家後，看著思婕鬱悶的表情與石風開心的表情，靜流又拿出駕照亮相。

石風摸了摸靜流的頭說「好棒好棒，不愧是我的好女兒！」

「給監考官幾隻雞腿換來的啊？」思婕不悅地說。

「願賭服輸，吃飯吧，謝謝媽。」靜流說。

晚餐時，思婕看著阿嚴與靜流說「明天就放榜了，緊不緊張？」

「有點。」靜流說。

「沒感覺。」阿嚴說。

阿嚴與靜流互看一眼……

「呿！不老實的傢伙。」靜流說。

「如果考上了，到時候就要去高雄住宿了吧，可要好好照顧自己啊！」思婕說。

「放心啦媽，我會好好照顧妹妹的。」阿嚴說。

「你們只管好好讀書，錢的部分我跟妳媽會想辦法。」石風說。

「爸這個我們想過了，我們只需要你們幫我們出學雜費及宿舍費，日常生活開銷我們可以靠當家教賺取，現在請家教政府也有補助了，一方面可以賺錢，另一方面可以看看一般家庭的實際狀況，爲未來做準備。」阿嚴說。

「可是……」思婕說到一半被石風打斷。

「就算我們不肯，你們到高雄還是會這樣做吧。」石風問。

「……」阿嚴與靜流不語。

「那就一樣的條件，不要影響你們的課業及你們的目標就好，不要影響健康，錢眞的不夠了一定要說，不然我會不高興。」石風露出嚴肅的表情說。

「好，我們知道了。」阿嚴說。

「還有，妹妹妳眞的交男朋友了，一定要讓爸媽知道。」石風說。

「嘖！你有病喔！到現在還在擔心這個。」思婕大聲地說。

「你們怎麼就不擔心我會亂交女朋友啊？」阿嚴問。

「啊——不可能有女生會喜歡一個心機男啦！」思婕說。

「而且太早熟。」靜流說。

「還非常自戀。」思婕說。

「標準太高。」靜流說。

「不會討女生歡心。」思婕說。

「不夠幽默。」靜流說。

「好好！夠了夠了！都是我的問題，都是我的錯！」阿嚴無奈地說完後看向石風。

石風則是在一旁低頭喝著飲料假裝沒聽到。

Chapter 30
第30章　靑春與自由

高雄師大的宿舍門口外，石風的車上堆滿了阿嚴與靜流的行李。

阿嚴的行李搬完後，石風再把車開到女生宿舍的門口下靜流的行李。

三個小時過去了，天色也已經暗下來了。

「我們找個地方吃飯吧。」石風說。

一家四口找了個餛飩蝦麵店後，在一個四人座的位子坐了下來。

「距離開學還有一週，你們有空就到處逛逛熟悉一下環境，記得明天要去車店領寄下來的電動機車，阿嚴啊！照顧好你妹妹，知道嗎？」石風說。

「好，我知道。」阿嚴說。

石風看著思婕不說話面帶愁容，心想「應該是孩子第一次離家這麼久，說不擔心是不可能的，吃完飯就代表該放手了，唉……」

吃的再慢，四人還是把飯吃完了，緩緩走到石風的車前準備離別。

靜流主動抱住思婕，讓思婕的眼淚再也忍不住流了下來，阿嚴也走過去將思婕與靜流抱住說「媽，不用擔心我們，我們會好好學習照顧好自己的。」

然。」

「呃……妳好我叫吳筱萱，是地質系一年級，興趣是……沒什麼興趣……」

「好妳們好，我叫林欣樺，是社會系一年級，也沒什麼興趣……」

「……」

「…………」

「……………」

「看樣子我是主導地位了。」靜流心想。

「我們交換手機號碼吧，我創立了一個群組，我們加好友吧，有事情就在群組說，大家互相幫忙，然後這是值日生輪值表，使用洗衣機的時間表。妳們看看還有沒有需要補充的。」

男生宿舍

「你們好，我叫做王嚴之，是換位思考思想心理系一年級，興趣是看書。」

一位衣著都是名牌又華麗的人看著手機說「我叫林俊逸！有什麼規範你們討論再告訴我就好，有重要的事再聯絡我。」

另一位衣著樸素，帶著耳機，用筆電看著動漫說「我叫黃紹臣。」

「……」

「…………」

「…………………」

「幹！衝三小？？？」阿嚴心想。

女生宿舍

廣播響起「剛報到的新生，有空可以先派人來警衛室旁的倉庫拿宿舍生活公約及垃圾桶。」

「我們一起去吧。」靜流說。

靜流三人走到警衛室旁倉庫，警衛看到有學生來了後說「幾號房的？」

「我們是Ｂ０３６號房。」靜流說。

「大垃圾桶拿一個，小垃圾桶拿八個，生活公約拿去，拜拜。」警衛說。

「呃……喔，好。」靜流傻眼地說。

靜流三人回到房間，把生活公約放在桌上一起看，靜流說「絕搞啊這個……」

「什麼意思？」筱萱說。

「這個垃圾分類啊！妳們看

週一：一般垃圾、紙類及紙類容器。

週二：一般垃圾、鐵罐、鋁罐、金屬類廢棄物。

週三：休息。
週四：一般垃圾、塑膠、寶特瓶、塑膠製品廢棄物。
週五：一般垃圾、鋁箔包類、保樂龍。
週六：一般垃圾、玻璃類、木材類、廢棄輪胎。
週日：休息。
廢棄電器用品及廢棄衣物找警衛登記後丟置宿舍門口回收箱。
這也太細了吧！」靜流說。
筱萱用懷疑的眼神看著靜流說「不是一直都這樣嗎？」
「是嗎？？？」靜流訝異地說。
「我家也是這樣丟啊！」欣樺說。
「好像是政府幾年前強制規定的，說是要提高回收率。」筱萱說。
「難怪要這麼多垃圾桶……」靜流說。

男生宿舍

「有廣播說要去拿垃圾桶耶，我們一起去要嗎……」阿嚴說完後仔細看了看兩位室友，才發現他們都戴著耳機，似乎沒聽到自己說話。

阿嚴走過去拍了拍兩位室友的肩膀說「你們有聽到我說話嗎？要去警衛室拿垃圾桶，還有，我們要不要交換一下聯絡資訊。」

俊逸露出一副不耐煩的表情說「之後有大把時間，不急於現在吧。」紹臣脫下耳機說「我叫黃紹臣。」之後又把耳機戴了回去。

「……下學期我要自己搬出去住……」阿嚴心想。

靜流把一切都分配清楚後，走出門外拿出手機打給阿嚴。

「喂，妹妹。」阿嚴說。

「哥，你那邊怎麼樣？」

「幹……別說了……眞的是絕搞啊……一個自閉兒一個大少爺。」阿嚴說

隨後二人分別各自敍述了彼此的狀況。

「哈哈哈哈！哥，這是上天給你的考驗，加油吧！」靜流說。

「唉……妳那邊眞好。」阿嚴說。

「還好啦，她們兩個比較內向，現在由我主導一切。」靜流說。

「幹，下學期我要搬出去住……」阿嚴說。

「隨便你，欸哥，你知道家裡垃圾怎麼分類的嗎？」靜流問。

「就跟宿舍公約上面一樣啊！」阿嚴說。

「眞假？我道剛剛拿到宿舍公約才知道現在垃圾是這樣分類耶！」靜流驚訝地說。

「以前是家裡所有回收垃圾全包一起再拿給回收車，回收車再次分類後再送往各個回收廠，這方式讓可回收垃圾逐年下降，所以政府才強制變成這樣分類，你沒分類好回收車就不收，而且被發現一般垃圾裡面有回收垃圾可是會被罰錢的。」阿嚴說。

「真的有人會乖乖分類喔？」靜流說。

「其實大部分都會，尤其看到海水不停上升之後，大多數民眾都願意配合，這也不是什麼麻煩事，但是家庭教育沒徹底改善，還是很多人會不想分類。」阿嚴說。

「這樣喔，也就是說，真的親眼看見了海平面上升的實際情況，人們才會想要去配合環保就對了。」靜流無奈地說。

「人類就是這樣，大徹大悟來自於失去過不是嗎，對了，明天要約幾點去看社團招募啊？」阿嚴說。

「十點校園開放，我們約十一點校門口見吧，順便吃東西。」

「好喔，那先這樣啦，明天見。」

「嗯！拜拜」

Chapter 31

第31章　社團招募

隔天上午十一點，校園開放社團招募社員活動，阿嚴與靜流手裡拿著食物邊吃邊逛，打卡拍照，享受著初始大學的生活。

「啊！就是那個。」靜流興奮地指著淨灘社帳篷說。

而帳篷前，一個人都沒有。

阿嚴與靜流疑惑地互看一眼，靜流說「先過去看看吧！」

一頂帳篷，帳篷背景擺放著幾個人淨灘時的照片，一張桌子，兩張椅子，兩個女生坐在椅子上，身體側趴在桌上，已經快睡著。

「妳確定要加入嗎？感覺快倒了耶？？？」阿嚴皺著眉頭說。

「問問看啦！」靜流說完後把阿嚴推到桌前。

「呃……請問這裡有在招募社員嗎？」阿嚴說。

椅子上的兩個女生突然驚醒站起來，其中一個女生說「有有有！哇！俊男美女耶！兩位是情侶嗎？」

「我們是兄妹，可以介紹一下這個社團嗎？」阿嚴說。

「我們的理念是用我們的青春守護大自然，看看後面的照片，一堆垃圾等著我們去處理呢！」另一個女生說。

「…………」

「…………」

「妹妹我們走吧…………」阿嚴說完後拉著靜流的手大步離去。

「等一下啦！我們不是講好了嗎？」靜流說完後又把阿嚴推回到帳篷前。

「唉……你們社長呢？」阿嚴不耐煩地問。

「學長姐升四年級就退社了，現在剩下我們兩個，所以我是社長，我叫盧欣怡，準備要升二年級。」

「我是副社長，我叫陳雅淳……也準備要升二年級。」

「還有兩個男生沒來……還有你們兩位啊！拜託求你們了！不然社員不夠就要倒社了！」欣怡社長激動地說。

阿嚴抓抓頭嘆了口氣說「問題出在妳們的宣傳手段啊，小學生等級的。」

「哥，幫幫她們吧！拜託啦！」靜流拉拉阿嚴的手袖撒嬌地說。

阿嚴看看撒嬌的靜流後無奈地嘆了口氣「嘖……唉………」

下午，淨灘社帳篷邊綁滿了氣球，帳篷背景換成了海灘遊玩的照片，桌上貼著淨灘累積點數可以兌換的贈品ＤＭ，一本資料夾攤開在桌上，內容是社團報名表、入社須知、社團規範、社團活動時間，帳棚側邊擺放著用厚紙板做成的立牌，上面黏著海水及海灘充滿垃圾的照片，以及海鳥、魚類誤食塑膠製品死亡的圖片。

走道人群之中，散發著兩團金黃色光芒，所有經過的人都不自覺地停下腳步，驚悚地看向光芒來源。

阿嚴與靜流換上家庭餐廳的高級服務生工作服，戴著跟學校借來的小蜜蜂擴音器，一路走到淨灘社帳篷時，後面跟了不少好奇的人。

阿嚴與靜流運用報告零用錢訓練出來的口才與家庭餐廳打工時磨練出來的儀態，在幫淨灘社宣傳著，社長與副社長彷彿看見了媽祖與菩薩來到自己身邊拯救自己而相擁激動地落淚，心想「有救了！」

人潮越來越多，拍照的人也不少，雖然吸引了大批觀眾，但最後加上阿嚴及靜流還是只有五個人加入淨灘社，卻還是勉強通過了最低社員門檻。

招募活動結束後，四個人開始收拾著。

「眞的太感激你們了，我看這社長的位子就……」欣怡社長還沒說完就被阿嚴打斷「不要！」

「喔……」社長難過的低了頭。

正當靜流與阿嚴準備離開時。

「請問還有在招募社員嗎？」

社長與阿嚴四人轉頭看過去，社長說「有啊有啊，你要加入……」

靜流大聲地說「**欸欸欸！！是你！！**」

「是我啊！想不到吧！駕照考到了嗎？」

「有有有！一次就過了。太感謝你了！」靜流興奮地走到陌生男子的身邊，抓著他的手袖說「欸欸！你也考上師大喔？」

「是啊！我是換位思考思想心理學系的。」

「啊啊啊！跟我一樣耶！我們是同學耶！」靜流說完後拉著他的手到阿嚴面前說「哥，跟你介紹一下，他叫做林學陽，就是他教我直線七秒訣竅的。」

「他是我哥哥，叫做王嚴之，叫他阿嚴就好。」靜流開心地說。

阿嚴與學陽握著手同時說「你好。」

突如其來的陌生人並不是讓阿嚴感到驚訝的理由，而是第一次看到靜流對一位男子的熱情態度，不由得起了戒心。

「你現在有沒有空，走，我們去吃飯吧！我請你吃飯報答你教我訣竅。」靜流拉著學陽的手說。

「現在嗎？我剛好沒事，可以啊！」學陽開心地說。

「哥，你想吃什麼？」靜流對著阿嚴說。

「認識新朋友，就吃好一點，不如直接去逛夜市吧！」阿嚴說。

「可以喔！不愧是哥！學陽，可以嗎？」靜流說。

「可以啊！走吧！」學陽說。

三人邊走邊說，慢慢地消失在視野中。

留下了拿著報名表的社長與副社長呆在原地互看一眼說「他算入社了嗎？？」

Chapter 32

第32章 兄長的擔憂

大學生活第一年結束……

圖書館，阿嚴在一旁座位，看著靜流與學陽坐在一起做報告，雙手抱胸，皺著眉頭，開始回想著這一年的往事。

「喂！哥，快幫我買早餐，我睡過頭了。」

「欸，哥，晚上我們要吃什麼？」

「欸，哥，你有帶雨傘吧？我忘了帶，等等一起走。」

「欸！哥，這裡有位子，過來這裡坐。」

「哥……我肚子好痛喔……姨媽找啦……幹……」

「哥！這次要去西子灣淨灘耶！但好像快要被關閉了……」

「哥，我想看這部電影，你沒有拒絕的權利！」

「哥，生日快樂喔！我請你吃飯但不能超過五百元。」

「哥，恭喜你考第一名啊！應該的，學陽第二名耶！好厲害喔！」

「哥，剛剛學陽超白癡的，還沒打開瓶蓋就直接喝水把嘴唇撞到流血。」

「喂！不用幫我買了，我剛才有叫學陽幫我買早餐了。」
「欸！哥，聽學陽說他從小是他爺爺帶大的耶！好感傷喔……」
「哥，我跟學陽晚上要一起去吃薑母鴨，你也給我一起來不能拒絕！」
「哥，我在幫學陽買飲料，你要喝什麼？」
「哥，昨天學陽煮了鍋薑湯給我喝，幹！超辣的，剩下給你喝好不？」
「哥！學陽居然說我變胖了！你說，我有變胖嗎？」
「哥，你看我的淨灘點數，學陽轉給我的，快要可以換媽的禮物了。」
「哥，學陽感冒發燒了……我有煮稀飯，你幫我拿到宿舍給他吃可以嗎？」
「哥，學陽他……學陽他……」

「都這種地步了，**還沒在一起**？到底是哪裡出問題啊……」阿嚴心想。
靜流走了過來對著阿嚴說「哥，你淨灘點數有多少了？」
阿嚴拿出手機打開APP看了一下說「一萬三千點，幹嘛？」
「**夠了！！！**快轉一萬一千點給我，今年媽的生日禮物我們就用點數換這個給媽吧。」靜流說完後把手機轉向阿嚴。
「這個要四萬點耶！夠嗎？」阿嚴疑惑地說。
「學陽把他的都轉給我了，我再請他看電影吃飯就可以了，快轉給我！」靜流說。

阿嚴心想「眞不愧是心理系第二名的，一場約會就這樣到手了，這麼厲害，爲什麼還沒跟靜流在一起？」

阿嚴拿出手機按了按心想「靜觀其變吧！」

Chapter 33

第33章　貼心的兒女

星期六下午，快遞司機按著電鈴大喊「王太太，有妳的包裹。」「來了。」思婕說完後便匆匆地走下樓簽收，寄件人「陳靜流」思婕使勁全身力氣把包裹搬到客廳地板上後，癱坐在沙發上喘氣著心想「妹妹到底寄了什麼過來，又大又重的。」

休息幾分鐘後，思婕拿著剪刀拆開了箱子，看到了一本相簿，回坐在沙發上，開始翻閱著。

而裡面，都是阿嚴與靜流這一年來在中南部各海灘淨灘時的照片。其中一些照片特別有趣，似乎是地方政府在舉辦活動，好幾百人在腳踏車發電機上競賽的模樣，十分熱鬧。

思婕再翻出三個相框，是一群人在一個沒看過的沙灘上的合照，框上附上一張紙條「有一些海灘因我們淨灘社的努力，被當地政府規劃要改建成觀光旅遊區域，還有立委特地來學校贈與我們感謝狀呢！」

思婕看著阿嚴與靜流在海灘上與同學們淨灘、玩水、找尋寶物、逛夜市、練體能等等各種快樂的互動，讓思婕想起了當年與依旻在漁光島沙灘與石風及阿隼相遇的那天，不禁微笑著紅了眼眶。

「已經過了十九年了啊……時間過的也太快了吧……」思婕擦了擦眼淚心想

思婕再看看包裹裡底下有個箱子，吃力地將它抱出來放在地上，打開箱子後一看，居然是一個小腿按摩機，附贈一張卡片「媽，生日快樂，這按摩機是我跟哥用淨灘點數兌換來的，沒有亂花錢。最近各地方政府都有在舉辦《用力發電》的活動，我們淨灘社都有參加，發的電回饋給公家機關使用，踩著腳踏車發電機讓我們**真的有運動到**，還有獎品跟獎金可以拿呢！不過運動完太餓了，獎金都拿去附近擺設的小攤販吃光了，哈哈，眞的很有趣，媽跟爸也可以試試看唷，阿嚴與靜流愛妳。」

思婕又不禁掉下了眼淚心想「這兩個孩子眞是的，媽好開心……」

傍晚，石風午覺起來，一邊伸懶腰一邊走到客廳，看見思婕左手拿著咖啡，右手拿著手機追劇，小腿在按摩機裡按摩著，像貴婦般的享受。

「怎麼會有這個？」石風訝異地說。

思婕不回答，抬抬頭示意桌上的卡片與相簿。

石風一邊翻閱相簿一邊感嘆地說「唉……孩子眞的長大了啊……」後突然站起來，快步走進房間再走出來，手裡拿著兩張高級餐廳吃到飽的用餐卷及兩張電影票給思婕看說「生日快樂，來去約會吧！」

「唉唷！很有心喔！」思婕開心地笑著說。

石風牽著思婕的手，面對著夕陽，緩緩地走在往餐廳的路上。

Chapter 34
第34章　狀況百出的室友

大二的下學期——

那天晚上，正在擔任家教的靜流手機響起，拿出手機後看，是筱萱打來的。

「怎麼了？」靜流說。

「靜流……欣樺出事了。」筱萱說。

「又跟男朋友吵架分手了嗎？」靜流不耐煩地說。

「對，但這次真的割腕了，我剛回宿舍時發現欣樺倒在浴室滿手是血，她現在在急診室急救，我也在這，校方已經通知家屬了，我現在不知道該怎麼辦……」筱萱哽咽著說。

「妳等我，我馬上到！有什麼狀況馬上連繫我！」靜流掛上電話，跟家教的學生家屬說明後趕往醫院。

到了醫院急診室後，看見筱萱正跟醫生討論著，靜流走了過去問「怎麼樣了？」

「人是救起來了，但失血過多還在昏迷，還有……欣樺懷孕了……」筱萱說

「嘖！我不是千交代萬交代嗎！」靜流憤怒地說。

「但……欣樺暈倒時，疑似撞到臀部還是肚子，小孩流掉了……」筱萱悲傷地說。

「唉……她自己應該是知道懷孕了，又跑回去跟那個渣男談判，最後結果就是這樣吧！」靜流說。

「現在就是不知道她醒來後還會有什麼激烈反應，需要有人照顧她。」筱萱說。

「她爸媽呢？」靜流問道。

「正趕往這裡的路上，但好像還要一兩個小時。」筱萱說。

「妳等等把我們目前知道的情況告訴副學生事務長，他再過幾分鐘就到，然後就先回去休息吧，我們先輪流顧著她，現在我先顧，妳明天中午再來就好。」靜流說。

「好，那就先這樣了……」筱萱疲憊地說。

靜流坐在急診室病房門外的椅子上，拿出手機打給阿嚴說明剛剛發生的事情。

「這樣啊……我需要怎麼幫妳？」阿嚴說。

「哥，妳幫我想一下這個狀況我要怎麼處理她的心理創傷，明天早上帶早餐來找我，可以嗎？」靜流說。

靜流則是用著非常訝異的眼神看著阿嚴。

阿嚴走到病床邊坐下，嘆了口氣，對著欣樺說「妳很自私，妳愛著那個男生，爲了他而自殺，卻忘了身邊還有一堆愛妳的家人、朋友、同學。」

「你懂什麼！」欣樺邊哭邊吼著。

「我只是想告訴你，你的死並不會讓一個不愛你的男人傷心難過，他反而開心的鬆了口氣，卻會讓一堆愛妳的人傷心難過，遺憾終生而已，有意義嗎？」

「……」欣樺睜大眼睛不說話，慢慢地停止哭泣了。

「你現在只有兩條路可以走，再自殺一次，或是挺過這次的失去讓內心強大起來，迎接屬於妳的美好人生，他，只是個讓妳成長的一個經歷。」阿嚴說。

欣樺繼續低頭不語。

「自己是怎麼樣的人、什麼價值觀，就會處在什麼交友圈，然後遇到什麼樣的男友，這一切，還是與妳自己有莫大的關係。」

阿嚴說完後站起身來拍拍欣樺的肩膀說「自己好好想想吧，如果妳改變了自己，天下之大，一定會有一個願意珍惜妳一輩子愛妳一輩子的男人出現在妳身邊的，那個人，絕對不是妳那個渣男前男友。」便轉身走出病房。

欣樺再次掉下眼淚，對著靜流說「對不起，讓我靜一靜好嗎？」

靜流紅著眼眶說「我等妳回到我們身邊，別忘了還有我們這些朋友好嗎？」

靜流看到欣樺的爸爸及副學生事務長站在急診室外等著，於是對著欣樺說「妳爸在門口沒走，好好跟妳爸道歉吧。」說完後便起身離去。

靜流刻意放慢腳步，急診病房沒有傳出漫罵聲，眞心希望父女倆都能有所成長。

靜流走到醫院門外，看見學陽在門口等著，不自覺地走過去把頭靠在學陽肩膀上，這個舉動，把學陽嚇得不輕。

「操！現在是什麼狀況？」學陽心想。

學陽雙手抖著，猶豫是不是要抱住靜流時，發現靜流的眼袋很深，似乎整晚沒睡好。

「妳現在精神狀況不太好，我載妳回宿舍休息吧！晚上我們再一起去吃飯，好嗎？」學陽溫柔地說。

「嗯，走吧，下午記得叫我起床。」靜流說。

雖然學陽不是第一次載靜流了，但靜流這次把學陽抱得特別緊，讓學陽不自覺地放慢車速，享受甜蜜。

自從上次父親給了我那本阿隼叔叔遺留下來的資料夾時，我便也開始留存每年一月一日跟七月一日的報紙，關注著那兩天特定有的內容。

協同計劃執行第十八年公開進度

（一）依經濟部統計，民用住宅擁有家用微型風力發電機已達百分之九十五以上，每年住宅用電量約四百六十億度電，約有三百億度電來自各自的家用型微型風力發電機，有六成左右電力屬自主發電，後續新建的住宅也把家用微型風力發電機規劃成基本配備，變向的提高房價。

然而新的法規規定，家用微型風力發電機每戶最多只能擁有兩台，引發部分民眾的不滿……

（二）依經濟部統計，服務業機構擁有商用小型風力發電機已達百分之九十五以上，每年商業用電平均用電量約三百九十億度電，據統計，已有三百一十億度電來自商用小型風力發電機，約有八成的電力屬自主發電。

新的法規也規定，商用小型風力發電機每個機構依照規模只能擁有一至四台，且必須向政府申請登記，否則遭到政府罰款……

（三）依經濟部統計，工廠製造部門擁有商用小型及中小型風力發電機已達百分之九十，年平均用電約一千八百億度電，據統計自主發電量已達一千一百億度電，約將近六成左右。

依照新的法規規定，工廠製造部門依照用電量及性質，只能擁有一至八台商用小型及中小型風力發電機，許多企業已經均已向政府申請最大量的風力發電機來使用，但近年仍然查出不少業者超用風力發電機遭到巨額罰款……

（四）依經濟部統計，公共機關部門（政府、包燈、學校）擁有商用小型風力發電機已達百分之九十，配合太陽能自主發電，每年用電約二百億度電，約有一百二十億度電屬綠能自主發電……

（五）依電力公司總統計結果，台灣每年消耗電力約二千八百五十億度電，自主發電已達六成左右，二成來自民營火力電廠，二成來自再生能源。

與十八年前發電型態相比，火力電廠的總排碳量，從九千萬噸，降至四千萬噸。

火力電廠發電量降低，排碳量卻升高，其原因在於，近年來，各類電動車需求量大增，北、中、南的國造電動車電池製造大廠日夜的不停生產電池，而生產電池會產生大量的二氧化碳所導致……

（六）國造電能交通工具電池製造大廠已設廠十五年，小型各類電動車、貨車已占車輛總數的七成，六年來整整替換了將近六百萬輛，各地方政府均增設了更多的空地來存放廢棄車，等待拆解可用回收的零件及各類貴金屬。

面對大量等待回收拆解的廢棄車，各政府又提高了薪資待遇，晚班、夜班都貼出徵人公告，藉此吸引打工族前來為自己多賺取一份收入……

（七）人力資源發展計畫已執行第十八年，電動車保修科，因應趨勢，每年招生人數仍達不到目標。另外，各類因應各類風力發電機數量急遽攀升，需要大量有電機關科系專長的人才來對各類風力發電機進行安裝及保修的工作，人力也極為短缺，讓相關企業又提高了薪資來徵才……

（八）西南部沿岸的海平面上升預防建設已在去年初建築完畢，而去年的夏季威茲強颱引發的暴風潮，加上剛好漲潮，依然使部分海水湧進內陸，造成巨大損失，不少民眾痛批海平面上升預防建設根本無用，但許多學者宣稱是海平面上升比想像中的快速且嚴重……

（九）美國衛星從外太空拍攝北極冰的畫面，發現北極冰只有二〇二〇年的一半左右大小，但各國宣稱，只要續努力，溫室效應帶來不可逆的傷害將會在二〇五〇年至二〇六〇年之後開始好轉，節能減碳仍是必須的……

Chapter 35

第35章　社團的遠遊

大二暑假的第二天，是社團旅遊的日子，靜流與阿嚴拖著行李來到集合地點，在遠處看見已經有一個人先到了。

「學陽！你也太早了吧！」靜流揮著手大喊後快步往前走。

「我也才剛到沒多久，想到上課做的那些地獄般的報告終於告一段落，現在可以跟大夥出來旅遊就興奮地睡不著。」學陽笑笑地說。

「欸欸！我也是耶！哈哈，我昨天半夜兩點還爬起來看星星。」靜流說。

「我倒是很早就睡了，不然等等玩的時候就會沒精神。」阿嚴說。

「才不會咧，一樣瘋給你看。」靜流說完用手肘推了推學陽後說「對不對！」

「這時候就是要一天當三天用，燃燒生命的給他玩下去，不用怕。」學陽說。

「哈哈，你好會接話喔。」靜流開心地說。

阿嚴將眼前這兩個人的互動看在眼哩，心想「哼！這兩個傢伙真的是……你們不及哥都快急死了。」

不久，社長欣怡、副社長雅淳、書記巧柔、攝影師曉倪、女社員珍妮、男社員岡秀、男社員國彬等七人也陸續抵達，一起搭上租來的小電動巴士，往台北白沙灣前進。

巴士行駛不到半小時，靜流就已經呼呼大睡，而阿嚴刻意和學陽坐在一起。

「你不去和你妹一起坐嗎？」學陽對著阿嚴問。

「等一下你就知道為什麼我不和我妹一起坐了。」阿嚴說。

巴士繼續行駛著，放鬆平時緊繃讀書壓力的大學生們陸陸續續睡著了，只剩下阿嚴與學陽。

「阿嚴，大家都睡了，有什麼話就說吧。」學陽說。

「呵呵……那我就開門見山的說了，整個心理系裡，我只承認你的實力於我不分上下，這種實力不是靠後天努力跟家庭教育就能培養出來的，你幼年時期有發生過什麼事嗎。」阿嚴問說。

「真不愧是阿嚴，不過，不能說。」學陽說。

「是不能說，而不是不想說嗎？」阿嚴問。

「對！」學陽說。

「是因為靜流嗎？」阿嚴問。

「不能說。」學陽說。

「我是她哥哥，你應該知道就算犧牲我自己我也會拚死保護她。」阿嚴說。

「我知道，但你不用擔心，我完全沒有惡意，我用我的人格保證。」學陽說。

「好，既然如此，我准許你跟我妹妹交往。」阿嚴說。

「………我不能。」學陽說。

「又是不能，那就代表你在壓抑什麼或是承諾了什麼，而且跟我妹的身世有關。」阿嚴說。

學陽驚訝地睜大雙眼低著頭，不久後說「抱歉……」

「沒關係，你自己好好想想吧，不過我告訴你，當你準備好一切時卻還是讓機會溜走，這種痛苦，會讓人痛不欲生，永生難忘地不自覺想尋求死亡。」阿嚴說。

「我明白……」學陽低著頭說。

阿嚴看著學陽面帶哀愁，心想「看來這傢伙有個天大的祕密啊……而且真的跟靜流的身世有關……」

「欸！學陽。」阿嚴說。

「嗯？」學陽說。

「想像一下我妹穿比基尼的樣子。」阿嚴說。

學陽的腦海中不斷地浮現靜流火辣的身材穿著比基尼的樣子。

「啊……快不行了……」學陽一臉渴望的表情說。

「結果一個陌生男子在你面前跟我妹舌吻。」阿嚴說。

學陽想像一下後雙手矇住臉顫抖著說「幹——不行——」

這時，後方傳來「齁齁齁齁齁…………」的聲音。

阿嚴與學陽同時轉頭往後座看，看見靜流張大著嘴巴流著口水大聲打鼾著，頭靠在雅淳肩膀上，口水已浸濕了雅淳左肩的衣服。

阿嚴與學陽互看一眼，阿嚴拍了拍學陽表示「加油」後拿起手機拍下這個畫面。

而學陽苦笑著……

電動巴士行駛四小時多，終於來到白沙灣附近預定好的民宿，時間已經接近傍晚，大夥搬運行李，開始了三天兩夜的旅遊。

休息一陣子之後，晚上五點半，來到預定好的快炒店，而接下來的行程，就是歡送社長欣怡及副社長雅淳。

按照淨灘社社規，大三升大四時就必須退出社團，專注課業。

雖然這社團只有十個人，但也因爲人少，彼此的感情深厚，就像家人一樣，而巧柔與國彬及珍妮與岡秀也在這兩年雙雙成爲情侶。

大家的初衷也都一致，就是想爲地球環境盡一份心力。

歡送會才剛開始，欣怡與雅淳便泣不成聲，女生們過去擁抱安慰後，主持人阿嚴這才大喊「乾杯！敬青春！」

「乾杯——」

成年人的禮物，與情誼深厚的人共飲，給將來的彼此製造更多回憶與話題。

「雅淳學姊、欣怡學姐，喝啊！不用客氣！」阿嚴客氣地爲她們二人倒著酒說。

「哥，不要一直灌她們酒啦！」靜流說。

「巧柔、國彬，恭喜你們啦，又多一個社對了。」靜流說完瞪向學陽。

「靜流，他們的糖醋排骨炒青椒好好吃，妳吃吃看。」珍妮說。

「謝謝珍妮……」靜流說完後，學陽很自然地把靜流碗裡的青椒夾走。

「雅淳學姊、欣怡學姐，我再敬妳們一杯！」阿嚴拼命地爲二人倒著酒。

「哥，都說不要一直灌她們酒啦！」靜流不耐煩地說。

「國彬，來張嘴，啊——好吃嗎？」巧柔說。

「好吃！」國彬說。

「熱戀期……」大夥說。

「輸人不輸陣，珍妮，來，餵我！」岡秀說。

「自己不會吃喔！」珍妮不悅地說。

「退熱期……」

說。

「學陽來，啊——」靜流說。

學陽睜大眼睛心想「福利來了！」

「啊——欸！妳怎麼自己吃了！」學陽哭笑不得地說。

「……嘔…………」雅淳突然發出反胃的聲音。

「雅淳學姊垃圾桶在這……啊——白癡喔！幹嘛往我身上吐啊！」阿嚴說。

「哥你活該，誰要你一直灌她們酒。」靜流說。

「……嘔…………嘔嘔嘔嘔嘔——」

「欣怡學姐，那是雞湯不是垃圾桶啊！！！」靜流慌張地說。

「哈哈哈哈哈……」大夥。

文靜的曉倪微笑著，將這一切的一切，都收錄在自己的高級防水相機裡。

林學陽

身高：182公分
體重：72公斤
就讀學校：高雄師範大學
科系：心理系第二帥哥
外貌：陽光肌肉型
興趣：運動健身
外號：心機直男
星座：金牛座
血型：B型

第36章 爲妹妹鋪路

Chapter 36

時間來到晚上九點半，大夥整理完也休息一陣子後，集合在民宿大廳，由新任副社長說明接下來這一年淨灘社的具體作法。

學陽將書面資料發往每個人手上，帶著大家閱讀。

「一、製作白沙灣的宣傳照片及影片，收錄在社團相簿及社團網頁裡。」

「二、利用學校及社團活動名義，希望更多廠商，甚至是食品業也能加入淨灘點數兌換贈品的內容，各社員向各自學系完成五十份問卷。」

「三、透過學校關係讓本社能夠在其他大學展示淨灘社的活動內容及意義，希望各校有學生願意創立淨灘社。」

「四、透過學校關係讓本社有機會在各企業及公司展示淨灘活動及其意義，讓更多的企業公司，在員工旅遊或企業活動上能夠配合淨灘活動。」

「五、九月三號的社團招生活動，增設硬體設備，播放淨灘社的宣傳影片。」

以上就是淨灘社接下來這一年的規劃。

第一點就由攝影師曉倪負責。

第二、第三、第四點由本人與社長靜流負責。

第五點就由阿嚴、曉倪、巧柔、國彬、珍妮、岡秀一同完成。

有問題請儘管提出來，社長要在八月底前向顧問黃副教授實施匯報。」

一個月前，社長欣怡單獨約了阿嚴到社室見面。

「阿嚴，知道我請你過來一趟是什麼事情嗎？」社長欣怡問。

「如果不是告白，就是社長的位子吧，但恕我拒絕。」阿嚴說。

「**爲什麼？**」社長欣怡不解地大聲說。

「我認爲我妹妹比較需要這個位子。」阿嚴說。

「需要？我們只是一個小小的淨灘社不是嗎？」社長欣怡說。

「正因爲我們的活動是淨灘，我妹妹她才需要這個位子。」阿嚴說。

「我不懂啦！講清楚好嗎？你們這些心理系的眞的很愛拐歪抹角耶！」社長欣怡不耐煩地說。

「哈哈，我們淨灘的目的，就是希望大家放下手機網路，看看大自然接觸大自然，以這個目的爲前提，就有機會站在全校、其他學校、甚至是各企業面前展示自己，也就是打響社團及個人知名度，所以往後社團的規劃就很重要，我已經想好了，就交由我妹妹及學陽來執行，而我，還有更重要的事情要做。」阿嚴說完後拿出一份書面報告給社長欣怡。

「哇靠！我從沒想過要把淨灘社發揚光大耶！還能增加個人知名度？」社長欣怡說。

「你只需要任命她，把企畫書交給她，再放手讓他們去做就好。」阿嚴說完後向社長欣怡彎腰說「拜託妳了，欣怡學姐。」

社長欣怡心中不斷地迴響拜託妳了，欣怡學姐學姐學姐學姐……

「哼！好吧，既然你都這麼說了，我就幫你一把吧。」社長欣怡高傲愉悅地說。

「謝謝妳了，好了學姐，妳可以告白了。」阿嚴說。

「你會答應嗎？？？」社長欣怡說。

「不會。」阿嚴說。

「……送客！」社長欣怡大聲憤怒地說。

陳雅淳

身高：152公分
體重：43公斤
就讀學校：高雄師範大學
科系：中文系
外貌：膽小內向型
興趣：追劇
外號：膽小妹
星座：巨蟹座
血型：B型

盧欣怡

身高：160公分
體重：54公斤
就讀學校：高雄師範大學
科系：地質系
外貌：活潑外向型
興趣：吃美食
外號：盧子
星座：處女座
血型：B型

Chapter 37

第37章 燒烤爭奪戰

第二天，上午九點整，白沙灣。

一張分隔網，隔開了用木棍畫出來的沙灘排球場地。

哨音吹下「**嗶——**」

一顆排球被拋起，與太陽平視後，靜流大喊一聲「喝啊！」將球擊出去。

欣怡大喊一聲「看我的！」飛撲將球漂亮地接起。

阿嚴奮力一跳，將球狠狠地向學陽方向擊去「看招！」

學陽卻冷笑一聲說「哼……你只有這點實力嗎？」後站穩腳步、雙手輕輕的將球彈向上方，一陣風……將學陽的海灘襯衫吹開，在場所有人赫然看見學陽渾身充滿肌肉的身材。

「靠！這身肌肉是怎麼回事？」阿嚴睜大眼睛吃驚地說。

「這肌肉……啊……有點頭暈了……」女生們。

早就看過學陽肌肉的靜流不受影響地將球再次往上推大喊「快！學陽，往我哥臉上打。」

「收到！」學陽說。

「喂————」阿嚴緊張的大聲叫著。

學陽使勁全身力氣冷酷的喊「**痛みを感じる**」後擊出一個充滿破壞力的邪惡黑色球體往阿嚴方向飛去。

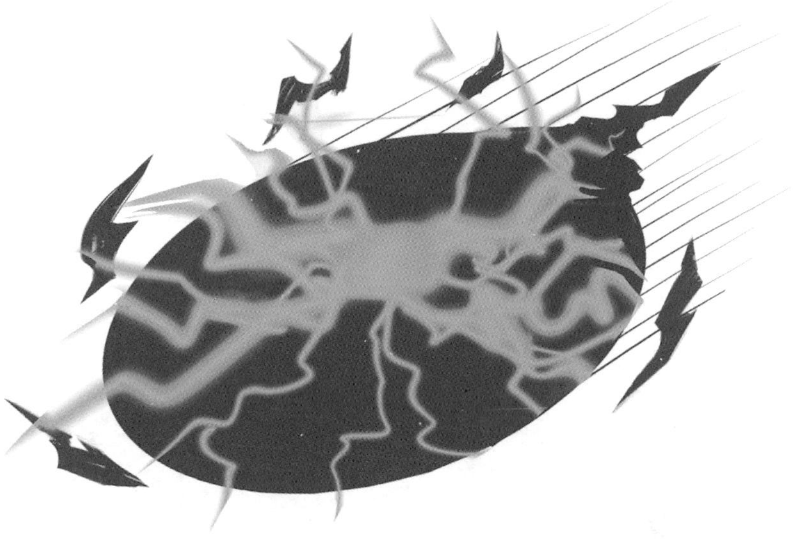

「誰怕誰啊，我跟你拚…………啊！不行！」阿嚴一邊說一邊往右邊沙灘飛撲。

「欸欸欸！你怎麼可以躲球啊！」欣怡大聲斥責地說。

「屁咧！這球接了會出人命吧！」阿嚴委屈地說。

「阿嚴，這裡只有你一個男生，不要害怕，去吧。」雅淳說。

「去哪？去送死嗎？不要爲難我啊！」阿嚴激動地說。

靜流隊得一分

「**嗶**——」

欣怡發球，曉倪將球接起往上拋。

學陽奮力跳起說「雅淳學姐……」突然睜大眼睛「該你嘍！**痛みを受け入れる！**」又擊出一顆帶有雷屬性傷害的邪惡藍白色球體往雅淳方向飛去。

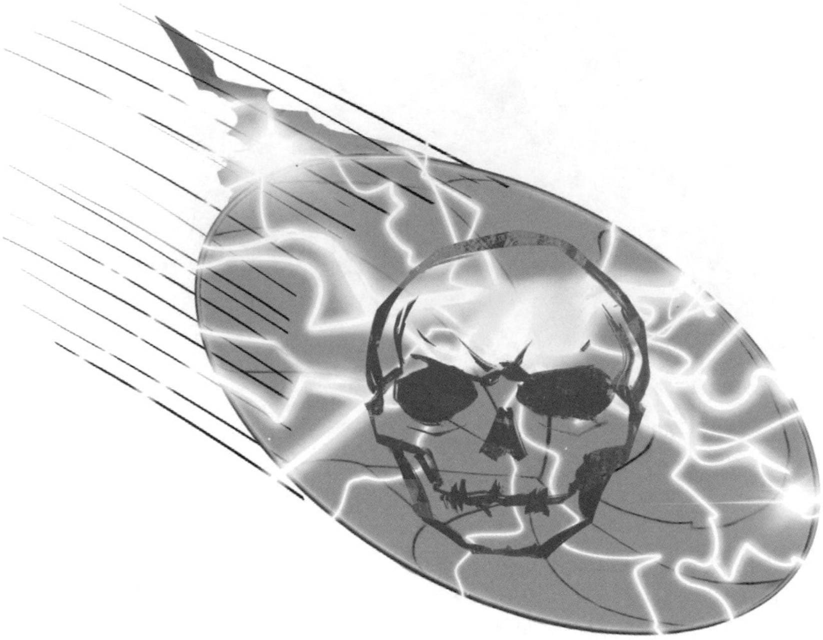

雅淳睜大雙眼深呼一口氣，彷彿看到了球體中間有個黑色骷髏的幻覺，本能反應的往左邊沙灘飛撲大喊「啊啊啊——」

「怎麼連妳也躲球！」欣怡雙手叉腰大聲地說。

「有……有骷髏……」雅淳小聲委屈地說。

「啊？？？」欣怡說。

靜流隊再得一分，共計兩分

「**嗶**——」

曉倪發球，阿嚴向右跳將球接起，欣怡再將球往上推大喊「阿嚴，出全力！」

「收到！啊啊啊啊————」

阿嚴跳起，奮力地將球往靜流方向擊去。

靜流冷笑一聲說「哼，早就知道你會往我這裡打。」

阿嚴睜大眼睛驚訝地心想「什麼？？？」

靜流故意站在線的邊緣，不慌不忙地躲開這一球，讓球自己出界。

欣怡抓了一把沙往阿嚴身上用力撒去說「沒用的東西，居然被看透了！」

阿嚴手遮著臉用日文委屈地說「對……對不起……」

靜流隊再得一分，共計三分

「**嗶——**」

雅淳發球，靜流將球接起往上推大喊「學陽！再來一發！」

「收到！」學陽奮力跳起後說「只會靠夭別人的欣怡學姐，給你一發我的全力吧！」

欣怡驚訝地心想「什麼？？全力？？？」

學陽單腳奮力跳起，與球停在半空中，突然睜大紅色邪惡的雙眼，嘴邊裂開般詭異的笑著，雙手微微打開，如山中迴響的大喊「奧義，炎殺爆裂擊———」後擊出一個帶有火屬性附帶爆裂效果的炙熱橘紅色球體。

驚悚不已的欣怡直接蹲在原地雙手抱著頭大聲哭喊「啊啊啊啊————對不起我錯了！請原諒我！」

球擊中欣怡右邊身旁的沙子，強大的破壞力將沙地炸開一個大洞，造成的衝

擊波直接把欣怡炸飛到場外一動也不動的躺著。

阿嚴與雅淳同時大喊「欣怡學姐！」「欣怡！」後跑到欣怡身邊跪著，阿嚴扶起欣怡的脖子大喊「妳死的好慘啊———」

突然一把沙子撥到阿嚴的臉上「喂！小王八蛋別胡說！」欣怡睜大雙眼瞪著阿嚴

靜流隊再得一分，共計四分

「**嗶**——」

學陽發球，球飛往一個刁鑽的位置，讓雅淳只能飛撲接這球，球越過分隔網，曉倪將球往上推，學陽奮力跳起大喊「阿嚴，再給你一發速球！**痛みを理解する**

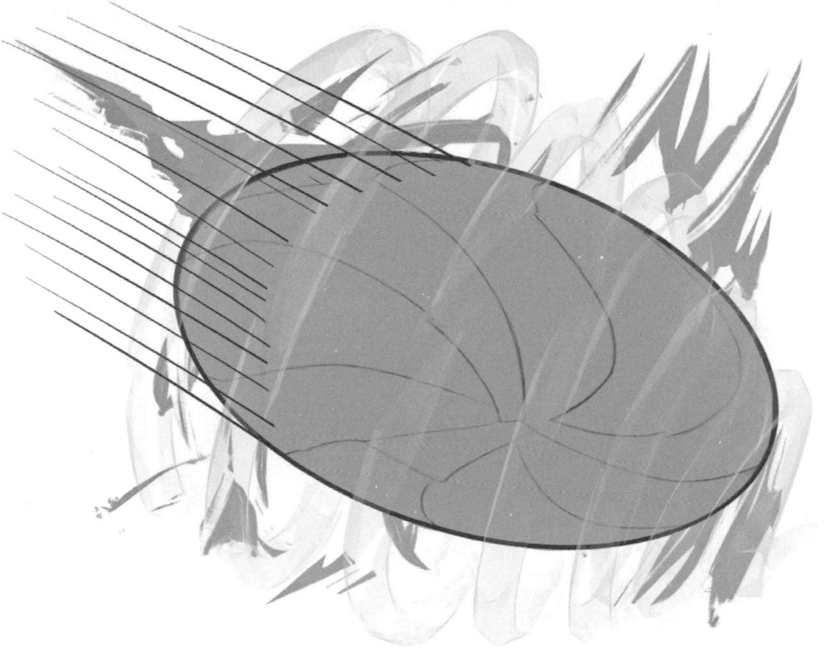

！」後擊出一顆每秒三十轉帶有風屬性穿透傷害的綠白色邪惡球體，並且發出刺耳「吱吱吱吱——」的聲音。

阿嚴站穩馬步，擺好接球姿態大喊「我跟你拚啦！」

球擊中阿嚴的雙手時不停地快速旋轉摩擦著，阿嚴咬著牙忍住後大喊「啊！」

勉強將球拋起後整個人往後坐在沙地上，但球卻掛網了。

「阿嚴，接得漂亮。」欣怡興奮地說。

「下一球就不會掛網了，加油。」雅淳興奮地說。

「不行……」阿嚴說完後將手提起給欣怡及雅淳看，只見阿嚴的雙手都是磨擦的痕跡，「我的手已經麻了，沒辦法再接第二球了……」

靜流隊再得一分，共計五分，賽末點

雅淳與欣怡看著對面的靜流、曉倪、學陽開心地互相擊掌著。

「難道一點辦法都沒有了嗎……」欣怡說。

「難道眞的要請吃燒烤了嗎……」雅淳說。

「………………」

就在這時候……

周圍被濺起的沙子幾乎靜止般地緩緩落下……欣怡、雅淳及靜流隊的三人剎那間感受到一股強大的壓迫感而被迫停下所有動作……所有人都動彈不得……眼前的整個世界變成黑灰白色……聽不見任何聲音……流下的汗漂浮在空中……同時天雲變色、氣壓驟降、飆舉電至，有股千軍萬馬卽將到來之勢。

欣怡與雅淳顫抖緩緩地回頭看向阿嚴，只見阿嚴渾身散發出黑色邪惡氣息，充滿殺氣的眼神、露出邪惡的笑容、右手扶著眼鏡從容地說「二位學姐不用擔心，我已經看出他們的破綻了。」

欣怡與雅淳看著阿嚴吞了一口口水心想「心理系第一把交椅，心機嚴要認眞了。」

學陽緊張地吞了口水，額頭上流下一滴冷汗看著阿嚴說「看來妳哥要認眞了。」

「不用擔心啦！他體能沒你這麼好。」靜流自信地說。

時。

「嗶——」

曉倪發球，欣怡將球接起但球過網飛向學陽，學陽微笑著站穩馬步準備接球

「妹妹，妳怎麼倒下了，還好吧？」阿嚴大喊。

學陽心想「什麼！」立刻轉頭往回跑向靜流，卻看見靜流好好地站在原地。

球落地從學陽身邊滾去……

「不好意思啊！我眼花了！哈哈……」阿嚴笑著說。

「……」靜流。

「…………」學陽。

「？？？？？」曉倪、欣怡、雅淳等三人頭歪一邊。

阿嚴隊得一分，比數一比五

阿嚴發球，靜流將球接起，曉倪將球上推，學陽奮力跳起大喊「結束啦！」

「妹妹！你胸罩的肩帶掉了！」阿嚴大喊。

學陽聽到後驚訝地心想「**什麼！胸部！**」不自覺地在半空中回頭看向靜流。
靜流站在原地，拉拉自己的肩帶說「嗯？沒有掉啊？」
「啊！可惜！」學陽心想完後連人帶球一起落回地面，忘了要殺球。
「欸，你搞屁喔，這麼好騙！」靜流不悅地大聲地說。
「啊哈哈……抱歉抱歉……」學陽說完後心想「不能被對手干擾，專心殺球。」

阿嚴隊再一得分，共計兩分，比數二比五

「**嗶——**」
再一次殺球機會，學陽跳起大喊「結束啦！」
「學陽，你這個小壞壞，你勃起嘍！」阿嚴不懷好意地說。
學陽睜大雙眼心想「慘了！難道是剛剛……」直覺反應的在半空中雙手遮住下體，最後連人帶球一起落回地面。
「欸？沒有啊！」學陽檢查完後突然發覺被騙，猛然回頭看向靜流。
靜流用厭惡地表情看著學陽說「變態！」
「我沒有啊，是你哥亂講。」學陽無奈地說。
「喔？所以我身材不好嘍？」靜流挑釁地說。
「喀擦」曉倪在一旁微笑偷拍著。

「妳身材很好，但現在人多沒辦法有反應……」學陽無奈地說。

靜流把頭轉過去說「哼！變態！」

心情受打擊的學陽把頭轉回去看向阿嚴時，發現阿嚴露出邪惡無比又嘲諷的眼神及笑容看著自己，學陽心想「居然來這招，真不愧是心理系第一把交椅心機嚴，我太小看你了。」

阿嚴隊再得一分，共計三分，比數三比五

「**嗶——**」

雅淳發球，阿嚴與學陽隔著網子對峙著，突然阿嚴往右看去說「欸欸欸學陽，比基尼辣妹耶，胸部很有料喔！」

學陽心想「什麼！巨乳比基尼！」立刻轉頭過去看，果然看到兩個身材火辣的比基尼辣妹經過。

「價北賣喔！」阿嚴用台語說。

「嗯！不錯！」學陽說。

球突然掉到學陽的網前掛網。

學陽睜大雙眼心想「幹！完了！忘了殺球！」緩緩地回頭看向靜流。

「…………」靜流用極度不爽的憤怒眼神瞪著學陽不說話，頭髮也跟著起舞。

「靜流……有話等我們比賽結束後再說好嗎……」

阿嚴隊再得一分，共計四分，比數四比五

「**嗶——**」

靜流發球，這一球直接擊中學陽的後腦勺，使學陽整個人面朝前撲倒在地。

靜流雙手抱胸臉看向右邊不屑地說「不好意思啊，失手啦。」

學陽狼狽地爬起來，大步走向靜流，抓住靜流的肩膀說「這一切都是你哥的陰謀，不要上當啊！」

「那你爲什麼亂看妹！」靜流不悅地大喊。

「正妹看過就忘了，但我只對妳有感覺而已啊！」學陽說完後將靜流抱在懷裡說「沒人能影響我們的感情，我們不能輸好嗎？」

「喀嚓」曉倪又偷偷將二人這一幕拍下。

靜流紅著臉，心跳加速的靠在學陽的胸肌上，不久後說「好啦好啦，快回去準備好。」

「哼！眞不愧是心理系第二把交椅心機直男。」阿嚴心想完後瞪大眼睛露出猥瑣的笑容心想「看來要下猛藥了！」

阿嚴隊再得一分，共計五分，比數五比五

雙方就位，雅淳發球，靜流將球拋起……

「學陽，我跟你說。」阿嚴說。

「現在說什麼也影響不了我們了。」學陽說完後奮力跳起大喊「奧義──」

「你拖太久了，靜流已經有別的喜歡的人了。」阿嚴說。

學陽吃驚地心想「怎麼可能──」

受影響的學陽變成用手肘將球擊出，這一球軟落不堪的往雅淳飛去，輕易地被雅淳接起，阿嚴奮力地往上跳將球往學陽身上殺去。

這一記殺球直接擊中失去戰鬥力的學陽的額頭，把學陽擊倒在地上消沉地趴著。

阿嚴隊再得一分，共計六分，比數六比五，比賽結束，靜流隊請吃燒烤

雅淳與欣怡開心地抱了起來大聲地喊「ＹＡ──吃爆他們──」

阿嚴扶著眼鏡瘋狂地大笑著「**哈哈哈哈哈**──」

在原地的學陽則是被靜流一個飛踢踢倒。

然後瘋狂地踩踏學陽大喊「你這沒用的東西！我要你何用！」

曉倪一邊憨笑一邊用她手上的相機將這一切記錄下來。

鄭曉倪
身高：168公分
體重：48公斤
就讀學校：高雄師範大學
科系：觀光系第一美女
外貌：長腿文靜型
興趣：旅遊與攝影
外號：倪倪
星座：摩羯座
血型：O型

Chapter 38

第38章　最思念的那個人

今晚的白沙灣，沒有星星的陪伴，

有的，是熟悉的海浪聲與心中最思念的那個人。

阿嚴與靜流並肩坐在沙灘上。

「妹妹啊！」阿嚴說。

「幹嘛？」靜流說。

「眼睛閉閉。」阿嚴說。

「幹嘛？你想親我喔？」靜流懷疑地說。

「白癡喔，怎麼可能，快點啦！」阿嚴說。

「靜下心來，聽這海浪聲。」阿嚴說。

靜流緩緩閉上雙眼……

「…………」靜流。

「除了我跟爸以外，你第一個想到的男人會是誰？」阿嚴問。

「呵……」靜流心中浮出了與學陽這兩年相處的點點滴滴及一同遊玩的回

憶。

再想到昨晚學陽針對淨灘社的未來規劃說明時的帥氣模樣。

今天沙灘排球比賽發生的蠢事，下午一起搭香蕉船及水上摩托車的過程，晚上吃露天燒烤時學陽叮嚀著自己不要一直狂吃肉，學陽渾身充滿費洛蒙的肌肉……

想到這些，靜流不自覺地露出幸福的微笑……

「是學陽對吧！」阿嚴問。

「對……唉……，但是他這兩年，始終跟我保持一定的距離，所以我們到現在還只是個很曖昧的朋友，哥，你知道爲什麼嗎？」靜流難過地說。

「不知道，但我感覺他好像在隱瞞著什麼祕密，這個祕密跟你有關但沒有惡意。」阿嚴說。

「跟我有關但沒有惡意的祕密？」靜流疑惑地說。

「對，總之，這事只能靠妳自己去判斷，哥幫不了你們。」阿嚴說。

「但……好，我知道了。」靜流說。

「……」

「哥。」靜流說。

「幹嘛？」阿嚴說。

「你呢？第一個想到誰？」靜流問。
「……這個你就不用擔心了。」阿嚴說。
「欸欸欸？？？你慢了一秒回答喔！是誰？長腿辣妹曉倪嗎？」靜流興奮地說。
「哈……你慢慢猜吧！」阿嚴說。
「幹！講一下會死喔！」靜流說完後「啪」一掌大力的打在阿嚴背上。

回到民宿，躺在床上的靜流，腦中思考著學陽到底有什麼祕密。
拿出手機，打開學陽的訊息欄，回顧過去的對話，想傳訊息給學陽，但最後還是關掉了訊息欄。
躺在床上，閉上眼睛，許久，又睜開眼睛心想「幹！睡不著！」
靜流深呼一口氣，靜下心來，閉上雙眼。
「學陽到底隱瞞著什麼祕密，跟我又有什麼關係。」
「哥說叫我自己判斷，判斷什麼，難道哥早就知道些什麼了祕密嗎？爲什麼不講清楚，然後叫我知道祕密後自己判斷嗎？」
「他的祕密……跟我有關……所以保持距離……如果跟我沒有關……就不用保持距離……我能有什麼東西必須讓他跟我保持距離？我的身世！他的祕密跟我

的身世有關，所以他才一直跟我保持距離，而且是關鍵性的……所以哥才叫我自己判斷……嗯……幹……我知道了……那個白癡！」

靜流拿起手機，傳訊息給學陽「**你他媽現在給我出來**。」

第39章　修成正果

隔天早上，大夥約好九點整到早餐店集合，男生們邊走邊聊一起前往早餐店，就在抵達早餐店時，女生們已經先到並且占好座位了。

珍妮與巧柔刻意在自己旁邊留了個位子，岡秀與國彬也很自然地走到女朋友身邊的位子坐下。

而靜流身邊也有個位子，阿嚴也很自然地往那個方向走去時，學陽卻搶先一步走到靜流旁的位子坐下，這個舉動，讓阿嚴錯愕的站在原地。

「哥，大夥。」靜流說完後將自己的手與學陽的手十指交扣。

「欸欸欸欸欸——」大夥興奮地叫了出來。

阿嚴嘆了口氣，搖搖頭微笑著，緩步走向靜流，摸了摸靜流的頭。

「沒事了吧！」阿嚴問。

「我們沒事了，哥，不用擔心。」靜流抬頭看向阿嚴，面帶幸福的微笑。

「哥祝福你們。」阿嚴說。

阿嚴再看向學陽，學陽也看著阿嚴說「放心吧阿嚴，你懂我的。」

阿嚴看著學陽從在巴士上迷惑的眼神到現在變成堅定的眼神，有什麼祕密已經不重要了。

女生們則是在一旁哭著說「好像在嫁女兒的畫面喔！」後紛紛與靜流擁抱著表達祝福。

上午與下午，社員們來到了要淨灘的海邊，與地方政府的環保組織報到後，開始執行淨灘工作，大夥拿著夾子起垃圾、分類垃圾、搬運漂流木、打包垃圾、搜尋誤食垃圾的生物，這些寶貴的畫面，都被收錄在曉倪的相機裡，隨後放在社團網站上，一輩子收藏著。

傍晚，台北火車站前，大夥拖著行李，不捨的道別後，各奔東西。

阿嚴、學陽、靜流再一起搭著捷運。

桃園捷運內壢站前，靜流與學陽相擁著，在一旁等的不耐煩的阿嚴看著手錶說「你們兩個啊……不是都住桃園嗎？搞得好像準備要一年不見一樣，抱太久了吧。」

「熱戀期啊！」學陽說。

「哈哈，白癡喔！」靜流笑笑地說。

「…………」阿嚴。

與學陽道別後，兄妹倆在計程車上。

「你跟學陽的事情，什麼時候要跟爸媽講。」阿嚴問。

「再過一陣子吧！」靜流說。

「有問學陽他以後打算做什麼嗎？」阿嚴問。

「他說他要當大學教授。」靜流說。

「你要當講師，他當教授，我懂了。」阿嚴說。

「你又懂了，那你呢？不也是要當講師？」靜流問。

「不，我有新目標了，大學畢業我就不讀了，我要當作家。」阿嚴說。

「作家？嗯！好不搭喔！」靜流說。

「靠杯喔！」阿嚴說。

Chapter 40

第40章 對兄弟的承諾

開學後，我們淨灘社按照規劃，將「放下網路，接觸大自然。」的理念，透過社團顧問的幫忙，將理念傳給全校、各校、部分企業，兌換贈品開始慢慢地多元化，在學陽的陪伴下，靜流的知名度越來越廣。

而我、靜流與學陽三人也受到換位思考思想教育心理學職業分工會的邀請擔任助理職員。

越來越忙的我們，大部分的淨灘活動就由社團裡的學弟妹繼續執行，直到大三升大四退出社團後，就再也沒機會去海邊走走了。

靜流及學陽也開始專心準備研究所考試，而我，對於作家這條路，遲遲沒有動筆，感覺……好像少了什麼…………就是少了什麼……

大四寒假的第一天，剛回到桃園的阿嚴、學陽與靜流拖著行李，走進一家牛排店，和櫃檯小姐確認後，走到預定的位子坐下。

「好像太早來了。」靜流說。

「問一下爸媽到哪裡了。」阿嚴說。

學陽不說話，看著手機裡的記事本，嘴裡念念有詞。

石風開著電動車，思婕趴在副駕駛座的窗邊看著窗外的景色說「不知道那個學陽長的帥不帥？」

「那個其次啦！要看他的條件好嗎！啊！還有人品！重點要對妹妹好！」石風說。

「你緊張個屁啊！不過就是跟女兒的男朋友吃個飯而已！」思婕嘲諷地說。

「我哪有緊張，欸！幹嘛拍我啊！」石風說。

「賴——」靜流手機傳來訊息聲。

「哈哈！媽說爸現在很緊張，哥，你看媽傳來的照片。」靜流開心地說。

「呵！還是小心點好吧！畢竟這是妳第一個介紹的男友。」阿嚴說。

「媽說他們還要再十五分鐘左右才會到。」靜流說。

阿嚴拍拍學陽的肩膀說「你還有十五分鐘。」

「…………」學陽無奈地看著阿嚴。

「想像一下妹妹穿婚紗的樣子，一定很漂亮，到時候我應該會哭爆吧……眞希望依旻也能看到……」思婕說完後眼眶泛紅著。

「是啊……眞希望是阿隼能夠牽著妹妹的手交給他未來的女婿……」石風說。

車繼續開著，十五分鐘的時間，夫妻二人不說話，想著二十年前，兩家人在西子灣旅遊結束後不久，依旻與阿隼就走了，留下了靜流，一路拉拔兩個孩子長大，爲了不辜負阿隼與依旻對自己的信任，全心全力的教育孩子，並且改變自己，做好一個稱職的父親與母親，眞的吃了不少苦…………

車子裡一片沉寂……

想到這裡，夫妻倆除了感慨，剩下的就是思念了。

但**責任**還沒結束，今晚，要與靜流看上的男朋友見面，極有可能是未來的女婿。

「**靜流就拜託你了**……」

石風頓時沒有了剛才的緊張感，有的，是對拜把兄弟的承諾，使眼神開始轉變。

失去兄長的庇護，靜流低著頭，大力喘著氣，心臟劇烈的跳動著，這輩子從沒這麼緊張過，使眼淚在眼眶裡打轉著。

「……」

「…………」

「妹妹啊，既然還沒想好要講什麼，那就下次等我有空再說吧。」石風說。

學陽看著快哭出來的靜流，用力地捏了自己大腿一下。

「伯父，我看還是由我來介紹我自己吧。」學陽說完後，摸了摸靜流的頭微笑著說「現在是英雄救美的時刻。」

「呵！英雄救美是嗎？有意思，好，那就麻煩你介紹一下你自己吧！」石風說。

學陽深呼一口氣後「伯父你好，我叫做林學陽，與靜流五年前在機車路考練習場相識，之後同在高雄師大就讀，同樣是換位思考思想心理學系，我們相識後兩年，以結婚爲前提開始交往至今，本人未來打算就讀研究所，考取講師執照後，就任大學講師。」

「你的路選擇的十分艱難啊，好好加油，不要讓靜流失望了。你們家中有多少人啊？」石風問。

「就只有我和我爺爺，在我很的小時候，我父母離異後雙雙失蹤了，所以我是我爺爺一手帶大的，他老人家現在也已經七十二歲了。」學陽說。

「那……交往相處至今，你們吵過幾次架啦？」石風問。

「從未，我們知道什麼是包容與尊重，溝通與共識，對未來的目標也很清楚，所以一次也沒有。」學陽堅定地說。

「這樣啊……好……那……我最後一個問題，你形容一下，靜流她，是個什麼樣的人。」石風說。

「嗯……」

「……嗯……」

「……………………」

「講不出來？」石風用嘲諷的語氣懷疑地問。

靜流不敢相信驚訝地轉頭看向學陽

「不，不是，是太多回憶湧上心頭，讓我好想笑，哈哈！」學陽憋笑地說。

靜流用力地打了學陽肩膀一下說「笑屁笑喔！都什麼時候了，快說啊！」

「好啦好啦，妳個性這麼極端，讓我整理一下嘛！」學陽笑著說。

「屁咧！我哪裡極端了！老娘一直都這樣好嗎！快點說啊！」靜流一邊激動地說著一邊拉扯著學陽的衣領。

石風看著眼前這個似曾相識的畫面，不自覺地微笑著。

學陽深呼一口氣，微笑著，一邊回憶一邊說

靜流她，個性很大剌剌的，有時還滿口髒話……

但是對朋友、學弟妹非常的體貼及照顧。

讀書的時候……比誰都認真。

但玩樂的時候……卻比誰都瘋。

很愛跟我或是阿嚴撒嬌……

但對我們也是有話直說。

決定事情，從不拖泥帶水。
不知道的事情，也會放下身段去詢問。
喜歡她的人，她也會好好珍惜對方。
說她壞話的人，這輩子別想得到她的原諒。
打鼾很大聲，毫不保留的展現自己。
她非常的孝順，也很珍惜周遭的一切。
非常明確自己未來的路而努力著。
常常叮嚀我要吃的營養均衡。
但自己卻老是愛吃一些垃圾食物而被我唸。

月經來的時候，不管會不會痛，都會要我煮薑湯或是買薑母茶給她喝。

最討厭吃的是青椒……

最喜歡的……是林學陽。

靜流她，是我的深愛，我，非她不娶。」

靜流在此刻……

已經哭的一把鼻涕一把淚，接著突然站起來大吼「**我，陳靜流，非林學陽不嫁！**」

店內所有的客人與店員，店外的思婕與阿嚴同時轉向石風三人。

忙碌的牛排店頓時一片寂靜……

「…………」

「…………」

石風眼眶含著眼淚點點頭說「好，爸祝福你們。」

靜流此刻再也指不住淚水放聲大哭，而學陽也立刻把靜流抱在懷裡安慰著。

思婕紅著眼眶說「我們回去吧。」

「好。」阿嚴說。

牛排店裡有些客人鼓掌著，一同享受這感人的時刻。

思婕走回到靜流身邊對著石風大聲說「你哭屁哭喔！愛哭包！」隨後對著靜流說。「妹妹乖，爸他只是裝模作樣而已，沒事沒事。」

靜流投入思婕的懷抱哭著說「媽，爸他嚇我……」

「沒事啦，等等回去媽幫妳教訓他。」思婕掉下眼淚微笑著說。

石風用力把未流下的眼淚擦掉大聲地說「**這個做父親的心情妳們不懂啦！**」

阿嚴與學陽很有默契地以拳擊掌說「真不愧是與我匹敵的男人，你合格了。」

「好說好說。」學陽說。

石風聽到阿嚴與學陽這一句的對話，難以置信地看著學陽點點頭。

阿嚴向服務生招招手後跟全家人說「好了，都沒事了，我們吃飯吧！」

「伯父，我很想聽聽伯父伯母是如何教育孩子的，可以教出阿嚴跟靜流這兩個這麼優秀又懂事的人，我想跟伯父伯母身上學學幾招啊！」

阿嚴皺著眉頭心想「學陽這臭小子，這招高啊！」

石風滿意的點點頭說「也是啊，你們將來也會碰到的，是該**傳承**給你們了，那我們就邊吃邊聊吧！」

說。

學陽家附近——

「伯父，我家在這死巷子裡面，不好迴轉，所以送到這就可以了。」學陽說。

「這樣啊，好吧，有機會再來我們家坐坐吧！」石風說。

「好，謝謝伯父，謝謝伯母。」學陽說。

學陽下車後從後車廂拿出行李，靜流走到學陽面前與學陽親吻著。

「過年見嘍！」靜流說。

「好，到家跟我說一下，趕快回去休息吧！」學陽說。

車上——

思婕看著阿嚴說「唉唷！好羨慕妹妹喔！有伴可以親！」

「…………」阿嚴。

「對啊！阿嚴啊！啊你女朋友呢？」石風問道。

「臭小子，你女朋友呢？」思婕也跟著問道。

「別急，她還在未來等著我。」阿嚴說。

「呿！單身狗就單身狗嘛！講這樣！」思婕不屑地說。

「伯父伯母，阿嚴，我走嘍，拜拜。」學陽透過車窗與車內的人說。

「好，拜拜！」車上三人同時回答。

靜流坐上車後，思婕對著靜流說「剛妳哥露出好羨慕的表情，看著妳跟學陽親熱耶！好沒出息喔！」
「好沒出息喔！」靜流重複這句話後與思婕一起大笑著「哈哈哈哈哈——」
「看樣子，學陽將來會變得跟爸一樣辛苦。」阿嚴說。
「唉……」石風嘆氣。
思婕打了石風一下後說「嘆什麼氣啊！幹！講清楚喔！」
靜流打了阿嚴一下後說「我會很疼學陽的好嗎，臭嘴巴！」
「一言難盡啊！對吧，爸！」阿嚴說。
「……別再提了兒子……」石風悲傷地說。

Chapter 42

第42章　就是想看海

思婕坐在客廳沙發上，桌上擺著筆電，帶著眼鏡，右手握著滑鼠，左手抵著左臉頰，瀏覽著民宿網頁。

石風洗完澡，用毛巾擦著頭走進客廳，看見思婕後說「找到房間了嗎？」

「還沒……」思婕不悅地說。

「找不到就直接去汽車旅館住吧。」石風說。

「吼……人家想看海……」思婕嘟著嘴巴說。

「嗶———」手機訊息聲。

思婕拿出手機打開訊息看了後說「妹妹在問我們訂到房了嗎？」

「他們之前不是淨灘社的嗎，不如問他們有沒有認識的啊。」石風說。

思婕轉頭用驚訝的眼神看著石風說「哇……老公啊……我這輩子第一次覺得你這麼聰明耶！」

「……你這樣說我其實有點受傷妳知道嗎……」石風無奈地說。

靜流拿著手機看著訊息說「我媽說網路上看民宿都訂滿了，問我們有沒有認識的。」

「如果找不到也只能去住汽車旅館了吧。」阿嚴說。

「媽說她想看海……」靜流說。

「跟伯母說我處理，請伯父伯母給我幾天時間。」學陽說。

「學陽啊……做事要量力而爲……」阿嚴拍拍學陽的肩膀說。

學陽反拍拍阿嚴的肩膀說「總有一天你會體會到什麼是爲愛而奮不顧身。」

靜流用頭磨蹭學陽的胸口說「還是我的學陽最帥了！」

「噁……我看我們都一起找找吧。噁……」阿嚴站起身來離開現場。

「嘖！」靜流正想起身罵阿嚴時，學陽把靜流拉回到自己的胸懷小聲地說「好啦，人家只是忌妒我們。」

「欸欸！學陽說他會幫我們處理耶！有女婿眞好！」思婕說。

「感覺有點麻煩人家了，妳有空再找找吧，不可能整個85大樓會一直全滿，一定會有人退房的。」石風說。

「好啦，我再看看。」思婕說。

「你打算怎麼找？」阿嚴問。

「問問工會、淨灘社那邊、之前認識一些企業的人或是學校老師之類的吧。」學陽說。

「那我明天直接去靠海的民宿問好了，順便兜兜風。」阿嚴說。

「我也要去海邊，好久沒去了……」靜流嘟著嘴看著學陽。

「那我們就分頭行動吧，你跟你自己一組，我跟靜流一組。」學陽說。

阿嚴不說話伸出中指抓抓眉毛看著學陽。

Chapter 43

第43章　好！成交！

星期六，上午十一點。

這天天氣十分晴朗，阿嚴身穿清涼的夏季服裝，坐在靠海的一間早餐店的遮陽傘下，享受著海浪聲與陽光下的陰影，一邊吃早餐一邊照著地圖上標記的民宿一家一家打去問。

「唉……畢業季碰上端午連假，現在訂哪來的及。」阿嚴無奈地說。

打開臉書瀏覽了一下，看見靜流發的文。

「今天天氣超好，跟著我的學陽寶貝一起來海邊附近走走，好久沒來海邊了！可惜不能下去玩……不過有寶貝陪著一起看看海也是種幸福！」附上兩人接吻照。

「噁……都交往快兩年了，還這麼噁，到底有沒有認真找民宿啊……」阿嚴說。

阿嚴繼續瀏覽著，突然看見通知鈴鐺表示之前家庭餐廳的副店長在附近，但那是一小時前的通知，心想「不知道副店走了沒。」

手指在手機上敲擊著開始傳訊息給景吾副店長……

「副店，你在高雄附近嗎？我也在這附近。」阿嚴傳完後喝口咖啡等待回覆。

不久——「我們離開有點久了，員工旅遊！昨天住在高雄。」景吾副店長訊息。

「你們住哪裡？我爸媽要來參加我跟靜流的畢業典禮，但訂不到房。」阿嚴訊息。

「我們住靠近自強路上的珍美民宿，我現在發地址給你，你可以問問看。」景吾副店長訊息。

「好喔，萬分感謝，我先處理民宿，等等再跟你聊。」阿嚴訊息。

阿嚴收到景吾副店長傳來的民宿地址後心想「唉！這家剛剛打過，我還以爲是網路上查不到的民宿。」

「有問到了嗎？」景吾副店長訊息。

「有問了，但都訂滿了，哭哭！」阿嚴訊息。

「是喔……那抱歉啦，幫不了你了。」景吾副店長訊息。

「沒關係，大夥都還在嗎？」阿嚴訊息。

「哈哈，除了我以外，全都大洗牌了，你應該都不認識了。」景吾副店長訊息。

「是喔，等我畢業回去桃園後，再過去吃飯。」阿嚴訊息。

「好喔，那你畢業之後要做什麼。」景吾副店長訊息。

「我想當作家。」阿嚴訊息。

「哇！作家耶！太厲害了！你一定可以的啦，副店相信你。」景吾副店長訊息。

「哈哈謝嘍！我還沒開始寫啦，還不是作家！」阿嚴訊息。

許久——

「新西子灣海景民宿，電話07—2318864」副店長訊息。

阿嚴心想「這沙小？」後回傳訊息「這是？？？」

「我們店現在的外場領班，她說這個是之前西子灣最近的一個民宿，但因為海平面上升影響而結束營業，結果這家民宿在西子灣後面的小山坡上又蓋了一個全新的民宿，幾乎都裝潢好了，但還沒開放訂房。」副店長訊息。

阿嚴心想「啊不是還沒開放訂房嗎……」

「呃……她說……報她名字……就可以了，但條件是畢業後來店裡打工。」景吾副店長訊息。

阿嚴皺著眉後傳訊息「她是誰啊……感覺來頭不小……」

「欸欸，老公你看，阿嚴幫我們找到民宿了耶，幹超漂亮的。」思婕說完後把手機轉向石風。

「我看我看，唉唷，不錯喔，真不會愧是淨灘社。」石風說。

思婕傳起訊息

「太漂亮了，阿嚴辛苦嘍，媽愛你。」思婕訊息。

「小事一件。」阿嚴訊息。

「太漂亮了吧！哥，幫我定一間雙人房，我也要度假一下。」靜流訊息。

「沒努力找民宿的人沒有福利。」阿嚴訊息。

「過分耶！我跟學陽也有努力地找啊！只是沒有比你先找到而已，這樣說我跟學陽，直接把我們的努力否定掉，太過分了！哭哭！」靜流訊息。

「妹妹乖，媽知道你跟學陽也有努力找，不用裡你哥啦！」思婕訊息。

阿嚴在家庭群組裡貼出了靜流上午及下午兩篇發文的截圖

「還眞的挺認眞的。」阿嚴訊息。

「⋯⋯⋯⋯」思婕訊息。

「⋯⋯⋯⋯⋯⋯」石風訊息。

「我要騎車了，晚點聊。」靜流訊息。

「等等，妳不都給學陽載的嗎？」阿嚴訊息。

「哈嘍？」阿嚴訊息。

「有人在家嗎？」阿嚴訊息。

Chapter 44

第44章 團聚

畢業典禮的前一天，中午十一點，一台紅底銀黑條紋的電動車開進西子灣海景民宿停車場。

停好車後，石風與思婕下了車，伸伸懶腰，勾著手，走向景觀台，不說話地看著這片已經被海水淹沒的西子灣沙灘，再回頭看看沿岸的城市，唯一的改變就是每棟建築上都多了很多形形色色的微型風力發電機，也是個美景。

「這裡還是很漂亮啊。」思婕一臉欣慰地看著石風說。

「是啊！一眨眼就是二十年，變化雖然不小，但還是很漂亮呢。」石風說。

二人繼續不說話，用五官感受眼前這一切美景，還是海最漂亮了。

「只要他們還活在我們心中，我們就一定會再見面，妳說是吧，老婆。」石風說。

思婕露出不捨的微笑看著石風說「是啊！」

「爸！媽！」

思婕朝著聲音向停車場俯瞰，看見靜流對著自己揮手，阿嚴及學陽提著兩大袋食物站在身後。

思婕開心地大喊「妹妹！」後往大廳跑去。
靜流與思婕相擁在大廳。
思婕看了看靜流說「嗯！我們家妹妹還是這麼漂亮。」
「唉唷！媽，妳也很漂亮啊，看不出來已經……」靜流說到一半被思婕打斷。
「欸欸欸———」思婕用食指抵在靜流的嘴唇說「噓！我不許妳胡說……」
「哈哈哈哈哈哈———」靜流與思婕大笑著。
「感覺妹妹比較有肉了！」石風笑笑地說。
靜流與靜流一起轉頭用死死地眼神瞪著石風。
石風立刻被二人的表情嚇到往後跳了一步「等一下……等等…………」
「代表靜流跟我在一起感到非常幸福，才會有些微的幸福肉，伯父是這個意思吧。」學陽說。
「呃……對對……還是學陽懂我，真是的，都聽不出我在暗示什麼。」石風說。
「哇操！女婿巴結等級越來越高了這個……」阿嚴難以置信地心裡想著。
「唉唷！都是你啦！我要減肥了啦！」靜流說完後用手肘推推學陽。
「不用啦，肉肉抱起來比較舒服。」學陽說。
「好了好了！我們先去觀景台吃飯吧，帶來的食物都快涼了。」阿嚴說。

我們一家五口，看著美麗的海景、吃著簡單的食物、聊著有趣的大學往事。

「哇！原來伯父伯母在漁光島沙灘認識了之後，才發現彼此是同鄉又同校啊，這也太有緣分了吧！」學陽說。

「是孽緣。」思婕淡定地說。

「可以用命中注定來形容嗎……」石風苦笑著對著思婕說。

「那時認識了之後回桃園……大概過了快一年才在一起，不像妳的依旻媽媽跟隼爸，回桃園後不到一個月就在一起了！」思婕激動地說。

「什麼？？這麼快速！」靜流訝異地說。

「整個扯爆了，而且他們兩個回桃園後這一個月內幾乎天天都去約會啦、喝咖啡啦、看電影啦、看夜景啦什麼的，我那時候還以爲依旻跑去打工了都沒空陪我，直到有一天看到依旻的手機桌布換成她跟阿隼時，我才發現他們兩個早在一起了！眞是太可惡了！」思婕激動地敲著前方的木桌。

「我們之後不久也開花結果啦，不是嗎！」石風說完後用手肘推了推思婕。

「喔！是喔！」思婕不屑地說。

「媽！有沒有妳大學時的照片啊！」靜流問。

「嗯……我找找看……只有這幾張。」思婕說完後把手機轉向靜流。

「哇！媽身材好好喔！好敢穿喔！都是露腰露腿的衣服耶！」靜流說。

「哼！那當然，我可是大學企管系第二名的美女呢！」思婕驕傲地說。

「哇！依旻媽媽好漂亮喔！淸純美少女系列的，身材也好好喔！」靜流說。

阿嚴的眼神稍稍地飄向思婕的手機

「妳的依旻媽媽常常用淸純甜美的笑容與禮貌又溫柔的個性電翻整個企管系，追求者多到比妳身上的細胞還多咧！」思婕指著靜流激動地說。

「哼……浮誇……」阿嚴頭轉過去小聲地說。

「而且每次有追求者告白，依旻都會親自拒絕，我都一定要偷偷跟在她後面，怕有人會對她不利。」思婕感嘆地說。

「隼爸到底用了什麼手段啊！居然不到一個月就追到手了！」靜流好奇地說。

「我也很想知道。」阿嚴說。

思婕用手肘推了推石風說「他兄弟在這啊！問他！」

「哈哈，因爲理念相同，你們也知道阿隼他出生在一個非常糟糕的家庭，正因如此，他絕對不會讓自己的小孩承受到自己所承受過的，甚至眼放世界，從台灣家庭教育的問題，到地球暖化、海平面上升、能源危機等等，在與依旻相處的過程中，就是這些聊天內容及理想深受依旻感動與認同，相較之下其他大學生，只知道玩樂，沒有理想與抱負，結果就是如此啦！」石風說。

「喔——原來啊！眞不愧是隼爸。」靜流滿意地說。

於是拿出手機又打給阿隼

「嘟——嘟——嘟——嘟——」

「在騎車沒接嗎？嘖！再不快點要遲到了。」石風緊張地說。

阿隼騎著摩托車，眼睛往上看著紅燈

「有沒有搞錯啊？幾乎每個紅燈都給我等到了。」阿隼著急地心想。

石風蹲在家門口，拿著手機傳著訊息

「美女，幫我買一下早餐好嗎？我摩托車壞了。」石風訊息。

「翹課。」思婕訊息。

「第一節是系主任的課沒法翹啦！」石風訊息。

「爲什麼我要幫你買？」思婕訊息。

「這樣才可以一早就見到妳啊！」石風訊息。

「噁爛耶！好啦好啦！你要吃什麼？老樣子嗎？」思婕訊息。

「老樣子，感恩！啾咪！」石風訊息。

遠方傳來摩托車的聲音，石風抬頭看，阿隼朝自己騎車過來。

「欸！快點快點！要遲到了！」阿隼著急地說。

「下車讓我騎，這樣比較快，你把眼睛閉上。」石風說。

「？？？？啊？？？」阿隼疑惑地說。

之後，石風在車陣中不停地穿梭，連闖四個紅燈後，只花不到十分鐘的時間，安全抵達學校後門。

「到了，挪車。」石風說。

阿隼立刻跳下車，在離後門最近的機車停車格附近搜尋，找到有幾台機車停的比較寬後，於是硬挪動了這些機車而空出一台機車勉強能停進去的大小，把自己的摩托車硬停進去。

停好後，突然聽到打鐘聲，石風二人對看了一眼後直衝教室，這才安全抵達。

「你們兩眞拼命啊！不過系主任說會晚點到，叫我們先自習。」班代說。

「幹……」石風與阿隼喘著氣無奈地說。

石風坐在座位上後，拿出手機。

「美女，我早餐呢？」石風訊息。

「開始上課了……等等下課再拿給你……」思婕說。

「哭哭！好吧，感謝。」石風訊息。

石風與阿隼互看一眼，一起露出難受的表情。

「幹！肚子好餓喔……」石風說。

「依旻說她開始上課了，要等下課才會拿早餐給我。」阿隼說。
「我有叫思婕幫我買早餐，等等下課應該會一起送來。」石風說。
「唉唷！這個買早餐動作感覺不單純喔！」阿隼說。
「欸，等等我要跟她說什麼比較能打動她的心。」石風說。
「你就說晚上請她吃飯，這樣晚上又能見到她了。」阿隼說。
石風睜大雙眼深呼一口氣後，雙手抱拳對著阿隼說「謝軍師。」

企管系教室

「嗯？妳今天早餐怎麼吃這麼多？」依旻問。
「喔！不是啦！就石風那白癡啊，說什麼摩托車壞掉，拜託我幫他買早餐，人家有狀況嘛！就幫忙一下啊！」思婕說。
「哈，你們到底要不要在一起啊！妳不急我都有點急了。」依旻皺著眉頭說。
「看他啊，沒種告白，總不能女生告白吧！」思婕不屑地說。
「也是啦，不知道他到底在想什麼，再不告白我們家的思婕就要被追走了！」依旻賊賊地笑著。
「哈哈哈哈哈——感覺妳跟阿隼在一起後變得比較幽默了。」思婕開心地說。

「有嗎？哈哈，等等我也要送早餐給阿隼，一起去吧……思婕？妳在看什麼？」依旻說。

思婕看著走廊說「那不是電機系主任嗎？怎麼在這？」

「什麼意思？」依旻問。

「石風他說第一節課是系主任的課，所以沒辦法翹課，才會要我幫他買早餐，可是現在系主任卻出現在這。」思婕說。

「可能有事情在忙吧，常有的事，代表阿隼他們第一節課應該是自習，不然等等我們這節考完試就直接去找他們。」依旻說。

「喔……好喔……」思婕疑惑地說。

「幹嘛那個臉？是不是想說不是女朋友還要幫他送早餐？」依旻說。

「哼！哪有啊！就送個早餐而已！這分恩情我要叫他加倍奉還！」思婕高傲地說。

「哈哈，老師來了，等等考完試樓梯口見。」依旻說。

電機系教室

石風與阿隼坐在座位趴在桌上，沉沉睡去。

企管系教室

依旻與思婕左手拿著考卷，右手拿著兩份早餐，走向教授。
「依旻啊！這兩份早餐意思是……」教授說。
「我去幫我男朋友送早餐，他早上機車有點狀況，早餐沒吃到。」依旻說。
教室裡的男生們難過的低下頭……
「喔……欸？思婕啊！妳手裡兩份早餐難不成也是……」教授說。
教室裡的男生們驚訝地抬起頭來互相看來看去
「我家寵物的早餐。」思婕說。
依旻噗滋地笑了一聲
「寵物啊……我懂了……好好好，去吧去吧！」教授揮揮手說。
教室裡的男生們又難過的低下頭……

電機系教室

石風與阿隼坐在座位上趴在桌上，肚子不停地叫。
「幹，超餓！」石風突然坐起來說。
「幹！我也是。」阿隼說完後，拿出手機看了一下說「還有二十分鐘。」
「你包包裡有什麼吃的嗎？」石風說。
「誰會隨身攜帶食物啊。」阿隼說。
石風想了想後發出一聲「欸？」接著把包包放在桌上打開翻了翻，結果翻出一包科學麵。

「唉！將就吧！」

快到電機系教室的走廊上

「思婕，會不會緊張啊？」依旻笑笑地說。

「哪會啊！就送個早餐而已，哼！看他反應再決定有沒有下一次！」思婕說。

「哈哈，思婕好可愛喔！」依旻笑著說。

「什麼啦！」思婕害羞地笑著說。

電機系教室

石風打開科學麵，把調味粉倒進科學麵裡，右手抓著科學麵，在腹部前拼命地搖起來，阿隼坐在椅子上，彎著腰，面對著石風的左側。

電機系的門口

思婕與依旻走到教室門口時，從門口斜角看到石風低著頭，眼睛朝下死盯著，但桌上的包包擋住了石風的下體，而右手在下體拼命地上下晃動著。

再看看阿隼，笑笑地看著這一切，時不時吞著口水。

思婕瞪大著眼睛張大了嘴看著石風在教室打手槍。

依旻眼眶泛紅，手捂著嘴，看著自己男朋友用淫穢的笑容盯著別人在教室裡打手槍。

不久，思婕受不了大喊一聲「**夠了！**」

教室裡的所有人看向門口。

思婕含著眼淚嘶吼著說「我怎麼會喜歡上你這個變態啊！以後不要再聯絡了！幹！」後把早餐往石風身上丟去，轉身離開。

依旻含著眼淚說「我沒辦法接受你這種變態行爲，我們分手吧！」後往另一個方向轉頭離去。

石風與阿隼對看說了一句「幹！沙小？」後直接從椅子上跳起來把桌子撞倒，二人再爬起來爆衝向門口，各自追各自的女孩。

阿隼正要跑去追依旻時，不解的想了一下，於是倒退走回去門口往自己剛剛的方向看去，再想想剛剛自己與石風二人的畫面。

「靠！原來如此！」阿隼說完後跑進教室拿起掉地上的科學麵，再衝去追依旻。

依旻這裡——

「寶貝，你聽我解釋啊！」阿隼從遠處跑來邊喊著。

「不要叫我寶貝，我們已經不是情侶了！」依旻含著淚快步走著。

阿隼追上依旻後，拉住依旻的手說「石風剛剛是在搖科學麵，我們早餐沒吃肚子很餓只能先吃這個，桌上的包包擋住了你們的視線！所以看起來很像是在……」

依旻冷靜下來回想剛剛的畫面，不久後，依旻深呼一口氣，打了阿隼的胸口一下後說「討厭耶！被你嚇死……」

阿隼抱住依旻說「好了好了，沒事沒事，一切都是巧合加誤會，沒事了寶貝。」

依旻推開阿隼說「我們等一下再說，要趕快去找思婕他們，不然誤會解不開。」

思婕這裡——

思婕一邊快步地走一邊生氣地說「你走開啦！不要跟著我，我們已經沒有任何關係了。」

石風一邊追著思婕一邊解釋說「妳可以先告訴我妳到底在氣什麼嗎？莫名其妙的發火，我沒辦法接受，而且妳剛剛不是還說什麼喜歡我！」

「一切都不重要了，我沒辦法接受一個變態！滾開！不要跟著我！」思婕說。

「什麼變態？到底什麼意思？我就只是叫妳幫我買早餐而已啊？」石風說。

「吼！你走開啦！讓我一個人靜一靜可以嗎！」思婕眼眶泛紅地說。

「不要！妳給我先把話講清楚！」石風說完後拉住思婕的手。

「誰會接受一個會在教室裡當眾打手槍的男人啊！」思婕大聲嘶吼地說。

附近的學生停下腳步看向石風。

「……」

附近的學生們開始議論紛紛……

石風傻眼地張大嘴巴站在原地。

「什麼鬼啊？我什麼時候在教室裡打手槍了我怎麼不知道！」石風激動地說。

阿隼與依旻趕到——

阿隼把石風拉到一旁解釋原因。

依旻把思婕拉到一旁正要解釋原因時，思婕搶著說「依旻妳不要心軟，那個變態阿隼要是繼續纏著妳，看我打爆他。」

「不是啦！妳聽我講……」依旻說。

這時，石風一邊靠近思婕一邊亮出科學麵說「我剛剛是在用這個啦！妳誤會了！」

思婕瞪大眼睛看著科學麵，吞了個口水說「你用這個打手槍？那裡面裝的是什麼……是你的子孫嗎……啊啊啊啊啊——不要靠近我！走開！」

思婕用力的撥開石風的手，一腳往石風的下體踹，而科學麵往自已的後方飛。

看著科學麵噴向依旻的思婕閉上眼睛大喊「不要！」緩緩睜開雙眼後看著滿頭是科學麵屑的依旻用死死的眼神看盯著自己說「妳鬧夠了沒？要不要聽我解釋？」

思婕睜大眼睛，驚訝地看著依旻心想「幹！依旻生氣了！」

「好好！依旻妳說，不要生氣喔！」思婕一邊安撫一邊幫依旻拍下頭上的麵屑。

「石風剛剛只是在搖科學麵而已，只是桌上的包包擋住，所以我們站在教室的門口那個角度看起來很像在手淫而已，我說完了。」依旻說完後用食指指著趴在地上哀嚎的石風。

思婕回想了想，這才理解自己誤會了，於是轉頭看向石風，再轉身拉著依旻想悄悄地離開……

「**給我站住！！！！！**」石風大喊著。

思婕愣了一下，回頭看著石風說「嘿嘿……大哥……」

阿隼與依旻牽著手走在最前面
思婕低著頭一臉委屈地跟在後面
石風在後面看著思婕，不自覺地笑了一下，快步走到思婕身邊，牽起思婕的手。
思婕嚇了一跳小聲地說「幹嘛？」
「還記得妳在教室門口大喊的那句話嗎？」石風說
思婕回想了一下「我怎麼會喜歡上你這個變態啊……」後笑了一下說「然後呢？」
「如果我不喜歡妳就不會追出去死命地解釋，懂嗎？」石風說。
思婕噗滋了笑了一下說「所以呢？」
「妳這個性喔！我看全世界只有我有辦法忍受妳啦！我不入地獄誰入地獄！」石風說。
思婕笑著說「幹！哪有人用這種方式告白啊！白癡喔！」
二人的手繼續牽著
「晚上我們去吃牛排慶祝一下吧！」石風說。
「慶祝什麼？」思婕說。
「交往紀念日啊！傻傻地！」石風說。
「哼！我有說要跟你交往嗎？」思婕笑著說。

「晚上五點在常吃的那家牛排店見嘍！拜拜！」石風說完後抱了思婕一下，隨後放開思婕快步離去。

課堂上，思婕微笑著看著窗外天空，不久，拿出手機傳簡訊給石風「請多指教嘍！」

景觀台上——

「嗚嗚……好感人的故事喔……」靜流手裡拿著衛生紙擦著眼淚。

思婕不說話，頭轉向海邊自顧微笑著。

「誰知道她會成爲我一輩子的人，我想……這就是緣分吧，對吧！」石風說完後摸著思婕的頭。

「好啦好啦！隨便啦！」思婕害羞地說。

「眞是個有趣的故事啊……但我們差不多該走了吧！」阿嚴說。

「對喔！下午還要畢業典禮預演！」靜流說。

「那伯父伯母，我們先走嘍！」學陽邊說邊收拾桌上的垃圾。

「爸、媽，晚上七點夜市見嘍！」靜流說。

「好，路上小心喔！」石風邊說邊揮手。

阿嚴在員工休息室趴著睡覺，不久，景吾副店長推了推阿嚴，阿嚴伸個懶腰後站起身來，走到大鏡子前面整理了一下服裝後，繼續上班。

靜流與學陽，在教室裡專心聽課，抄著筆記。

思婕從廚房端出一些清粥淡菜，陪著石風一起吃著，但石風吃不習慣一臉委屈。

阿嚴下班回到家後看到信箱插著一份郵件，上面寫著「徵集令」。

靜流與學陽一起在圖書館裡，用筆電打著報告，桌上擺滿了資料。

石風用力一拉，一條大魚飛在空中，線突然斷掉，魚直接掉到思婕的前方，把思婕嚇到跌了個狗吃屎，石風一邊笑著一邊扶起思婕，之後思婕就一直擺著臭臉。

阿嚴剃了個光頭，著全副武裝，手裡拿著步槍，在山上與同梯兄弟一起走著。

石風與思婕來到了營區懇親會，思婕看到阿嚴光頭的樣子瘋狂地大笑著。

學陽租的小套房裡，靜流一邊看著書一邊吃著早餐，手機傳來思婕發來的照片，靜流打開一看差點把奶茶噴出來，一邊大笑一邊把阿嚴光頭照拿給學陽看。

半夜兩點，阿嚴坐在安全士官桌，桌上擺著一本筆記本，一邊注意四周一邊寫書。

夜晚，石風與思婕，穿著保暖大衣，在淡水老街上走著，牽著手，聊著天。

高雄田寮，一間溫泉套房，靜流與學陽赤裸地泡著。

過年，一家五口在家吃著火鍋，聊天談笑。

晚上休息時間，阿嚴坐在中山室，打開手機，傳著訊息，微笑著。

清晨四點半，石風與思婕身穿運動服，在公園裡慢跑著。

靜流帶著藍芽耳機，在高雄演藝廳的座位上，一邊聽著演講一邊寫筆記。

阿嚴與一群同梯兄弟坐在中山室，保養著槍枝，看看窗外，下著傾盆大雨。

石風下班回到家，看見客廳掛滿衣服，皺著眉頭看著思婕，思婕雙手一攤聳聳肩表示沒辦法。

學陽與靜流一起撐著傘，手裡拿著自助洗衣店洗好的衣服。

阿嚴穿著短褲短袖運動服，在大太陽底下，跟著部隊一起跑步，滿身大汗。

桃園醫院，思婕坐在等候區，石風在放射室，牽著手走出醫院，手裡拿著藥。

心理學系教室，白板上投影著報告，靜流在講台上報告著，教授手裡拿著評分表。

水。

走廊外刮著強風，下著暴雨，阿嚴與同梯兄弟穿著雨衣在走廊上拿著掃把掃水。

石風身穿圍裙，站在廚房電能爐前，手機放在牆壁邊撥放著料理節目，一邊攪著燉肉一邊試著味道，思婕在旁邊拍照，開心地微笑著。

靜流把石風正在煮燉肉的照片拿給學陽看，隔天，學陽也站在小套房的電能爐前，身穿圍裙，煎著戰斧牛排，靜流笑著把照片傳給思婕。

阿嚴揹著兩大包行李，手拿著退伍令，給大門哨長檢查後，開心地走出營區大門，遠方，思婕與石風對自己招手著。

石風、思婕與阿嚴在牛排店，石風與阿嚴不停地說著自己當兵時發生的趣事，而思婕不說話，手靠著臉頰，微笑著看著父子二人。

靜流與學陽在床上赤裸著，微笑相擁，沉沉睡去。

晚上，阿嚴穿著高級服務生制服，在家庭餐廳裡端收，白天，坐在書桌前寫再不久，大門口走進三個久違的女生向靜流他們招手著。
「好久不見——」靜流興奮地招手大喊著。
「欸！很丟臉耶！小聲點好嗎？」阿嚴說。
「現在凌晨又沒什麼人。」靜流不屑地說。
前淨灘社社長欣怡、副社長雅淳、攝影師曉倪三人與靜流開心地相擁著。
四女兩男人生第一次的出國旅遊，地點：北海道。

時間：上午六點十分
地點：桃園國際機場

六人坐上飛機後，出奇地安靜。
飛機緩緩地走著，轉個彎，再轉個彎，來到起飛線。
「要來了要來了要來了……」雅淳低著頭，睜大驚悚的雙眼緊張地碎念著。
「轟轟——」飛機引擎發出巨大聲響後「吱——」
「啊啊啊啊啊啊——太快了太快了太快了！」雅淳第一次感受到飛機起飛時衝刺的感覺，讓她慌張到一個不行。
不久，周圍沒了動靜後，靜流才要她慢慢睜開眼睛，飛機已在天空中翱翔。
「哈哈哈——」女生們互相地笑著並且安慰著雅淳。

第一次看見與飛機平行的雲。
第一次吃到飛機上的料理。
第一次喝了飛機上隱藏的白酒。
第一次聽到機長用流利的英語說著電視上才會聽到的話語。
滿心期待的感覺，讓大夥興奮的睡不著覺，不停地輕聲細語討論著旅遊行。
曉倪手裡拿著旅遊雜誌，三位女生擠在左右兩側，聒噪著要曉倪在雜誌上摺頁做記號。一頁頁的美食及伴手禮文宣，讓已經吃完早餐的欣怡肚子又開始發出咕嚕咕嚕聲，死命地哀嚎著。
而阿嚴與學陽坐在窗邊座位，往右看著雜誌越摺越厚，好似幾乎每頁都被摺頁，阿嚴拍拍學陽的肩膀說「行李交給你了。」

D日
飛航時間：三小時二十五分鐘
北海道時間：上午十點三十五分
地點：千歲機場，氣溫：負八度

六人從飛機上看著窗外的風景，忍不住發出「哇——」的聲音。
窗外，一眼望去，盡是一片片銀白的世界盡收大夥的眼底。

夥的眼前。

「好好吃喔———」女生們幸福的說著。

「曉倪，快拍照啊！不然就被這群蝗蟲吃光了！」阿嚴說。

「喔！好！」曉倪一邊笑一邊拍著已吃了一半的日式美食。

北海道時間：下午三點
地點：休息站，氣溫：負十四度

離開支笏湖，前往綠之風旅館的路上，巴士來到一間說大不大，但卻應有盡有的休息站。

大夥走下自由行電動小巴士，天色已逐漸暗下，外頭仍飄著細雪，大夥看了看後往休息站走去。

「三點？天色已經快暗了耶！」靜流說。

「大家自己注意保暖啊！越晚越冷。」阿嚴說。

阿嚴與學陽上完廁所後，往休息站的商店走去時，從遠處看見商店門口有一整排的販賣機，隨後便發現女生們在最裡面的販賣機前拍照。

「拍販賣機？」學陽疑惑地說。

「不懂。」阿嚴說。

阿嚴與學陽繼續走著，走到第一台販賣機時一看，驚訝地說不出話來，突然聽到女生那邊傳來尖叫聲，轉頭一看。

四人手上分別拿著薯條、雞塊、雞米花、飯糰、蛋糕、玉米濃湯，都是販賣機買來的微波食品。

「寶貝、哥！快來吃垃圾食物！」靜流對著學陽及阿嚴說，其他女生聽到靜流說的話後「哈哈哈哈哈——」大笑著，阿嚴與學陽笑著搖搖頭往女生們走過。

吃完垃圾食物後，一走出大門，看著門外，驚訝地呆在原地。

外頭正刮著暴風雪，耳邊傳來刺耳的嗖嗖聲，能見度差到快看不見停在二十公尺處的電動小巴。

就這短短二十分鐘，天色已全暗，氣候驟變。

「帶上帽子，趕緊走吧！」阿嚴大聲地說。

大夥趕緊戴上帽子，用跳的往電動小巴方向走去，積雪已快深至小腿的一半。

北海道時間：下午五點
地點：綠之風旅館，氣溫：負十六度

大夥拖著行李，走進預定好的一間四人房及一間雙人房，靜流倒在地毯上大喊「絕搞啊！突然之間就刮起大雪了。」

學陽貼心的幫四位女生們把行李拉進四人房後，再拉著自己的行李走進雙人房。

六人休息片刻後，阿嚴與學陽走到女生房門口外。

敲敲門說「走，吃飯啦！」

走在往餐廳的路上，眼前的景象又把大夥下了一跳。

雪，停了。

眼前的歐式建築物上蓋滿了雪，使銀白色的雪、暗紅色的建築物、黃白色的古早歐式路燈浮現在六人面前，眼前的一切瀰漫著中世紀的古典氣息，十分浪漫。

「好美喔——————」女生們大喊著。

「曉倪！」阿嚴指著曉倪說，曉倪立刻拿起相機瘋狂地拍著。

走進高級又乾淨的西式自助餐廳，餐廳內大部分的黃白光源來自於正上方超巨大的歐式水晶吊燈，少部分的光源來自牆壁上的歐式壁燈，看著餐桌上自助式的高級料理，再看看餐廳裡的氣氛，高級的餐具及歐式桌椅，大夥不自覺地安靜了下來，互相看了看，來到這裡，自己感覺像是鄉下來的野猴子。

阿嚴小聲地說「等等吃飯要有禮儀，不要聒噪，不要丟台灣人的臉，進去吧。」要做到這些優雅的用餐方式，簡直是要欣怡的老命，她只能盡可能地把手上的盤子裝滿食物，手裡拿著餐巾紙遮著嘴巴，優雅又快速地狼吞虎嚥。

但就在吃下一口超高級烤牛肉時，欣怡忍不住跺腳大叫一聲「**好吃**——」，引來了服務生的勸告，好不丟臉。

D＋1日
北海道時間：上午七點
地點：綠之風旅館，氣溫：負十二度

第一個起床的阿嚴拉開了窗簾，驚訝了一下，隨後拿起手機打電話給靜流說「妹妹，看看陽台外。」

靜流伸伸懶腰後站了起來，走向陽台拉開窗簾，立刻大喊「姊妹們，快看啊！」

慵懶的女生們緩緩爬起後看到陽台外的景色大叫「哇哇哇——」

大雪紛飛，綠黑色的深山與灰白色的天空浮現在大夥的眼前，山坡上豎立著

「寶貝！不要一直吃肉！來！吃點菜！」學陽關心地說。

「呵呵呵……各位快看！」靜流說完後從鍋底夾出三大塊帝王蟹腳。

大夥皺著眉頭看著靜流心想「不愧是心理系第三把交椅！心機小辣椒！」

「哼……妳還太嫩……」阿嚴說完後，將一大杯剛倒的玻璃杯生啤酒大力的放在桌上，表示威懾。

大夥瞪大眼睛心想「不愧是心理系第一把交椅！心機嚴！」

阿嚴順勢拿起啤酒在大夥面前咕嚕咕嚕的一口乾了，再將酒杯大力的放在桌上說「**爽啊**——」「嗝——啤酒在那邊，要另外付費的，我請客，去吧。」

下一秒，又只剩下曉俔一人在原地看守包包，讓她尷尬地笑著。

北海道時間：晚上八點半
地點：狸小路，氣溫：負十六度

女生四人站在狸小路商店街口，銳利的眼神有如鎖定獵物的鬣狗，兩位地位低下的男生跟在後面，一個拿錢包，一個托著行李箱。

四人紛紛拿出購物清單，上面寫著（藥妝店、乾貨、皮飾、狸屋、白色戀人）。

靜流右手舉高大喊著「衝啊姊妹們——」

阿嚴與學陽在四人的身後睜大雙眼緊張地深呼一口大氣。

原本以爲只要負責結帳的阿嚴，卻因爲買的東西實在太多了，最後也不得不提上四大袋戰利品幫忙搬運，而學陽更是一個行李箱，兩袋戰利品。

四位女生一邊購物，一邊吃零食，一邊拍照，玩的開心至極。

學陽則是對著阿嚴說「她們開心就好，等你哪天跟你最愛的人一起出來玩時，看著她的笑容，一切都是值得的。」

「嗯………」

學陽看著阿嚴一臉竊笑的敷衍回答，跟以前淡定的敷衍回答，已有所不同。

兩小時後，終於走回到民宿，四位女生趴在地上喊著「好爽喔——」

而兩位男生則是喊著「好累喔……」

「哈哈哈哈哈——」

「寶貝辛苦啦，我幫你按摩按摩。」靜流貼心的說著。

「咯咯！」阿嚴故意發出了咳嗽聲。

雅淳與欣怡同時說「好啦好啦，我幫你按摩肩膀。」之後二人互看一眼

「妳要啊，那就交給妳啦。」雅淳說。

「不不不，還是交給妳吧，妳力氣比較大。」欣怡說。

北海道時間：中午十二點半
地點：海洋公園內的日式餐廳，氣溫：負七度

大夥緊張地坐在座位上，服務生分別走到六人面前，放下手裡的東西後離去。

「日式道地的壽喜燒——」女生們大喊著。

「哇！湯頭好讚喔！」學陽說。

「烏龍麵很有嚼勁，肉也很大片啊！」阿嚴說。

「肉跟蛋還有麵都是自助式的。」學陽說。

「眞的嗎？太爽了吧！」阿嚴說。

「欸欸欸，加湯加湯！！」學陽說。

「欸欸欸，白菜白菜！！」阿嚴說。

「……………」

「……………？？」

阿嚴與學陽轉頭看向女生那桌，還以爲發生什麼事這麼安靜，原來是女生們不說話瘋狂地吃著，有如餓了十幾天終於吃到肉了母獅般……

就連文靜型的曉倪也隨便拍了一張照片後，開始投入戰局。

阿嚴與學陽笑看著彼此苦笑著，因爲相較之下，覺得自己遜色多了。

北海道時間：下午兩點
地點：洞爺湖，氣溫：負十度

下午的天氣晴朗，氣溫回升，四處的冰雪開始融化，反映而出的是，被冰融至一半而襯托出優美的物景。

橘紅色的樹葉、湖邊的石頭縫、樹枝間的蜘蛛網、孤獨的石像、紅色的果實皆與融冰糾纏著，讓曉倪忙碌地拍著，臉上卻也掛著幸福地笑容。

而阿嚴也偷偷地拍照著。

上午看不見的陽光，此刻也已拋頭露面，四處可見一座座的高山美景，讓被大自然包圍著的六人忍不住一次又一次地深吸著新鮮空氣，心情好到了極點。

「後面的山也太像御飯糰了吧！感覺肚子又有點餓了……」欣怡說。

「學姊，妳再這樣吃下去不行啊！」阿嚴說。

「出國玩就是要盡情享受好嗎！」欣怡大聲不悅地反駁說。

「對啊對啊！」靜流及雅淳附和完後對著阿嚴比一個朝下的大拇指。

「哈哈哈哈哈————」女生們互看開心地笑著。

北海道時間：晚上五點
地點：洞爺湖溫泉旅館，氣溫：負十一度

大夥拖著行李走進房間後，心想「又是一個和式房間，而且很普通。」決定睡覺的位子、討論明天的行程、滑著手機傳訊息、躺著發呆。

「欸？奇怪？廁所在哪裡啊？」曉倪問道。

大夥才坐在原地東看西看，才發現有洗手台但沒有廁所，居然沒有廁所？？

「應該在那扇門後面吧。」學陽說完後指著放間最裡面的木製窗門。

曉倪打開一看，所有人都驚呆在原地足足五秒鐘。

門的後面，又一間日式的房間，一張六人座墊的電暖爐桌，牆壁掛著書法字畫，再往後看，陽台窗戶打開著，陽台外是被月光及燈光些微照亮的洞爺湖湖畔及高山，微風吹拂的聲音，綿綿的細雪，一種無法形容的寂靜美，出現在六人眼前。

「哇哇哇哇哇——————」大夥這才驚訝地叫著，一同擠在窗邊搶著看窗外的夜色美景。

而曉倪已忘了自己要上廁所，衝回去拿相機瘋狂地拍照著。

這時，門外傳來敲門及問候聲，大夥停下動作回頭一看，服務生把預定好的炸天婦羅套餐及相撲火鍋套餐及生魚片定食端了進來，放在六人座的電暖爐桌上，打開火鍋的瓦斯爐，最後再拿出十二瓶泡在熱水中的燒酒，禮貌地離去。

「原來要在這吃飯啊！」靜流驚訝地大聲說。

「好有日式的感覺喔——」女生們大喊著。

「好了好了！趕快就位坐下！」阿嚴說。

「預備……**乾杯**——」大夥說完後乾了手中的燒酒。

「啊——好酒！」阿嚴及學陽一起激動地說。

「好辣喔！咳咳……」靜流說。

「好酒！再來一杯！」欣怡也激動地用酒杯用力敲打桌子說。

「馬上來！雅淳學姊也來！」阿嚴說。

「好！再來一杯！」雅淳開心地說。

「哥你等一下！不要又灌她們酒！欸！曉倪不說話一直在偷吃是怎樣。」靜流說。

曉倪笑著然後不管繼續吃著炸天婦羅。

「寶貝來，吃螃蟹。」學陽夾了一塊蟹肉到靜流碗裡。

「寶貝，幫我燙牛肉！」靜流撒嬌地說。

「兩位學姊，吃一口生魚片再喝一杯燒酒很帶勁喔！我餵妳們，來！」阿嚴曉倪手裡拿著旅遊雜誌，帶領五人走到圖片上這家店時，店門口還掛著「休息中」的牌子，於是在門口排隊等候著。時間一分一秒的過去，排隊的人越來越多，往後一看，至少二十多人。

接近十一點半，一位老人家走出來將牌子轉成「營業中」。

女生們開心地喊著「開店了開店了！」

老人家正要回店裡時聽到女生們的口音後又走了出來，對著大夥用日本腔調說著國語「歡迎光臨，請進請進。」

女生們驚訝地互看一眼後對著老人家比一個大拇指說「一級棒！哈哈哈哈哈——」

不久，六人桌上出現日式味增拉麵、醬油拉麵、豚骨拉麵、奶油玉米拉麵、鹽味拉麵、魚湯拉麵，女生們尖叫著說「太香了————」

等不及曉倪拍照，大夥就瘋狂地吃起來了。

老人家因爲今天第一組客人是台灣人，於是送了每人兩顆餃子定食的煎餃。

大夥直呼「這也太大顆了吧————」

靜流抓起阿嚴的手說「哥，撐住。」後夾起一顆燙到冒煙煎餃放在阿嚴的手上形成對比後讓自己拍照。

「拍完了嗎？」阿嚴說。

「拍完了，謝謝哥……啊啊啊啊————白癡喔！給我吐出來！」靜流大喊著。

店裡面及店門口排隊的人們都能強烈地感受到年輕人的活力而微笑著。

北海道時間：下午三點二十分
地點：函館夜景，氣溫：負二十度

大夥坐了好長一段時間的巴士，終於來到函館山纜車附近的停車場，天色已幾乎全暗。

六人坐上纜車，纜車緩緩升空，函館夜景慢慢地浮現在六人眼前，到了山頂後，出了纜車，一股強風差點把第一個走出纜車的曉倪吹倒在地，讓後面的五人緊張地叫了出來，畢竟這裡是山上，風速是地面的不知道幾倍。

「這就是世界三大夜景之一的函館夜景嗎，好漂亮……」曉倪一邊說一邊拍照

「感覺風雪越晚越大了，大家注意保暖啊！」阿嚴說完後拿出手機拍著夜景

學陽從包包裡拿出圍巾給靜流圍著。

其他人也靠在一起摩擦著雙手。

「阿嚴，我看今天就早點入住飯店吧。」學陽說。

「正有此意，一起拍個照就走吧！姊妹們。」阿嚴說。

在中庭等你，趕緊過去吧！」雅淳說。

「你自己去吧！這裡有三位美女陪我呢！」阿嚴說。

「唉唷！老爺！你好會說話喔！這個小壞壞！」欣怡說完後用手肘推了推阿嚴。

「哈哈哈哈哈————」四人開心地笑著拍照著。

學陽墊著腳尖，悄悄地走向中庭花園，遠方看見一個女孩坐在走廊邊，面對著花園。

學陽的心劇烈跳動著，再走近看清楚些，眼前的畫面讓學陽忘了自己是誰。

靜流穿著純白色、淡粉紅邊條紋、櫻花圖案的和服，頭髮用髮針盤起並別上桃紅色櫻花的髮飾，右手伸出庭外接著細雪，惆悵地看著天空。

看了許久，學陽再走上前，脫下自己的大衣，披在靜流的肩上說「小心著涼了。」

靜流抬頭用著甜蜜又幸福的笑容看著學陽說「你她媽也來太久了吧！我都快冷死了你知道嗎！」

「…………呵……」學陽微笑了一下後，坐在靜流旁邊說「其實我早就來了，但我在後面看到妳真的太漂亮了，所以忘記繼續往前走啊！」

「哈哈！好啦！」靜流說完後把頭靠在學陽的肩上。

學陽握著靜流的手說「畢業後工作會很辛苦，有狀況要說，知道嗎？」

「好，我們一起努力。」靜流說。

「爲了深愛的她，我會努力扮演好夫這個角色。」

「爲了深愛的他，我會努力扮演好妻這個角色。」

Chapter 48

第48章　寒流情深

D＋4日

北海道時間：上午九點三十分

地點：五陵城廓，氣溫：負二十三度

「嗯……這風雪好像有點大啊！」靜流傻眼地說。

「已經拍不清楚景色跟建築的樣貌了，都是雪啊……」曉倪委屈地說。

「而且走著走著也看不出五星的形狀，應該要由高往低處拍……」欣怡說。

「下一個目的一在哪？」雅淳說。

「函館朝市，下午是四點半的飛機，我看趕快過去逛一逛，中午就直接機場吃飯，買個免稅商品，就直接等飛機吧。」學陽說。

「同意，走吧。」阿嚴說。

曉倪擦了擦鏡頭的雪，往五稜郭塔拍了一張後，匆匆地跟上大夥。

北海道時間：上午十一點
地點：函館朝市，氣溫：負二十四度

電動小巴緩緩開入停車場，從車內往外看，能見度已低於十公尺。

「要……要下車嗎……」雅淳緊張地說。

阿嚴指示司機打開車門後，走下車看了看，再走回車上說「風沒有很大，只是雪有點大而已，應該還好，朝市裡還是有人營業，走去看看吧。」

大夥紛紛下車後，帶著帽子，低著頭，緩緩前進。

大夥在街道上走著，最後走進朝市裡，看了看，互相「喔——————」了一聲。

原來朝市就是台灣室內版的生鮮乾貨菜市場啊！超大的啊……

「要買就買點小東西吧，晚點還要去機場買免稅。」阿嚴說。

靜流拉著學陽的手快步地走著

「寶貝，妳有要買什麼嗎？」學陽問說。

「我爸托我買一個東西……啊！有了！」靜流開心地說。

靜流從一個乾貨攤販中拿起一小包乾貨說「就是它！」

學陽靠近仔細看說「煙燻干貝乾……哇……好像很好吃啊……」

「還有鹽味的喔，我爸說配酒很適合。」靜流說完後一口氣買了各二十顆。

二人牽著手，逛遍每個角落，彼此都非常喜歡這樣的感覺，不由得有股回國後立馬把婚事辦一辦的想法。

「嘟————」學陽電話響起。

「阿嚴怎麼了？」學陽接起電話後說。

「來門口這裡集合，拍個照就走吧，風變大了。」阿嚴說。

學陽與靜流來到門口時，在門口右側角落看見欣怡在向自己朝手，走過去後看到大夥聚集在一間水產店門口，靜流問「怎麼了？」

剛問完，店裡面走出一位老人家，手裡拿著一隻快跟半個成人一樣大的帝王蟹出來站在大夥的背後，把帝王蟹腳撐開。

「哈哈，原來是要拍照啊！」靜流笑著說。

一張大夥與帝王蟹的照片，儲存在曉倪的照相機裡。

走出朝市大門，眼前的畫面又讓大夥驚呆在原地。

積雪就在剛剛逛朝市的這半小時多，整整上升了五公分左右、能見度低於七公尺、雪被風吹的呈現四十五度角落下，眼前的建築物、裝飾、車輛、路燈已被雪覆蓋到只能用外觀形狀來猜測。

高分貝的嗖嗖聲、被強風吹飛的亂雪，讓大夥無意識地開始瑟瑟發抖。

「帶上帽子，走吧。」阿嚴大聲地說。

大夥低著頭，一個跟著一個，後面的人時不時地幫前面的人拍去頭上與肩上的雪，積雪來到二十五公分，使大夥移動速度更加緩慢。

「唉唷！」靜流撞上前面的學陽。

「幹嘛停下來？」靜流大聲地問。

學陽轉身聳聳肩向靜流做了一個「不知道」的手勢後，再指向前面的阿嚴。

靜流斜著身體往前看向阿嚴，阿嚴站在原地一動也不動。

「哥！你怎麼了哥！」靜流緊張地大叫後快步走上前去。

阿嚴轉頭看向靜流說「妹妹……我……迷路了……」

「吼——白癡喔——」靜流無言地大叫著。

學陽向後面女生招手說「過來圍著我。」後拿出手機，打開導航。

欣怡與雅淳用身體靠著學陽的手機，讓大雪不要落在學陽的手機上。

曉倪微笑著，拿出相機記錄著大風雪下團結的大夥。

「再往前走的路口左轉，看到天橋，順著走就會到停車場了。」學陽大聲地說。

「寶貝，你來前面帶路好了。」靜流大喊。

「來了！」學陽大喊著。

大夥繼續走著，厚厚的積雪加上強風，移動更加地吃力。
學陽在遠方看見一個老人家對著自己揮手，仔細看後發現「是司機大哥！」
「我們到了！」學陽對著後面的大夥大喊。
「終於——還以爲我們要遇難了——」女生們哀嚎著。

北海道時間：上午十二點半
地點：函館機場大廳，氣溫：負二十六度．寒流來襲．積雪厚度二十五公分

「啊——絕搞啊——」靜流大聲地哀嚎著。
「大家先休息一下吧。」阿嚴說完後肚子發出巨大的飢餓聲。
大夥尷尬地互相看了一下後「哈哈哈哈——」笑了出來。
「走！來去吃北海道最後一頓午餐！」靜流興奮地說。
「女生們，別忘了等等還有免稅商店要逛，這餐大概吃一下就好……」阿嚴還沒說完，女生們已往餐廳方向跑去，遠離了自己。
學陽拍了拍阿嚴的肩膀說「欸，剛剛司機走之前，用翻譯機跟我說，以他的經驗這天氣飛機不可能飛了，勸我們趕緊找地方住。」
「我知道，但我剛有去問服務台，他們說目前沒有停飛通知，不然先打電話

訂一間六人房，可以飛就退房，不能飛也可以入住，我再注意能不能飛。」阿嚴說。

「喂——來吃拉麵啦——幫你們點好了——」靜流在遠處大喊著。

六碗機場招牌鹽味拉麵，簡單的調味，湯頭喝起來卻十分不簡單。

曉倪坐在最後一個座位，從側邊幫大家拍了一張後，拿著行李走向免稅商店。

「喂！妳也吃太快了吧！等等我們！」女生們緊張大叫著。

北海道時間：下午二點半
地點：函館機場大廳，氣溫：負二十八度．積雪厚度二十七公分

阿嚴與學陽在大廳看行李，看了看時間，再看看航班通告，仍然沒有停飛消息。

「我們錢就留著吧，通告說飛機可以飛，再迅速花掉就好。」學陽說。

「好，你還剩多少。」阿嚴說。

「八千多，你呢？」學陽說。

「六千多……」阿嚴說。

「基本上住一晚就差不多花光了吧。」學陽說。
「所以萬一不能飛，我們的錢也只夠住一天嘍。」阿嚴說。
「……叫女生們留點錢好了。」學陽說。
「嗯！要快，不然……」阿嚴說完後看向遠方慢跑回來的四位女生。
手裡提著大包小包的說「啊──花完了花完了──」
「………」阿嚴與學陽。
「你們怎麼啦？」靜流說。

北海道時間：晚上七點整．登機時間下午四點半
地點：函館機場大廳，氣溫：負二十九度．寒流來襲．積雪厚度二十九公分

大夥坐在大廳不說話，無奈地等待著，時不時看著手錶。
阿嚴從服務台走回來說「終於公告說不能飛了。」
「喔不──────」女生們哀嚎著。
「阿嚴，有個很嚴重的狀況。」學陽嚴肅地看著阿嚴。
大夥同時轉向看著學陽，緊張地互相看著，阿嚴看著學陽說「如何？」
「日本的計程車六點就下班了，從機場到旅館有十一公里。」學陽說。

重。

阿嚴坐下來，懊惱地思考著，大夥看著阿嚴，不知如何是好，氣氛十分凝

這時，靜流突然站起來，堅定地大喊「用走的啊！不然咧！」

接著，六人在暴風雪肆虐的街道上走著，身體健壯的學陽拖著兩個行李走在最前面開路，學陽行進的路線，都會讓腳掌左右摩擦盡可能讓足跡大些，好讓後面的人能夠清楚地看見自己的腳印，依序是靜流、欣怡、曉倪、雅淳、阿嚴。

學陽刻意走在道路中間，因爲道路中間的雪上午有被當地人清理掉一些，現在的積雪還不至於太厚，而且比較鬆軟。

北海道時間：晚上七點五十分．距離旅館剩餘七公里
地點：函館附近的休息區，氣溫負三十度．積雪厚度三十一公分

「姊妹們，來暖一下。」靜流用她發抖的手拿著兩杯熱可可說。

「吃點東西吧。」學陽拿著販賣機買來的炸雞塊跟薯條說。

「休息十分鐘就好，越晚風雪越大，要趕路了。」阿嚴嚴肅地說。

「大家加油，我們可以的。」靜流紛紛握著女生們的手說。

雅淳拿出衛生紙給大夥擤鼻涕。

「曉倪，相機收好，專心趕路不要拍了。」阿嚴說。
「喔……好……」曉倪說。

接著，又開始往民宿的道路上。
「靠！這個路段居然是逆風……」學陽說。
「寶貝——你還好嗎？」靜流對著前面的學陽大喊著。
「我沒事，注意後面的人———」學陽往後對著靜流大喊。
靜流往後看，看著大夥低著頭，已不像第一段路這麼有精神，拉著彼此的衣角，全身發抖，吃力地走著。
不由地紅了眼眶心想「隼人爸爸、依旻媽媽，一定要保佑我們啊……」

北海道時間：晚上八點五十分．距離旅館剩餘三．五公里
地點：小7便利商店，氣溫負三十一度．積雪厚度三十二公分

大夥直接坐在店門口旁的小巷子裡，形象什麼的，已經顧不上了。
阿嚴從商店走出來，端著兩碗熱騰騰的關東煮，裡面還有貢丸、白蘿蔔、竹輪、甜不辣等食材，給靜流分給癱坐在店門口的女生們吃。
女生們吃得正開心時，靜流想起阿嚴與學陽怎麼去廁所這麼久，走到廁所門

口時卻看到二人躲在角落喝著關東煮的湯，而碗裡卻沒有半點食材。

靜流看了看，最後只能「嘖」無奈地走回女生身邊說「姊妹們加油！最後一段路了！」

最後一段路，走在較大的街上，雖然也是逆風，但因常有車經過，被輾壓過的雪相對比較好走。

「路好走多了！我要加速嘍！大夥跟緊！」學陽大喊著。

「寶貝，你趕緊走就是了！」靜流對著學陽大喊。

學陽疑惑地回頭一看，看見靜流與雅淳搭著肩相互扶持吃力地走著，欣怡與曉倪也搭著肩相互扶持吃力地走著，阿嚴在最後面拖著四個行李箱。

學陽「嘖！」了一聲後，頭也不回的大步向前，路上不忘踢開雪堆，讓後面的人好走些。

北海道時間：晚上九點五十五分．

地點：函館附近的小民宿，氣溫：負三十二度．積雪厚度三十三公分

大夥癱坐在旅館大廳，服務生慌張地給女生們喝口熱茶暖暖身。

「大家沒事吧？」阿嚴說。

「妹妹？」。

「沒事……」靜流有氣無力地說。

「兩位學姊？曉倪？」阿嚴說。

「我鼻涕結凍了……」欣怡說。

「我也是……」雅淳說。

「我沒事……」曉倪說。

學陽付完住宿費後，大夥拉著彼此往房間走去。

房間裡，大夥輪流去浴室梳洗，各自給家人報平安。曉倪泡著熱茶給大夥喝，學陽從行李箱裡面翻出了六碗泡麵說「今晚大家就吃這個吧。」

「泡麵————」女生們欣慰地尖叫著。

靜流看了看房間的人心想「哥呢？」

走到門外後看見阿嚴正在用手機傳訊息，靜流走過去對著阿嚴說「哥，是不是沒錢了？」

阿嚴無奈地看著靜流說「我們進屋講吧。」

六人圍坐著餐桌，看著桌上放的206元日幣。

「就剩這些了。」阿嚴說。
「想說最後一天要把錢花光，誰知道……」靜流說。
「重點是公告太慢了……」欣怡說。
「要去領錢吧，哪裡有跨國際的提款機，機場一定有吧。」雅淳說。
阿嚴突然站起身往門外走去說「我傳個訊息。」
「重點是……誰有帶卡……。」欣怡說。
「我的卡有提款功能但裡面沒錢……」曉倪說。
「我沒有。」學陽說。
「我有……但我沒帶……」欣怡說。
「我沒有跨國際功能。」靜流說。
「阿嚴有嗎？」學陽對著靜流問。
「應該是沒有，他到底在幹嘛啊！」靜流氣憤地說完後站起身走向大門，看見阿嚴就在門邊傳訊息。
「哥，你到底在幹嘛啊？剛問了大家都沒辦法提錢，你說該怎麼辦？」靜流緊張地說。
「哥會想辦法，不用擔心，你叫大家吃完泡麵早點睡吧。」阿嚴說。
「你是能有什麼辦法啊？」靜流好氣地問。
「好啦好啦，趕快去休息。」阿嚴催促著說。

D＋5日
北海道時間：上午七點三十分
地點：函館附近的小民宿，氣溫：負三十二度．積雪厚度三十四公分

阿嚴起床後，拉開窗簾，依舊是暴風雪的模樣，大夥不由地焦慮起來。

「我跟學陽走去機場等，你們在這裡等我們訊息。」阿嚴對著女生們說。

學陽皺著眉頭疑惑地看著阿嚴

「可是住宿只到十二點……」靜流說。

「沒事啦！等我們消息，餓了就吃紀念品，不要捨不得。」阿嚴說完後就拉著學陽走出房門。

靜流坐在窗邊向下往大門口看去，學陽與阿嚴低著頭，並肩走著，不由地紅了眼眶。

其他三位女生看見後，紛紛走過來抱住靜流，安慰著彼此。

北海道時間：上午十一點三十分
地點：函館附近的小民宿，氣溫：負三十度．積雪厚度三十四公分

靜流這段時間，一直坐在窗邊，手裡握著手機，等待著。

一台計程車緩緩開向民宿大門，一個人從車上下來。

靜流仔細看了一下後驚訝地大喊「學陽回來了？」

靜流說完後立刻奔向大廳，看見學陽正站在門口撥掉身上的雪，跑過去抱住學陽說「你身體還好嗎？你怎麼先回來了？我哥呢？」

學陽摸了摸靜流的頭說「你哥還在機場等，叫我先回來拿吃的給你們。」隨後手裡拿出一大袋加熱食品與泡麵，及三萬元日幣。

「欸？哪來的錢？」靜流驚訝地說。

「你哥神神祕祕地去ATM按了按密碼，然後就弄到了五萬日幣……私房錢嗎？」學陽懷疑地說。

「不可能，他沒這麼多錢，而且更別說是無卡跨國提款。」靜流說。

「有機會再問他，先讓欣怡她們吃飯吧。」學陽說。

「也是，寶貝，辛苦你了。」靜流說完後往學陽嘴上親一下，便拉著學陽走去房間。

北海道時間：下午四點三十分
地點：函館附近的小民宿，氣溫：負二十七度．積雪厚度三十二公分靜流坐在窗邊，拿著手機，看向窗外。

一台計程車停在民宿大門，阿嚴從車上走下來。

「我哥回來了，看來今天還是不能飛了。」靜流說完後走向民宿大廳。

靜流走到大廳後看見阿嚴在民宿門口撥下身上的雪，而身旁地上放著一袋又一袋免稅商品，隨後用懷疑的眼神看著阿嚴說「你哪來的錢？」

「私房錢。」阿嚴笑笑地說。

「你覺得我有這麼好騙嗎……」靜流說完後拿起阿嚴帶回來的免稅商品看了看說。「化妝品、香水、眼霜、護唇膏、零食……你錢是借來的，而且對方是個女生，年齡相仿。」

「哼！猜錯嘍！」阿嚴調皮地說。

「呿！你不想說就算了，機場那邊怎麼說，什麼時候可以飛？」靜流冷冷地說。

「這波寒流到明天凌晨結束，機場整理完跑道，沒意外明天下午就能飛了，明天早上吃完飯大概十點就往機場動身吧。」阿嚴說。

D＋6日

北海道時間：上午八點整

地點：函館附近的小民宿，氣溫：負十五度．積雪厚度二十一公分第一個起床的阿嚴拉開窗簾說「大夥，準備回家嘍！」

窗外，一道再平常不過的陽光照入房間，卻讓大夥開心地尖叫著。

阿嚴手握拳頭輕輕敲擊窗戶，讓附著在窗邊的積雪掉落，再用手抹去窗戶的霧氣，讓大夥更清楚的看到外面的天氣，天氣晴朗、沒刮風、沒下雪，積雪已被居民鏟出一條條的道路，一家家的商店漁市正忙著做營業前準備。

「收一收來去吃飯吧。」學陽微笑著說。

北海道時間中午十二點三十分
地點函館機場大廳，氣溫負十度．積雪厚度十九公分

大夥在機場門口拍完最後一張合照後大聲尖叫著，隨後冷靜情緒，登機準備。

接著輪流走到櫃檯辦理報到，均被通知改成是下午兩點三十分的飛機。

托運完行李後，走向安檢站，最後護照檢查，一路上出奇地安靜，就這一小時多的時間，這七天，太多回憶湧上心頭，使大夥同時有一種深深地思念感，是想家的感覺，想回家。

北海道時間：下午兩點三十分
地點：飛機上，氣溫：負十三度．積雪厚度十六公分．旅途結束

飛機逐漸離開地面，從窗外看見那雪白的世界，讓大夥微笑著卻又無法言喻。

「姊妹們，看那條街。」靜流說。

大夥紛紛坐起身來看了看，原來是兩天前的晚上，在氣溫負三十多度的大風雪下走了十一公里的那條街，互相鼓勵互相扶持走了十一公里的那條街，不由地搖頭苦笑說「真的是絕搞啊！」

飛機起飛後不到二十分鐘，大夥已沉沉睡去，阿嚴拿著手機，頭靠窗戶，心，不在自己身上。

D＋6日
台灣時間：晚上六點十分

「各位，起床嘍！」阿嚴說。

大夥迷糊地看向窗外說「什麼都沒有啊，搞屁喔。」

依然沒有回應，靜流直接打開房門，看見阿嚴面朝下倒在地上一動也不動。

「哥——哥你怎麼了？哥——爸！哥暈倒了！」靜流大喊著。

醫院——

阿嚴緩緩地睜開眼睛，眼睛左看右看心想「醫院的味道，看來我暈倒了。」

「你終於醒了。」

阿嚴看向床邊後，嘆了口大氣說「妹妹……我現在什麼狀況。」

「就受風寒感冒啦，但是你從國外回來發燒，昨晚送你來急診室時立刻就把你隔離起來抽血檢查，結果還好只是普通的感冒，搞的醫院超緊張的。」靜流說。

「昨天？啊現在幾點了？」阿嚴大聲地問。

「現在喔，下午兩點啦！怎樣？」靜流說。

「**兩點？？？？**」阿嚴驚訝地大喊著。

嚇了一跳的靜流不悅地說「兩點就兩點啊幹嘛這麼大聲啊！」

「啊！完了完了！我慘了……」阿嚴懊惱地說。

「怎麼了？是有什麼急事嗎？」靜流問。

「唉……我手機呢？」阿嚴說。

靜流從自己的包包裡拿出阿嚴的手機說「這裡啊，你現在在做什麼大事業啊？電話一直狂響耶！」

阿嚴接過手機後電話又響起。

「妹妹，讓我講個電話吧，妳可以幫我買個雞腿便當嗎？」阿嚴說。

「感冒還吃什麼便當，吃稀飯吧你。」靜流說完後走出病門房，從門縫看見阿嚴露出微笑手裡按著手機，心想「搞什麼神祕啊！」

「按照規定，明天上午九點整，妳要在隔壁的會議廳試講試教給桃園市各分會的分會長，還有我及總工會的會長，內容是《情緒管理及其好處》及《如何換位思考思想及其好處》沒問題吧。」理事長說。

靜流睜大眼睛深呼一口大氣後說「沒問題。」

「好。」理事長說完後按了內線電話，接起電話說「筱恩，麻煩妳帶新人認識一下環境還有同事們。」

不久後，門口有人敲著們後說「理事長，我來帶新人了。」

「靜流，去認識一下環境吧。」理事長說。

靜流站起來鞠躬著說「謝謝理事長。」

理事長室的門關上後，理事長翹著腿說「唉，不知道這新人的熱情能撐多久呢？」

兩週後——

「妹妹……妳回來……」阿嚴還沒說完，靜流就氣沖沖地往房間走去。大力地關上房門「嘣！」的一聲全家人都聽到關門聲。

石風走出房間看著阿嚴說「妹妹又怎麼了？」

「八成工作上又受挫折了，學陽又剛好去當兵。」阿嚴說。

「唉……兩個禮拜過去了……怎麼還是沒有好轉。」石風說。

「這是她選的工作，她必須要自己克服，只是從小都沒受什麼打擊的她，一離開我跟學陽的保護傘下，可能需要更久時間才能調適。」阿嚴說。

「你呢？車禍傷好點沒？」石風說。

「早痊癒了，本來就只是些小擦傷。」阿嚴說。

「這樣啊……阿嚴，爸跟你說一件急事，我們這租的房子，房東突然不租了，合約只到十二月底，我們剩下兩個月半的時間可以找房子搬家了。」石風說。

「啊？這麼突然！」阿嚴驚訝地說。

「我也很訝異，房東突然變個人似的說這房子要給她的孫子住，趕緊幫忙找房子吧，三房的，一個月盡量在兩萬五以下，要含車位。」石風說。

「好，我知道了。」阿嚴說完後拿起手機開始瀏覽。

「嘟——」靜流手機的訊息聲。

靜流打開訊息看「妹妹，雖然妳很煩躁，但還是要跟妳說件急事，我們這租的房子房東不租了，合約只到十二月底，房子我跟爸媽會找，妳有空可以開始整理行李了，還有，我寫的書有空可以看一看，對妳工作會有幫助。」阿嚴訊息。

「嘖——吼！很煩耶——————」靜流大喊著。

「……」靜流不說話，眼淚已經滴了下來。

「妳當初的理念跑哪去了？還說什麼要完成遺志？現在咧？受了點挫折就不行了是不是？書都讀哪去啦？受挫折？然後咧？妳問過工作上的前輩了沒？問過妳哥了沒？怎樣？自尊心大小姐脾氣啊？不想幹就不要幹啊？」石風大聲罵著。

「妳不懂我的壓力啦！」靜流哭著說完後跑進房間，把自己鎖在門內哭泣。

隔天，靜流回到家後看見石風坐在沙發上，眼神充滿厭惡，不說話也不打招呼，就直接走進房間收拾行李。

「唉………」石風嘆了口氣後心想「如果人生能夠重來，我想……我還是會為了妳的將來而嚴厲的斥責妳，讓妳成長並且討厭著我，妳成長後，幸福是妳的，痛苦……由我承擔！」

「哥……我想搬出去住……」靜流對著手機說。

「妳一個人住妳覺得學陽會同意嗎？連我都不同意了。」阿嚴對著手機說。

「可是現在看到爸整個就很尷尬啊！」靜流無奈地說。

「爸也是為妳好才罵妳，妳看爸什麼時候罵過妳，好像就這一次吧！」阿嚴說。

「那也不用罵這麼過分吧！」靜流說。

「好啦，我知道，妳早晚還是要跟爸和好知道嗎，等爸媽旅遊回來，妳先跟媽聊聊，再找機會跟爸和好，如果是學陽他應該也會這樣跟妳講，等他當完兵回來妳們在同居也不遲啊，妳跟爸這樣僵下去要學陽怎麼面對爸，對吧！」阿嚴說。

靜流深深地嘆了一口氣後說「好啦，我知道，哥，你明天來幫我搬家啦！」

「好啦，那先這樣，拜拜。」阿嚴說。

阿嚴掛上電話後，雙手拇指抵著太陽穴心想「這不像爸啊……從小最疼妹妹了……怎麼會用情緒判斷而不是思想誘導呢……」

引起全場學生興奮地注意，並且大笑著，突然靜流把影片暫停後對著麥克風說「有沒有，這個弓箭手有沒有很雷。」

全場學生大笑著並且有不少人回應靜流。

影片結束後，靜流說「剛剛的對戰畫面，當事人有沒有輸得很冤望，不怕神一般的對手只怕豬一般的隊友，是不是！」

全場學生又大笑著並且大喊著沒錯。

「我們在看另一個影片，這是剛剛一樣的對戰，但是當事人是贏的那一方。」靜流說。

影片撥放著，靜流突然暫停影片說「來，各位聽聽看這位玩家怎麼跟隊友溝通的。」說完後讓影片繼續撥放。

影片撥放到一半時，靜流又突然暫停影片說「來，各位聽聽看，他的隊友失誤了，這位玩家又怎麼跟他的對友說。」說玩後讓影片繼續撥放。

影片撥放結束後，靜流對著麥克風說「一個贏家，一個輸家，兩組人的實力水平差不多，也都有失誤，一個贏了一個輸了，差別在哪裡？知道的可以得到姊的遊戲帳號，數到三舉手，一、二、三。」

現場幾乎八成的學生舉起手吵著要回答，靜流則是給予甜美的微笑，這個微笑讓大部分的男性學生及男性老師心動不已而逐漸安靜下來。

「好好……手都放下……姐姐直接跟你們說。」靜流說完後開始撥放重點片段。

「看，一樣都是隊友失誤，一個用抱怨的口氣，讓隊友也開始不爽不滿，另一個雖然不爽但依然用和平的口氣，讓隊友覺得對不起他而更加努力。」

「這片段讓我們知道要控制自己的情緒，憤怒情緒只會讓事情更嚴重，無論是玩遊戲、與同學相處、與男女朋友相處、與父母相處都是一樣道理，記住姊的這句話，**沒有人會想跟脾氣差的人交往**，大家跟著我重複唸一遍。」靜流說完後接著撥放下一個重點片段。

「看，團戰時，肉盾角色衝在前面，後面輸出角色沒有人保護，團滅時再來互相怪罪，另一個就不一樣了，差別在哪？」靜流說。

某位學生大喊「各司其職——」

「欸！漂亮！正確名稱是角色定位存在價值，每個人現在都扮演著多個角色，像你們，扮演著學生、某人的好朋友、某人的男女朋友、某位家長的子女，扮演好你們現在的角色，控制好自己的情緒，就不會給他人造成麻煩，就不會被別人討厭。相反的，沒做好你現在的角色應盡的本分，沒控制好情緒亂發脾氣，就會一直給他人造成麻煩，被家人、被朋友討厭，還交不到男女朋友，這些其實全都是自己沒有貫徹存在價值造成的。」靜流說完後看著全場的同學們正陷入思考。

靜流微笑著說「好啦！今天演講到此結束啦！我的遊戲帳號現在公布在大螢

第55章 意想不到

Chapter 55

三個月後——

阿嚴傍晚下班回到家，打開家門，沒有招呼，看見靜流在客廳用著筆電，思婕坐在沙發上，面無表情地看著電視，氣氛一片死寂…………。

「唉……」阿嚴嘆了口氣，走進房間，拿起手機。

晚上——

一家三口坐在客廳，一邊吃著便當一邊看著電視。

「欸！這禮拜五是三天連假，我們四個出去走走吧。」阿嚴說。

思婕停下手邊的筷子不說話，嘴裡的飯越嚼越慢……

靜流瞪著阿嚴加重語氣說「哥……**學陽沒有放假**……」

「我說的是，妳、媽、我、還有我的**女朋友**。」阿嚴說。

「噗———」靜流與思婕同時把嘴裡的飯噴出來。

「等一下，你剛才說什麼？」思婕說。

「唉……我說，妹妹、媽、我、還有我的女朋友，不對，是未婚妻。」阿嚴說。

思婕與靜流嘴巴張大驚呆著看著阿嚴。

思婕隨後看著靜流，頭往右邊點了一下說「妹妹，咬耳朵。」

二人跑到客廳角落蹲下來小聲地說……

「妹妹，你哥什麼時後交女朋友了？還說什麼未婚妻？」思婕說。

「我完全不知道啊！之前有點神神祕祕的，但也沒聽他講過啊！」靜流說。

「你有印象你哥身邊有出現依旻媽媽的類型嗎？」思婕說。

「沒有啊！完全沒印象！」靜流說。

「幹！小王八蛋！瞞著老娘交女朋友還不說，還說什麼未婚妻！」思婕不悅地說。

「媽，別激動，後天就是禮拜五了，到時後就知道了。」靜流說。

「可……可是……媽好想知道啊！有點害怕他找不到依旻的類型就亂交一個回來給我看……」思婕緊張地說。

「不然……先跟他要照片看看……」靜流說。

「好……也可以……」思婕說。

「我去上班嘍———」阿嚴說完後走出家門。

「幹……被他給逃了……不對啊？你不是才剛下班回來……」思婕大喊著說。

「阿嚴啊！剛有聽你妹妹說過了，品柔以前是你們高中時去家庭餐廳打工的常客，因爲脾氣很差，所以才叫臭脾氣小姐是嗎？」思婕說。

「等一下等一下……先讓我洗個澡再說……」阿嚴不悅地說。

「嗯嗯嗯嗯？？？？？一回來就先洗澡？？？？」思婕懷疑地說。

「不想理會妳……」阿嚴笑著說。

阿嚴洗完澡後，走到客廳坐在沙發旁的小椅子上。

「媽，想跟妳商量一下，我跟品柔已經決定好要結婚了，所以我想讓她來我們家住，先試試同居生活。」阿嚴說。

「可以啊！這樣很好啊！」思婕欣慰地大聲說。

「媽……沒那麼簡單……」靜流說。

「啊？」思婕不解地說。

「呵呵……品柔她……心情好的時候，什麼都好，心情不好的時候，什麼事都不耐煩，尤其是沒睡飽跟肚子餓的時候。所以她來我們家住，有不習慣、不適應的地方，品柔她不會說，她會直接對我展現很差的態度、生悶氣、動作很大力、擺臭臉之類的。」阿嚴說。

思婕與靜流皺著眉頭互看一眼，說不出話來「…………………」

「所以記住三點，第一只要她有生悶氣、動作很大力、擺臭臉之類的行爲，

「我們當姊妹才多久……也才十二年而已……」

「最高興的……就是彼此都遇到自己最喜歡最理想的伴侶……」

「從來沒有人敢像我們一樣……婚禮辦在一起……呵……就只有阿隼的父親在那邊吵東吵西的……」

「對了……阿隼……你死定了……你怎麼可以沒有保護好依旻……」

「等我死後……我一定要好好的揍你一頓……你可是依旻的最愛……怎麼可以就這樣走了……」

「對了……我們不是說好要環遊世界嗎？」

「你們怎麼可以就這樣走了……」

「你們知道留下來的人心有多痛嗎？」

「我好想你們…………」

「我真的好想你們……」

「爲什麼留我一個在這裡……」

「爲什麼……」

「爲什麼…………」

阿嚴與品柔趕來，看見思婕一人，蹲在圍籬前，雙手扶著圍籬，崩潰地大哭著。

品柔紅著眼眶走過來蹲下抱住思婕說「媽，妳還有我們，不要難過……」

思婕抬起滿是淚水的臉，看到品柔，忍不住在品柔懷裡大哭，彷彿又回到依旻的懷抱……

阿嚴紅著眼眶在一旁無奈地看著。

不久後——

「媽……跟妳說件事……」品柔說。

「媽？怎麼突然這樣叫我？什麼事？」思婕邊擦著眼淚邊說。

「我……**懷孕了**……」品柔摸著肚子，微笑著說。

「啊啊啊啊？？？？」思婕驚訝地叫著。

轉頭看向阿嚴，阿嚴則是對著思婕點點頭。

「什麼時候懷孕的？幾個月了？」思婕緊張地看著品柔說。

「快兩個月了……」品柔說完後瞪著阿嚴說「都你啦！」

「意外啦……意外……哈哈……」阿嚴笑著說完後對著思婕說「媽，我們討論好了，過兩個月就辦結婚，我也跟品柔的爸媽講好了，看下個禮拜找一天雙方父母見面談婚事，孩子出來後也須要麻煩媽幫忙顧，之後可有得忙了。」阿嚴說。

「你他媽怎麼不早點說？？？？害我在媳婦面前哭成這樣。」思婕生氣地大聲說。

「我原本今天要說的……」阿嚴說到一半。

「我就叫你早點講，你還說要給媽一個驚喜，害媽現在心情不好！」品柔大聲地斥責說。

「欸欸！媳婦，別動胎氣，回去再叫阿嚴吃大便就好。」思婕好聲好氣地阿嚴戴著黑框眼鏡，坐在客廳的沙發上，雙手在筆電上敲擊著。筆電的旁邊放著一本名叫「**些許的改變**」的書。

靜流也在一旁用筆電做演講簡報。

「嘣！」

嚇了一跳的靜流往聲音方向看去，原來是品柔擺著臭臉大力關門的聲音。

靜流看著已懷孕六個月，挺著大肚子的品柔，**在客廳與房間……來回……瞎忙著？**

「欸哥，嫂子她……好像……很不爽耶……」靜流小聲地說。

阿嚴緩緩地抬頭看了品柔一眼，想了想後說「喔……因爲她上了很多天的班，今天終於放假了，但我卻埋頭寫書，沒有帶她出去走走，也沒什麼在關心她，讓她很不爽，但因爲我是在寫書所以她不想打擾我，但又因爲我沒有理她讓她很不爽很寂寞，覺得我都在工作不帶她出去走走，但又因爲我在寫書不想打擾我，但又覺得很寂寞很無聊，所以才會生氣的動作很大力來表達抗議。」

「……………啊？什麼東西啊？？」靜流一臉不可思議疑惑地大喊。

阿嚴故意突然伸個懶腰大聲說「唉……好悶喔……不寫了不寫了……」

隨後起身走到品柔背後說「寶貝，下午陪我去看電影逛逛街好不，沒靈感啊！」

「我幹嘛陪你去，你不是最喜歡寫書了嗎？」品柔背對著阿嚴不悅地說。

「…………」靜流皺著眉頭傻眼加無言。

「唉唷！沒靈感怎麼寫，妳忘記啦，只有跟妳逛街約約會我才有靈感往下寫啊！在家多悶啊！好不好啦！我們兩人世界快結束咧！」阿嚴從背後抱著品柔撒嬌地說。

「……嗯……」靜流做了一個反胃的動作。

「……不要啊！沒看到我很忙嗎？」品柔不悅地說完後卻一副欲言又止的表情。

「那我們在家也沒什麼事做啊！妳上次不是說秀泰有新開的鬆餅店嗎？現在正好有空啊，走啦走啦！」阿嚴說。

「……」

「…………好啦好啦，什麼時候！」品柔微笑著說。

「當然是現在啊！妳先去換衣服，我把筆電收一收。」阿嚴說。

「喔……那我要吃巧克力冰淇淋搭鬆餅！」品柔轉過身來看著阿嚴開心地說。

靜流睜大眼睛，露出驚訝地表情心想「操！安撫好了！」

「妳是孕婦，冰淇淋只能吃兩口，好啦好啦，快去快去。」阿嚴笑著說。

品柔開心地走進房間化妝換衣服。

阿嚴坐回沙發上，儲存檔案，準備關機。

靜流左手抵著自己的太陽穴，皺著眉頭疑惑地看著阿嚴問說「哥，大嫂她……到底是個怎麼樣的人啊！」

阿嚴笑了笑說「妳大嫂喔……呵……她是個比誰都還要愛我、關心我、照顧我，但又是個《**不坦白的女孩**》。」

國家圖書館出版品預行編目資料

深愛／熾陽門著. --初版.--臺中市：白象文化事業有限公司，2022.9
面； 公分
ISBN 978-626-7151-50-1（平裝）

863.57 111009222

深愛

作　　者　熾陽門
校　　對　熾陽門
發 行 人　張輝潭
出版發行　白象文化事業有限公司
412台中市大里區科技路1號8樓之2（台中軟體園區）
出版專線：（04）2496-5995　傳真：（04）2496-9901
401台中市東區和平街228巷44號（經銷部）
購書專線：（04）2220-8589　傳真：（04）2220-8505
專案主編　李婕
出版編印　林榮威、陳逸儒、黃麗穎、水邊、陳媁婷、李婕
設計創意　張禮南、何佳諠
經紀企劃　張輝潭、徐錦淳、廖書湘
經銷推廣　李莉吟、莊博亞、劉育姍、林政泓
行銷宣傳　黃姿虹、沈若瑜
營運管理　林金郎、曾千熏
印　　刷　基盛印刷工場
初版一刷　2022年9月
定　　價　350元